PISTOLEIROS TAMBÉM MANDAM FLORES

Livros do autor publicados pela L&PM Editores:

Canibais (Coleção **L&PM** Pocket)
Jogo de damas
Mulheres! (Coleção **L&PM** Pocket)

David Coimbra

PISTOLEIROS TAMBÉM MANDAM FLORES

www.lpm.com.br

L&PM POCKET

Coleção **L&PM** Pocket, vol. 637

Este livro foi publicado em formato de folhetim no site da L&PM Editores, entre novembro de 2006 e maio de 2007.

Primeira edição na Coleção **L&PM** POCKET: setembro de 2007

Capa: Ivan Pinheiro Machado
Revisão: Larissa Roso e Bianca Pasqualini

CIP-Brasil. Catalogação-na-fonte
Sindicato Nacional dos Editores de Livros, RJ

C633p   Coimbra, David, 1962-
           Pistoleiros também mandam flores / David Coimbra. – Porto Alegre, RS : L&PM, 2007.
           224 p.; – (L&PM Pocket)

           ISBN 978-85-254-1655-1

           1. Novela policial brasileira. I. Título. II. Série.

07-2845.   CDD: 869.93
                           CDU: 821.134.3(81)-3

© David Coimbra, 2007

Todos os direitos desta edição reservados a L&PM Editores
Rua Comendador Coruja, 314, loja 9 – Floresta – 90220-180
Porto Alegre – RS – Brasil / Fone: 51.3225.5777 – Fax: 51.3221-5380

PEDIDOS & DEPTO. COMERCIAL: vendas@lpm.com.br
FALE CONOSCO: info@lpm.com.br
www.lpm.com.br

Impresso no Brasil
Primavera de 2007

1

Aníbal examinou mais uma vez a foto do homem que teria de matar. Um tipo melancólico. Aníbal achava que magros sofriam de melancolia. E ali estava um magro. O paletó dançava em seu corpo esturricado, até a gravata parecia folgada no pescoço de galinha. Fitava a câmera com desalento sorridente, uma luz de conformação nos olhos, como gado que pressente o abate ao ser tangido para o brete.

Aníbal virou a foto e conferiu o endereço escrito a lápis no verso. Três, dois, três. Ali mesmo. Uma casa de porta e duas janelas, de alvenaria, paredes pintadas de verde-alface. Uma mulher remexia a terra do jardim com uma pequena pá. Uma jovem. Decerto a esposa do homem que ia morrer. Aníbal enfiou a foto no bolso direito do paletó antes que ela percebesse sua chegada. Gostava de vestir paletó e gravata. Sentia-se elegante como um senador. Chamava a atenção das mulheres. Por alguma razão, mulheres adoram homem de paletó e gravata.

Aníbal parou diante do pequeno portão branco de madeira, esperando que a jovem notasse sua presença. Enquanto aguardava, deu-se conta da cena quase bucólica: uma mulher de avental, trabalhando no jardim de uma casa com cerquinha branca. Um filme dos anos 40.

Finalmente, ela interrompeu o trabalho. Ergueu a cabeça. Olhos negros e luminosos fitaram Aníbal com surpresa. Era bonita, apesar do nariz algo proeminente lhe dominando o rosto. Num exame rápido, porém preciso, fruto de anos de observação atenta e metódica das mulheres, Aníbal constatou que se tratava de um legítimo espécime de falsa magra. As falsas magras estavam entre as suas preferências. Sempre uma boa surpresa ao tirar a roupa, uma falsa magra. Aníbal costumava brincar com os amigos, quando falava desse gênero de mulher: "Antes uma falsa magra do que uma gorda verdadeira".

– Pois não? – perguntou a moça, com voz de menina.

Aníbal sentiu-se bem ao ouvi-la. Tão melodiosa: "Pois nããão?". Tentou sorrir, mas desconfiou que o resultado não tenha sido satisfatório. Limpou a garganta. Indagou, com certa solenidade:

– É aqui que mora o sr. Vanderlei Neto?

A morena deixou a pá cair ao solo e esfregou as mãos sujas de terra preta no avental.

– É – respondeu, intrigada. – Ele não está... Está na faculdade.

– A que horas volta?

Ela hesitou.

Não era bom deixá-la desconfiada. Aníbal esforçou-se para melhorar o sorriso.

– A senhora desculpe não ter me apresentado. Tenho um negócio a propor ao seu marido. Ele é seu marido, não é?

Ela continuava receosa:

– É... Meu marido... Um negócio?

– Um curso particular. Ele é professor, não é? Professor Vanderlei – Aníbal não estava gostando do rumo da conversa. Não apreciava intimidades com a vítima ou com os parentes da vítima. O ideal era colher logo a informação de que necessitava. – Que horas ele chega?

A morena inclinou a cabeça, curiosa.

– Curso particular? – ela repetiu, ignorando a pergunta que ele fizera.

Aníbal suspirou, impaciente. Não queria continuar mentindo. Quanto mais mentiras, mais complicação. Só precisava saber quando o magricela estaria em casa, para voltar, matá-lo descansadamente e pronto. Só isso. Era tão difícil assim dar uma única informação? Mulheres!

Insistiu:

– A que horas?

Ela piscou. Falou, enfim:

– Hoje ele chega à noitinha. Às sete, oito horas já deve estar em casa. Que curso é esse?

Aníbal abriu o sorriso.

– Volto à noite. Então a senhora e seu marido vão ficar sabendo de tudo – levou o dedo até a testa, como a tocar a aba de um chapéu imaginário. – Boa tarde.

E se foi, deixando-a perplexa entre as flores do jardim.

2

Meriam ficou parada, observando o homem seguir alguns metros pela rua e desaparecer na esquina. Não gostou da visita. Vivia em alerta constante desde que começara a pressão sobre seu marido. Lembrou-se da vez em que aqueles três homens os abordaram, depois do cinema. Na saída do shopping, Meriam e Vanderlei caminhavam distraídos pela calçada, de braços dados, comentando a respeito do filme. Era com a Angelina Jolie. Encantava-se com a beleza agressiva de Angelina Jolie, sua boca voluptuosa, seu olhar selvagem. Sabia que esse tipo de mulher escravizava os homens, mas também sabia que ela, Meriam, jamais seria uma Angelina Jolie. Estava mais para Jennifer Aniston. Bom, também gostava da Jennifer Aniston.

Pensava na exuberância da Angelina quando aquele carro parou num guincho de freios junto ao meio-fio. Uma dessas caminhonetes grandes e negras que os jovens paulistas endinheirados dirigem no litoral catarinense. As portas se abriram bruscamente. Desembarcaram três homens. Meriam não teve tempo de olhar bem para eles. Foram cercados e, antes que Vanderlei ou Meriam conseguissem raciocinar ou perguntar o que estava acontecendo, dois deles, um alto e forte como um lutador de vale-tudo, o outro um gordo de mais de 130 quilos, agarraram Vanderlei pelos braços e o jogaram dentro da caminhonete como se ele fosse um boneco de pano. Meriam clamou pelo marido, mas ele já havia sumido nas sombras do banco traseiro, entre os dois brutamontes. Mal ela começou a gritar por socorro, o terceiro desconhecido se enfiou no carro, que arrancou velozmente. Meriam ficou na calçada, com o nome do marido pendente do lábio inferior, enquanto a caminhonete desaparecia numa curva.

Não aceitou a ajuda dos populares que a acorreram, assustados, perguntando o que havia acontecido. Desatou a correr em direção à avenida João Wallig, próxima dali. Sabia que não se tratava de um seqüestro-relâmpago. Sabia o que tinha acontecido e quem era o responsável. Continuou correndo por algumas quadras, embretando-se em ruazinhas escuras. Parou diante de uma casa grande, de dois pisos, pintada num tom de verde parecido com o da sua, no Parque Minuano. Abriu o portão da frente e marchou até a porta dos fundos. Enfiou-se pela cozinha sem dar atenção à empregada, que gritou um "ai, Jesus" devido à sua entrada brusca. Esbaforida, suada, resfolegante, irrompeu na sala. Encontrou os pais em cima de um tapete de quatro dedos de espessura, diante da tela fina da TV de plasma. Lançou um olhar coruscante de fúria para o pai, sentado em seu lugar de sempre no sofá:

– Levaram o Vanderlei!

A mãe, gorda, ainda de avental, estava de pé, fazendo aterrissar na mesinha de centro, diante do pai, uma xícara fumegante de chá. Olhou espantada para a filha, quase derrubou a xícara.

– Meriam! – exclamou, consternada.

Meriam ofegava, o peito subia e descia ruidosamente. Estava vermelha e descabelada.

Omar, o pai, enfiou o indicador da mão direita na alça na xícara. Com a esquerda, ergueu o pires. Antes de sorver o gole fazendo um ruído que irritava Meriam desde a infância, perguntou, olhando sobre a xícara:

– Levaram?

Meriam gritava. A indiferença do pai a enfurecia.

– Pra onde, pai?
– Como vou saber?
– Isso é coisa sua, pai!
– Minha filha... – a mãe se aproximou para consolá-la. Abriu os braços. Meriam não olhou para ela.

– Devolve o meu marido, pai! Você vai ter que aceitar isso: meu marido!

Um meio sorriso surgiu no rosto moreno do pai e lhe aprofundou a covinha no lado direito.

– Esse casamento ainda não está consumado, menina.

– Mas nós vamos nos casar, pai! Nós já vivemos juntos! E vamos casar!

– Vivem em pecado – Omar agora estava sério. – Minha filha... uma concubina...

– Omar! – dona Nádia, a mãe, levou a mão pequena e gorda ao peito indignado. – Não fala assim da nossa filha!

– Se ela é nossa filha – o pai se levantou, definitivamente irritado – ela tem que nos respeitar. Ela está prometida! Vai casar com quem deve casar!

– Eu quero ficar com o Vanderlei! – Meriam estava se sentindo uma adolescente de novela das sete, e isso a deixava ainda mais furiosa.

– Você sabe o que deve fazer – rebateu Omar, o tom de irritação arranhando as vogais.

– Eu fiz o certo – choramingou Meriam.

Omar encarava a filha com desdém.

– Pra onde levaram o Vanderlei, pai?

Omar lançou-lhe um último olhar e, ao sair, balbuciou:

– Não lhe devo satisfações.

Foi-se em direção ao escritório, onde, Meriam sabia, ninguém poderia entrar. Meriam desabou, aos prantos. Ajoelhou-se ali mesmo, no chão de tábuas da sala, consolada pela mãe. Passou a noite em vigília. Vanderlei apareceu na manhã seguinte, muito machucado. Mal conseguia falar. Apenas gemia:

– Querem que te deixe...

Meriam concentrou-se nos curativos que lhe fez durante todo o dia. Tratou-o a chás e sopinhas. Rosnava maldições contra o pai.

– Foi meu pai! O desgraçado do meu pai! – repetia.

Tinha medo que Vanderlei desistisse, que não a quisesse mais. Mas ele ainda a queria. Mais: o ataque fez com que apressassem o casamento. No mês seguinte, tornou-se oficial: Vanderlei e Meriam eram marido e mulher.

O pai proibiu que a família fosse à cerimônia. Foi só depois da volta da lua-de-mel em Gramado que a mãe a visitou. De presente, trazia uma colcha branca que havia tecido com as próprias mãos gorduchas. O pai continuava ressentido, por isso Meriam ainda temia pela saúde do marido. Donde a visita daquele homem tê-la inquietado. Um curso particular... Bem que estavam precisando de renda extra. Talvez se preocupasse em vão. Talvez as coisas estivessem começando a dar certo para eles, enfim. Meriam suspirou. Olhou para o seu limoeiro carregado de limões escuros. Voltou a trabalhar, resolvida a não pensar mais no assunto.

3

Duas horas e meia antes de se encontrar com seu assassino, Vanderlei sentia-se angustiado. Sentado atrás da escrivaninha de trabalho, o pescoço enfiado dentro de uma gravata prateada, a camisa branca dobrada duas vezes nos punhos, ele se recostou no espaldar da cadeira giratória e pensou que sua vida se complicara inesperadamente no último ano. A começar por seu casamento atribulado, de trama de novela da Globo. Como essas coisas ainda aconteciam no século XXI? E ainda havia as delicadas questões profissionais e, de certa forma, políticas. Agora mesmo, saíra de uma discussão séria com o diretor da faculdade, o Péricles Lopes. Arrependeu-se do que disse. Como sempre, falara demais. Sabia que esse era um de seus mais graves defeitos: dizia o que pensava sem medir as conseqüências.

Balançou a cabeça, inconformado. Como fora estúpido! Como fora ingênuo! Não podia confiar nas pessoas mesmo. As pessoas querem é obter vantagem, querem é passar por cima dos outros. Quando começava a sentir uma comovente pena de si mesmo, foi interrompido:

– Qual é o problema, Magricelo?

Nem dera pela presença luminosa de Vivian, uma das duas belas secretárias do Departamento de Arquitetura. Carol e Vivian deixavam o ambiente florido, realmente. Vanderlei sorriu.

– Nada... Só estou pensando.
– Não no seqüestro, de novo?
– Não, não, até já esqueci aquilo.
– Ninguém esquece essas coisas – lamentou Vivian. – Aceita um cafezinho?
– Não, obrigado. Preciso só fazer umas correções de provas, depois vou embora.
– Então tá. Qualquer coisa, estou logo ali.
– Pode deixar.

Vivian tinha razão. Ninguém esquece essas coisas. Suas noites ainda eram estremecidas por pesadelos com os homens que o seqüestraram. Nem do cheiro deles esquecia. Aliás, a primeira percepção que teve, ao ser atirado para dentro da caminhonete, foi o cheiro de um deles, o gordo que se sentou ao seu lado direito. Um odor azedo, de sujeira curtida e fritura. O gordo era enorme, redondo e certamente apreciava comida. Decerto qualquer gênero de comida, desde que em grande quantidade.

– Toca, toca, toca! – havia gritado o gordo para o motorista, assim que Vanderlei fora atirado no banco de trás.
– O que é isso? – protestava Vanderlei. – O que é isso?

Sabia que não se tratava de um seqüestro-relâmpago corriqueiro. Era algo mais grave. O que devia fazer? Achou que, se demonstrasse autoridade, talvez eles se intimidassem.

– Que é isso? – berrou, com mais determinação, a mesma determinação que empregava com alunos rebeldes em sala de aula. – Me soltem! Me soltem já! Me...

Não completou a frase. O sujeito da esquerda, um grandalhão musculoso que poderia jogar na zaga do Guarani de Bagé, enfiou-lhe o cotovelo nas costelas com ferocidade. Vanderlei sentiu a dor aguda, sua respiração falhou, ele se curvou sobre si mesmo fazendo ufff, enquanto o sujeito usava o mesmo cotovelo para lhe acertar a nuca, numa marretada. Vanderlei gemeu de dor. O grandão rosnou:

– Cala essa boca ou te quebro todo!

Vanderlei sentiu um medo inédito. Naquele momento, faria tudo que eles quisessem. Permaneceu em silêncio, os braços cruzados diante do estômago, enquanto a caminhonete zunia a 120 por hora pelas ruas da cidade.

Seguiram na direção norte, pela Protásio Alves, a maior avenida de Porto Alegre. O motorista reduziu a marcha, provavelmente para não levantar suspeitas. Vanderlei ficou ainda mais apreensivo. Essa avenida terminava em algumas vilas perigosas, das que se dizia que até a polícia evitava entrar. Pensou em Meriam, e seu coração ficou do tamanho de uma ervilha. Como deveria estar desesperada, sozinha, pobrezinha da sua Meriam.

– Tô com fome – a voz fraca do gordo sentado no banco da frente parecia a de uma criança chorona.

– Tu tá sempre com fome – rosnou o homem alto que havia pouco agredira Vanderlei.

– Quem sabe a gente pára pra comer um xis.

– Tá maluco? – quem respondeu agora foi o motorista. – Não vamos dar chance pro azar. Primeiro a gente termina esse serviço, depois vamos comer.

A garganta de Vanderlei se fechou de horror. "Terminar esse serviço." O que pretendiam fazer com ele?

No alto da avenida, entraram à esquerda, passando diante de um posto de polícia para o qual Vanderlei lançou olhares de súplica. Nenhum policial sequer reparou na caminhonete. Chegando a uma espécie de estrada por onde Vanderlei jamais havia passado, o motorista aumentou a velocidade até alcançarem um lugar ermo, um parque, ou floresta, sabe-se lá. O carro parou. O motorista e o gordo desembarcaram.

– Desce – mandou o grandão ao seu lado.

Vanderlei hesitou.

– Desce! – gritou o bandido, acertando-lhe um soco no lado do rosto.

Vanderlei obedeceu, o ouvido a zoar. Sentiu ânsia de vômito ao pensar que seria executado como um cachorro no meio do mato.

Mas, antes que pudesse rastejar e se humilhar, como estava prestes a fazer, o enorme punho fechado do grandão atingiu-lhe os dentes da frente. Vanderlei ficou aturdido, cambaleou, tentou se equilibrar, não conseguiu: o bandido lhe assestou um pontapé na boca do estômago. Vanderlei se curvou, tossindo. Foi então que o gordo o derrubou com um murro na cabeça. Vanderlei desabou, espantado com a força do gordo. Não esperava que aquele volume de banha flácida tivesse tamanho poderio. Do chão, viu os três se aproximando. O grandalhão sorria malignamente. Era dele que Vanderlei tinha mais medo. O grandão estava se divertindo com seu sofrimento. Mas foi o motorista quem falou, mirando-o fixamente com uns olhos verdes nos quais só agora Vanderlei reparava.

– Deixa da moça! – gritou, abaixando-se para ficar mais perto de Vanderlei, apoiando as mãos nos joelhos. – Entendeu? Deixa da moça!

E lhe mandou um chute no meio do peito. Vanderlei gemeu e gemendo continuou enquanto os três o cobriam de pontapés durante um tempo que para ele foi a eternidade. Não iam parar nunca? Vanderlei queria sair correndo; não conseguia nem se levantar. Queria gritar; só tinha forças para gemer. Queria desmaiar; e nem a isso chegava. Não agüentava mais a dor. Gritou:

– Eu deixo! Deixo dela! Eu deixo! Eu deixo!

Sentia-se pusilânime, mas isso pouco importava. Só queria que eles parassem.

Não pararam. Continuaram batendo e gritando "deixa a moça, deixa a moça", até que Vanderlei mal reagia às pancadas.

– Chega! – ordenou o motorista.

Vanderlei sentiu-se agradecido. Bem percebia que o motorista era o melhor dos três. O grandão ainda desferiu um último chute. No estômago, de novo. Vanderlei se curvou ainda mais até ficar em posição fetal, gemendo.

– Chega! – repetiu o motorista. – Vamos embora – disse, para alegria de Vanderlei.

– Vamos a uma pizzaria? – perguntou o gordo, e foi a última frase que Vanderlei ouviu deles.

A caminhonete se foi, rapidamente, e tudo ficou escuro.

Continuou deitado ali, dolorido, por mais alguns minutos. Teve medo que eles retornassem, e esse medo lhe deu forças para levantar e se arrastar pelo mato. Andou a esmo, desesperado, sangrando, até encontrar uma casinha simples à beira da mesma estrada pela qual havia passado antes. Um velho agricultor o socorreu, fez-lhe os primeiros curativos e conseguiu uma carona para que voltasse para casa logo ao amanhecer.

Não, aquele gênero de acontecimentos a gente não esquecia. Vanderlei sacudiu a cabeça, tentando afastar a lembrança daquela noite. Tentando esquecer também sua covardia: chegou a cogitar separar-se de Meriam. Pior: depois do espancamento, calculou friamente se valia a pena ficar com ela, se não era arriscar-se demais por um relacionamento emocional. Fora pusilânime, e sabia disso, e se envergonhava. Mas achou que o casamento resolveria a questão. O pai de Meriam não podia fazer mais nada agora. Teria de aceitá-lo.

Remexeu nos papéis sobre a mesa. Organizou-os em dois montes. Tomou uma pilha, bateu com as bordas no tampo da mesa até emparelhá-las. Fez o mesmo com outra pilha. O seqüestro agora parecia algo distante. Havia mais no que pensar. Devia se preocupar com as bobagens que vinha fazendo nos últimos dias. Fora inconseqüente, fora ingênuo, fora descuidado. Acima de tudo, vinha confiando demais nas pessoas. Sabia que o perigo o rondava. Abriu a gaveta da escrivaninha. Tirou dela uma fita cassete. Girou a fita entre os dedos, enquanto a contemplava, pensativo. Aquela fita representava muito. Talvez fosse sua segurança e a de sua mulher. Ou talvez sua perdição. Já se arrependera de tê-la aceitado, mas agora era tarde. *Consummatum est.* Vanderlei sentia medo, sentia-se covarde e fraco.

Não poderia deixar a fita ali, no departamento. Nem em sua casa. Devia entregá-la a alguém de confiança. Alguém que a guardasse sem nem sequer pensar em ouvir a gravação. Mas quem?

Naquele instante, Vivian entrou com uma xícara fumegante sobre uma bandeja prateada.

– Resolvi trazer um cafezinho assim mesmo – disse sorridente.

Vanderlei sentiu uma onda de ternura lhe invadir o peito. Foi quando teve a inspiração. Enquanto ela depositava a xícara a sua frente, segurou a mão macia de Vivian e perguntou:

– Posso te pedir um favor?

Ela sorriu de volta:

– Claro.

Vanderlei sorriu, aliviado. Mostrou-lhe a fita que tinha nas mãos.

– Esta fita. Preciso que você a guarde pra mim. Mas não pode ser guardada aqui. Tem de ser na sua casa ou em outro lugar seguro. Também gostaria que você não a ouvisse, nem falasse disso pra ninguém. Posso confiar em você?

Vivian fez um muxoxo, como se estivesse ofendida:

– Sua pergunta já é uma prova de desconfiança.

Vanderlei apertou os lábios:

– Desculpe. Estava brincando. Toma – colocou a fita entre as pequenas mãos dela. – Sei que contigo vai estar segura.

– Humpf – fez Vivian, simulando irritação.

– Obrigado, querida – sorriu Vanderlei.

– De nada, Magricelo – disse, enquanto saía do escritório.

Vanderlei suspirou. Aquilo lhe dava um pouco mais de segurança. Talvez estivesse colocando Vivian em perigo, mas era a única saída. Sim, fizera a coisa certa. Consultou mais uma vez o relógio. Faltava pouco tempo para voltar para casa. Faltava pouco tempo para o encontro com seu assassino.

4

O mau pressentimento pulsava com cada vez mais força no peito de Meriam. Recordou do sobressalto que teve ao levantar a cabeça e ver aquele homem ali, parado na calçada da rua tranqüila em que ficava sua casa no Parque Minuano, um bairro de classe média no extremo norte da cidade. Havia algo de errado com ele. A começar pela roupa. Não parecia à vontade dentro do paletó, a gravata pesava-lhe no pescoço. O corpo musculoso combinaria mais com jeans e camiseta. Talvez fosse um executivo que gostasse de malhar, um dono de curso pré-vestibular, um professor que resolveu investir na iniciativa privada, mas tudo nele dizia que não. Que ele estava mais acostumado à atividade física do que à intelectual. E havia o gel. Uma pasta de gel lhe domando os cabelos com dificuldade, algo... Meriam não sabia bem... algo fora do lugar. Não era coisa de um professor.

Ou talvez não fosse nada disso, talvez fosse o jeito de ele caminhar, sabe-se lá. O fato é que Meriam ficara nervosa com a visita. Pensou em ligar para Vanderlei a fim de saber se estava tudo bem, mas desistiu da idéia. No começo do namoro, ligava várias vezes por dia para a faculdade. Por ciúme. Conhecia as secretárias do Departamento de Arquitetura, duas alunas dos primeiros níveis do curso, ambas jovens, bonitas, sorridentes e disponíveis. Meriam lembrava-se dela própria algum tempo atrás, de como se interessou pelo professor, como atraiu a atenção dele e como enfim permitiu que ele a assediasse. Vanderlei não era nenhum Brad Pitt, disso ela sabia, mas a figura do professor desperta fantasias nas mulheres. Aquelas duas, uma morena, outra loira, trabalhando todos os dias com Vanderlei... Vagabundas! Havia muita oportunidade de envolvimento. Meriam consumia-se de ciúmes. Então, nos primeiros meses de namoro, ligava todos os dias, queria saber onde Vanderlei estava, o que fazia e o que fizera. Brigaram inúmeras vezes por isso. Até que Meriam compreendeu que aquilo acabaria com o namoro deles e decidiu que não ligaria mais. Que tentaria não pensar nas secretárias. E confiaria em Vanderlei. Confiaria desconfiando, evidentemente, que nenhum homem é de total confiança.

Não faltava muito para que ele chegasse em casa. Ia preparar um jantar bem saboroso. Estrogonofe. Vanderlei adorava estrogonofe. Sentia-se feliz com Vanderlei. Admirava-o desde os tempos em que se conheceram na faculdade. Não chegou a concluir o curso, mas ficou com o professor, apesar da oposição do pai, um imigrante libanês que enriquecera no Brasil com o comércio de tecidos. Desde a infância, Meriam estava prometida em casamento para um outro filho de imigrantes libaneses. A união das duas famílias as tornaria poderosas. Mas Meriam pouco ligava para os planos de seus parentes.

Nesse momento, odiava o pai. O seqüestro ocorrera por encomenda dele, ela tinha certeza. Antes disso, o velho exercera pressão quase que diária sobre eles, até que Meriam tomou a decisão radical de sair de casa. Foi um escândalo, sua mãe chorou como se ela tivesse dito que tinha uma doença mortal, e o pai deixou de falar com ela. Meriam não fazia questão mesmo. Que ele ficasse no seu canto, contando o vil metal, desde que a deixasse em paz com seu marido. Suspirou. Tirou o pedaço de carne da geladeira. Então se aprumou: barulho na fechadura da porta da frente. Era Vanderlei, que chegava para morrer.

5

Era importante cortar o filé em tiras. Não picá-lo ou reduzi-lo a cubos, como fazem alguns bárbaros. Trata-se de um estrogonofe, ora, não um reles guisado. Meriam espargiu sal e pimenta-do-reino nas tiras. Em seguida, escolheu uma cebola de tamanho médio e picou-a também. Abriu a torneira enquanto trabalhava. A água corrente de alguma forma espalhava o gás emitido pela cebola e evitava que ela lacrimejasse.

Cebola é um alimento riquíssimo. Ajuda a regenerar as células, a recompor os tecidos. Meriam fechou a torneira. Fatiou os cogumelos. Cogumelo é bom para o fígado. Se alguém toma um porre, no dia seguinte deve comer cogumelos. Não era o caso dela. Não gostava de beber. Um vinhozinho de vez em quando, no máximo. Meriam apanhou uma panela grande, jogou uma colherada de manteiga no fundo. Pôs a panela no fogo. Começou a cantarolar. Estendeu as tiras de filé na panela. Elas tinham de ser fritas, para não sair muito sumo. Terminada a fritura, embebeu-as em um quarto de copo de conhaque. Então encheu mais uma colher de sopa de conhaque e, usando a própria boca do fogão, inflamou-a. Levou a colher à panela, inclinou a panela levemente e espalhou o fogo. Adorava aquela parte. Até a palavra é linda: flambar. Lembrou-se que um dia tentou flambar uma comida, usou conhaque demais e queimou os cílios. Sorriu com a lembrança e balançou a cabeça. Apagado o fogo, acrescentou uma colher de mostarda, duas de ketchup, uma de molho inglês e mexeu com uma colher de pau. Mexeu, mexeu, jogou os cogumelos na mistura e, por fim, pôs o creme de leite. Sem soro! Não podia ser com soro! Outra: não devia deixar ferver. Se o creme de leite fervesse, talhava e arruinava o estrogonofe. Um bom estrogonofe era uma arte. Levou-o vitoriosa para a mesa. Vanderlei aguardava sentado, sorrindo.

Vanderlei comeu em meio a suspiros e gemidos.

– Uma delícia – repetia. – Uma delícia.

Meriam sorria, orgulhosa.

– Um homem veio aqui em casa hoje à tarde – contou ela, o garfo a caminho da boca.

Vanderlei levantou a cabeça.

– Um homem?

– Veio atrás de você.

– Quem era?

– Não sei. Não conheço. Disse que tinha um trabalho a oferecer.

– Um trabalho? – Vanderlei fechou um pouco as pálpebras, um gesto que fazia quando estava pensando. – Estranho. Deixou algum recado?

– Disse que voltaria mais tarde.

– Estranho – repetiu Vanderlei, enquanto mastigava. – Tem mais arroz?

Antes que Meriam respondesse, a campainha da porta soou. Meriam estremeceu:

– Será que é o homem?

Vanderlei hesitou por um momento. Meriam viu um relampejar de medo nos olhos dele. E sentiu medo também. Enfim, ele se levantou, limpando os lábios com um guardanapo de papel.

– Vou ver.

Eram as últimas palavras que lhe dirigia.

Meriam baixou a cabeça para a mesa, mas não conseguiu mais comer. Ficou parada, com as mãos pousadas no colo, ouvindo. Ouviu Vanderlei abrir a porta, ouviu a voz do homem. Parecia uma discussão. Estariam discutindo? Conheciam-se? Meriam girou o pescoço. Olhou sobre o ombro direito. Será que deveria ir lá para conferir pessoalmente o que acontecia? Ergueu-se. Virou-se para a porta, mas permaneceu de pé, em dúvida. De onde estava, via as costas do marido e um vulto disforme com quem ele conversava. Seria o mesmo homem que a visitara durante a tarde? Deu um passo em direção a eles. Parou. Esticou a cabeça. Queria ver bem o rosto do homem, mas não conseguia. O corpo de Vanderlei estava na sua frente. Subitamente, a angústia tomou conta de seu peito. Meriam sentiu a garganta fechar e a aflição lhe queimar os olhos. Decidiu-se a ir lá, apoiar o marido. Aprumou-se. Partiu, resolvida. Deu um passo. Dois.

Foi quando ouviu o primeiro tiro.

O estampido fez Meriam saltar para trás e levar a mão ao peito. Quase que simultaneamente, outros dois tiros foram disparados e o corpo de Vanderlei desabou no chão da sala.

– Vanderlei! – ela gritou.

Não obteve resposta.

– Vanderlei! – já corria na direção dele.

Ele não se mexia. Não falava. Quando Meriam se debruçou sobre seu corpo, Vanderlei exalou o último suspiro.

6

Mas, afinal, qual é o maldito sentido da vida? A vida é realmente boa? Uma vida sem mulheres de pernas longas e torneadas e macias e rijas, pernas de louça, boas de se ver e agradáveis de se tocar; uma vida sem mulheres de seios sólidos e empinados, seios que mirem o firmamento com seus bicos duros como tachas de aço inoxidável; sem mulheres de nádegas redondas e arrogantes, que balancem com graça e firmeza ao meneio de quadris suavemente recurvos; e mais: uma vida sem os prazeres que o dinheiro paga, sem cartões de crédito, sem gastos em euros, sem temporadas em Punta, sem a segurança de um emprego fixo, sem fama nem glória, essa vida pode ser considerada boa?

Essa era a vida do repórter Régis Rondelli.

Que finalmente podia mudar para melhor. O dia da sua sorte, parecia, havia chegado. Mas a grande oportunidade da recém-iniciada carreira profissional de Rondelli surgia com a desgraça de duas pessoas aparentemente decentes: um honesto professor de arquitetura assassinado a tiros na porta de casa, e sua bela mulher, transformada em uma triste viúva. Era certo aquilo, se regozijar com a infelicidade dos outros? Rondelli se questionava, ao mesmo tempo em que vibrava com a chance de fazer uma matéria estrondosa, o que o perturbava e o fazia se questionar de novo, mas novamente ele comemorava sua sorte, e outra vez achava que estava sendo desumano. Mas o repórter policial tem de ser frio e até um pouco desumano, então ele se felicitava outra vez, e assim seguiam os tormentos morais do repórter Régis Rondelli.

Cometeu a imprudência de falar sobre isso com Beto de Cordes, veterano repórter de polícia da *Tribuna*. De Cordes estava sentado diante do computador na mesa ao lado, a camisa floreada aberta até o umbigo, a barriga de grávida à mostra, redonda e obscena. Tinha cabelos ralos, a cabeça do tamanho de uma bola de futebol número 5, irônicos olhos amendoados e voz de hiena de desenho animado.

– Está com peninha do presunto? – debochou De Cordes. – Meu filho, nenhum repórter de polícia tem pena de presunto.

Rondelli suspirou.

– Eu sei, eu sei. É que se você visse a coitada da mulher dele...

– Daqui a um mês já está se consolando com o marido da vizinha, pode ter certeza. Ela é gostosinha?

Rondelli pensou um pouco.

– É – reconheceu. – Uma moreninha bem apetecível.

– Vinte dias, então. Se ela é gostosinha, não vai levar vinte dias para se consolar sentando no colo de algum gaiato que tiver carro importado e conta no Citybank.

Rondelli murmurou um "é" desanimado e baixou a cabeça. Tentou se concentrar no texto. Não adiantaria nada continuar aquela conversa. De Cordes era um velho repórter policial e se orgulhava do seu cinismo de velho repórter policial.

– Essa meninada – comentou De Cordes, fitando-o de lado.

Nesse momento, Manique, o editor de polícia, se debruçou sobre a mesa de Rondelli:

– Temos o boneco do presunto?

Boneco é a foto do rosto. O popular três por quatro.

– Não... Acho que o fotógrafo só pegou foto dela.

– Que merda – Manique consultou o relógio. – Estamos atrasados. Mas vou mandar o fotógrafo voltar lá assim mesmo. Quem sabe conseguimos publicar a foto do cara na segunda edição.

– Não tem foto do presunto... – De Cordes balançou a cabeça. – No meu tempo, a gente não podia voltar para a redação sem a foto do presunto.

– No tempo dele a foto do presunto era com pê agá – caçoou Lessa, repórter da Editoria de Geral, que sentava próximo e ouvia a conversa.

De Cordes franziu os lábios e prosseguiu falando com as mãos sobre o teclado do computador, mirando a parede do fundo da redação, como se lá fosse projetado um filme sobre o seu tempo:

– Lembro de uma vez que o Antoninho, um velho colega nosso, era bom repórter, o velho Antoninho, pois o Antoninho foi cobrir um homicídio. O presunto estava sendo velado em casa. O Antoninho chegou lá, pediu uma foto do presunto para a viúva. Ela respondeu que não daria, eles nunca querem dar fotos dos caras assassinados, não sei por quê. Qual é o problema?

– É tão agradável ver a foto de um parente na página policial, não é? – disse Lessa, enviando um sorriso cúmplice para Rondelli.

Rondelli sorriu de volta. De Cordes foi em frente:

– Mas o Antoninho não podia voltar sem a foto. Aí ele bolou um plano: viu que na parede da casa havia várias fotos do morto. Combinou com o fotógrafo o seguinte: ele, Antoninho, daria a volta na casa, até a caixa de força, nos fundos, no quintal. Cortaria a energia. Aí, o fotógrafo se aproveitaria da confusão e do escuro, entraria na casa correndo, pegaria uma foto do morto que estivesse pendurada na parede, enfiaria dentro da bolsa e os dois voltariam correndo para o jornal. Fizeram tudo isso: o Antoninho desligou a força, o fotógrafo pegou o retrato, meteu na bolsa, eles correram para a redação, tiraram o quadro da bolsa e... era Jesus Cristo!

As gargalhadas estouraram nas mesas do entorno. Lessa admitiu que aquela era boa. Rondelli riu também. E baixou a cabeça novamente. Tinha que se concentrar para escrever um belo texto. Aquela matéria teria grande leitura no dia seguinte. Seria a matéria do ano. Sua maior matéria. A chance da sua vida.

7

Rondelli sabia que escrevia bem. Gostava de escrever. Tinha se tornado jornalista por influência familiar. Por causa de seu tio Odimar, repórter do *Jornal do Povo*, de Cachoeira, a terra em que Rondelli nascera havia um quarto de século, onde passara uma infância feliz chutando bola e voando de bicicleta, onde alcançara uma adolescência sôfrega a observar as pernas das meninas dentro das minissaias plissadas do colégio Rio Branco ou dos shortinhos minúsculos do seu bloco de Carnaval, o célebre Alá-Lá-Ô.

Pois fora o matreiro tio Odimar, certamente o melhor repórter que já empunhara uma caneta na cidade, quem o iniciara nas letras e nas mulheres. O pai, um modesto plantador de arroz, era muito sisudo para ambas as coisas. Assim, coube ao tio incentivá-lo a ler os bons livros e levá-lo quase que pela mão a um lugar conhecido na cidade como O Palácio do Prazer, onde Rondelli conheceu biblicamente sua primeira mulher, uma morena de seios pequenos e pernas longas. Contra todas as probabilidades, acabou sendo uma iniciação razoável. A morena foi atenciosa e paciente, sobretudo depois de algumas recomendações que o tio lhe fizera ao ouvido e um maço de notas que lhe enfiou no sutiã, antes de ela e Rondelli irem para a alcova. Durante a meia hora que ficaram no quarto, ela deu provas de que estava se divertindo, e isso de alguma forma deixou Rondelli mais relaxado.

– Um cabacinho... – repetia ela olhando para o corpo branco de Rondelli, enquanto lhe tirava a roupa, peça por peça. – Sempre quis tirar um cabacinho...

A princípio, aquela história de cabacinho o humilhou, mas Rondelli logo percebeu que ela estava gostando do fato de ele ser virgem. Sua inexperiência era um ponto a favor, não contra. Rondelli, então, relaxou e, literalmente, gozou.

Rondelli não teve muitas outras experiências sexuais até mudar-se para Porto Alegre, a fim de fazer a faculdade de jornalismo. No primeiro ano na capital, seu pai morreu de câncer. A mãe sobrevivia trabalhando como costureira. A faculdade era pública, gratuita, mas Rondelli precisava trabalhar para sobreviver, para pagar o aluguel, o transporte, a comida, a cerveja gelada de cada noite.

Seu primeiro emprego foi numa grande loja de departamentos. Um serviço interno, no setor de cobranças, basicamente de arquivamento e classificação de documentos. Trabalhava das sete e meia da manhã às seis e meia da tarde. O trabalho era maçante; o horário, de quartel do exército. Às sete e meia, uma sirene soava no prédio de nove andares. Indicava que todos tinham de começar a trabalhar e também era o sinal para que um chefete do Departamento Pessoal retirasse os cartões-ponto dos escaninhos ao lado do relógio-ponto. Se o cartão do funcionário fosse retirado antes de ele conseguir marcá-lo, o dia de trabalho estava perdido. O funcionário tinha de trabalhar, mas de graça. E o chefete, por Deus, sentia um prazer quase sexual quando um funcionário se atrasava. A sirene começava a tocar e ele já saía apressado da sala do DP, no mesmo andar do relógio-ponto. Caminhava rapidinho, todo empinado, meio gordinho, mas veloz feito uma ratazana. Puxava os cartões dos escaninhos com destreza, empilhava-os todos em uma mão e se metia de volta em sua toca do DP, aquela lagartixa gorda. Se um funcionário chegasse dez segundos atrasado e não tivesse tempo de pegar o cartão, ele lhe atirava na testa um sorrisinho de vitória e ciciava:

– Lamentáaavel. Vais perder o diiia.

O problema era que Rondelli morava longe, na Zona Norte, e a loja ficava no centro da cidade. Mais de uma hora de ônibus. Precisava acordar às cinco e meia da madrugada. A cidade dormia, os passarinhos dormiam, os cães dormiam, os elefantes dormiam, e Rondelli já estava acordado, correndo esbaforido para o trabalho, escabelado de medo de ter seu cartão-ponto retirado.

Um dia, Rondelli se atrasou. Perdeu um horário de ônibus, chegou ao centro às 7h28. Desceu do ônibus aos pulos e desatou a correr, driblando os transeuntes, pedindo com licença!, com licença! Irrompeu no prédio da loja exatamente quando a sirene começava a uivar feito uma loba no cio. Entrou bufando na porta principal. E viu o elevador que partia lotado, a porta se fechando, inalcançável, um pesadelo. Dentro do elevador, os colegas riam:

– Sobeeeee.

Sádicos.

Rondelli deu um guincho de horror. O cartão-ponto! Mas não desistiria! Abriu a porta que dava para as escadas e começou a escalada. Pulava de dois em dois degraus. Dois, quatro, seis, oito, dez, doze, quatorze, dezesseis, dezoito! Segundo andar! A sirene ecoando por todo o edifício, uóóóóóó. Dois, quatro, seis, oito, dez, doze, quatorze, dezesseis, dezoito! Terceiro andar! A sirene avisando que dava tempo, uóóóóóóóóóóóóóó! No quarto, ele tentou aumentar o ritmo. Sentia-se bem, achava que ia agüentar sem problemas, talvez até chegasse ao oitavo andar antes dos engraçadinhos do elevador. Dois quatro seis oito dez doze quatorzedezesseisdezoito! Uóóóóóóóóóóóóóóóó! Mas no quinto as pernas pareciam mais pesadas, a distância do dois para o dezoito era maior. No sexto, ele ofegava fortemente, dois... quatro... Uóóóóóóóóóóó... seis... oito... óóóóóóóóóóóóóó... dez... doze... quatorze... óóóóóóó... dezesseis... dezoito... Ufa, sexto andar! Do sétimo para o oitavo, Rondelli se arrastou. Puxava o ar pela boca, pelo nariz, por onde pudesse. Os pulmões queriam mais ar, mais ar, e ar não havia. A sirene estava morrendo. Ele precisava parar, precisava sentar-se, deitar no chão e chorar, mas não podia! Não podia! A sirene ainda apitava, ele ainda tinha chances. Chegou ao oitavo andar exausto, porém exultante. O suor caía-lhe em cataduapas pelo rosto. Abriu a porta. Entrou no corredor. No final, os escaninhos dos cartões-ponto. O relógio-ponto. E o maldito chefete do DP, retirando os cartões com gana homicida. Rondelli rastejou até os escaninhos. A sirene morreu. Ele avistou a letra erre. Viu seu cartão. Estendeu a mão trêmula. E o chefete do DP sacou o cartão. Encarou-o sorrindo:

– Lamentáaavel. Vais perder o diiia.

Então, a fúria.

Rondelli se pôs ereto e, com os olhos em fogo, urrou, com a mão estendida:

– Me dá esse cartão!

O chefete olhou para ele, assustado. Ninguém jamais reagira quando ele recolhia os cartões. Aprumou-se. Rondelli resfolegava, estava vermelho, desgrenhado, parecia realmente hostil. O chefete hesitou. Apertou os cartões-ponto contra o peito como uma mãe protegendo o filho.

– Me dá! – berrou Rondelli, sentindo-se capaz de cometer uma atrocidade, tipo fazer o chefete engolir os cartões um a um, sem mostarda.

O chefete piscou. Olhou para a pilha de cartões. O de Rondelli estava bem em cima.

– Dá logo! – a voz de Rondelli era ameaçadora. O chefete abriu a boca. Mas preferiu não falar nada. Alcançou-lhe o cartão. Rondelli o tomou e ele retirou o braço rapidamente, como se temesse ser mordido. Rondelli enfiou o cartão no relógio-ponto, baixou a alavanca num *clang* raivoso e devolveu-o ao chefete, que o recolheu com algum ultraje e balbuciou, erguendo o queixo:

– Desta vez passa!

E se foi, rapidinho, em direção à sala do DP.

Olhando o chefete se ir pelo corredor rebolando feito um pequeno leitão, Rondelli pensou: "Essa bichona recalcada desse chefete do DP!". E decidiu que aquela vida não lhe servia, não mesmo.

8

Poucas semanas se passaram até que uma agência de empregos, especializada em arranjar trabalho para estudantes universitários, o chamou. Havia uma vaga no setor de microfilmagens do Estado. Um servicinho tranqüilo: selecionar, arquivar e carimbar documentos. Rondelli temeu que estivesse voltando à rotina tenebrosa da loja de departamentos. Mas, não. Era diferente. Uma loja de departamentos é o comércio inclemente e capitalista, e agora ele estava aconchegado nos braços de avó amorosa do serviço público. Em alguns dias, Rondelli entendeu por que o haviam contratado: para trabalhar pelos funcionários de carreira. Porque os funcionários de carreira estavam muito ocupados com a carreira para perder tempo trabalhando. Preocupavam-se com a aposentadoria, com seus privilégios e direitos. Não dava tempo para trabalhar, e ninguém cobrava trabalho mesmo... Com o tempo, Rondelli também adquiriu o hábito de trabalhar pouco, quase nada. Ele e os outros estagiários imitavam os funcionários de carreira e passavam o dia conversando, jogando palitinho, batalha naval, fazendo de tudo, desde que não tivesse nada a ver com trabalho.

Até que um dia a exatora-chefe chamou-os para uma reunião. Todos: funcionários de carreira e estagiários. Reuniram-se no fundo da sala, a exatora-chefe encostada a uma mesa.

– Nós fizemos um levantamento do trabalho aqui – anunciou.

Rondelli engoliu em seco. Se haviam feito um levantamento, obviamente constataram que ele não trabalhava. Ia ser despedido, sem dúvida. Porque ele podia ser despedido; os funcionários de carreira, não. Não era tão fácil despedir um funcionário de carreira. Era preciso um motivo muito mais grave do que falta de trabalho para despedir um funcionário de carreira.

– Observamos um por um – continuou a exatora.

"Pronto", pensou Rondelli com tristeza, "acabou, estou na rua de novo. Acho que já vou arrumando minhas coisas."

– E conseguimos apurar quais são os melhores e os piores métodos de trabalho – seguiu em frente a exatora, enquanto Rondelli tentava imaginar uma desculpa para sua baixíssima produção. – Constatamos que todos vocês devem seguir o método do... Régis!

Rondelli deu um salto ao ouvir seu nome. Os colegas olharam para ele, e não olharam de forma amistosa. Então ele trabalhava? Então ele era um maldito traidor? Rondelli fitava-os, pasmado, os braços abertos em sinal de impotência, balançando a cabeça. Queria se desculpar, queria dizer que nada daquilo era verdade, que ele também não fazia xongas nenhuma, que não era um reles alcagüete. Mas não havia saída. A exatora já vinha de lá com a mão estendida para lhe dar os cumprimentos e o ressentimento dos colegas já havia desabado sobre ele como um anátema hebreu. Aquele foi um dia solitário para Rondelli, na repartição.

No dia seguinte, felizmente, tudo voltou ao normal. A única diferença era que agora Rondelli se esforçava ainda mais para não fazer nada. Mas era duro se equiparar aos colegas. Aqueles caras sabiam realmente como não trabalhar durante o trabalho.

9

Naquele dia, Rondelli compreendeu que seu cérebro estava atrofiando, que não se interessava pelo ócio improdutivo. Queria ser repórter, queria escrever, entrevistar pessoas, fazer matérias vibrantes, brilhar nas páginas de um jornal diário.

Teria de mudar outra vez, e agora para ingressar em definitivo na sua carreira. Ou, pelo menos, para entrar em alguma redação.

Tentou direto a *Zero Hora*. Uma vaguinha de estagiário, quem sabe? Preencheu uma ficha no setor de Recursos Humanos e perguntou se poderia conhecer a redação. A moça respondeu que sem problemas, levou-o até lá e lá o deixou. Rondelli ficou zanzando pela grande sala, observando os jornalistas se movimentando de um lado para outro, atarefados como formigas-operárias.

Estava parado sobre o carpete, entre as mesas, quando, do fundo do corredor, de uma sala envidraçada, saiu aquele que

Rondelli reconheceu como o poderoso diretor de redação do jornal: Câncio Castro. Uau, ali estava o homem que poderia dar-lhe o emprego que tanto desejava. Câncio atravessava a redação, apressado. Foi interrompido pelo chamamento de um jornalista, talvez um editor, que estava sentado diante de um computador. Câncio parou ao ouvir seu nome, mas parou a contragosto, via-se.

– Olha só esse texto – pediu o jornalista, alcançando-lhe uma folha impressa.

Câncio apanhou o papel com evidente má vontade. Simulou uma passada de vistas na folha e a devolveu depois de um segundo, comentando:

– Que coisa.

E se foi. Era evidente que não havia lido uma linha. O jornalista ficou com o papel na mão, constrangido. Rondelli sentiu vergonha por ele. Então, o jornalista levantou a cabeça e seus olhos se encontraram com os de Rondelli. Ambos ficaram vermelhos. Rondelli se afastou em silêncio. Todos são sempre muito ocupados no mundo do jornalismo.

Alguns passos depois, Rondelli parou ao perceber que chegara à Editoria de Esportes. Lá estava outro jornalista que admirava. Mário Marcos de Souza, colunista e editor, concentradíssimo atrás de seu terminal de computador, as frases perfeitas escorrendo-lhe pelas pontas dos dedos, os verbos e os substantivos enchendo as linhas como se fossem maná e mel. Rondelli o observou com ternura: os cabelos prateados que arrancavam suspiros das jovens estudantes de jornalismo, os óculos sisudos que volta e meia escorregavam-lhe pelo nariz, o corpo magro, porém atlético, decerto moldado em sessões de academia de ginástica, longas caminhadas ao sol e muita, muita salada. Aquele homem já fizera de tudo no jornalismo. Tudo! Quando tivesse cinqüenta anos, Rondelli queria ser como ele. Deveria se aproximar? Pedir algum conselho? Talvez Mário Marcos divisasse em seu rosto a luz de um futuro repórter que seguiria seus passos. Já imaginava Mário Marcos se virando para os colegas e observando:

– Esse vai ser grande! Grande!

Aproximou-se devagar. Mário Marcos escrevia furiosamente, os cantos da boca voltados para baixo, a perna esquerda batendo sob a mesa em ritmo de *heavy metal*. Rondelli parou ao seu lado. Ele não levantou a cabeça. Continuou mergulhado no texto. Que concentração! O homem e sua obra. Só isso importava para ele naquele momento. O mundo que se danasse, havia um texto a ser produzido, e um texto brilhante, um texto perfeito. Um texto de Mário Marcos de Souza.

Rondelli limpou a garganta, tentando se fazer notar. Mário Marcos levantou a cabeça. Enviou-lhe um olhar surpreso.

– Ó – disse Rondelli, sem saber o que falar.

Mário Marcos continuou encarando-o em silêncio. Rondelli sorriu e enrubesceu. Devia ter pensado antes no que dizer. Devia ter preparado algo inteligente para aquele momento. Afinal, talvez seu futuro dependesse daquele encontro. Um encontro quase casual e que, no entanto, lhe abriria as portas para a realização e para a fama. No futuro, quando Mário Marcos fosse identificado como o seu descobridor, concederia entrevistas e relembraria aquele dia:

– Quando vi o garoto parado na minha frente percebi uma luz diferente em seus olhos. Compreendi que vivia um momento especial.

Sim. Um momento especial. Uma luz diferente nos olhos. Rondelli teria de dizer algo relevante. Tentou fazer os olhos luzirem. Como se faz um olho luzir? Sorriu o seu melhor sorriso. Emendou:

– Um dia quero tomar o seu lugar.

Mário Marcos arregalou os olhos:

– Quê???

Rondelli piscou. Será que Mário Marcos havia entendido que aquele era um sinal de que Rondelli queria derrubá-lo, algo assim? O sangue tornou a tomar conta de seu rosto. Começou a suar.

– Não... não é isso... É que eu sou repórter, quer dizer, quero ser repórter. Na verdade, trabalho na microfilmagem.

– Microfilmagem? Você é algum tipo de espião? – Mário Marcos passara da perplexidade para a ironia. Um lume de divertimento valsava em seu olhar. Os outros integrantes da Editoria de Esportes pararam de trabalhar para observar a cena, as mãos postas sobre os teclados dos computadores. Rondelli queria que algo acontecesse para tirá-lo daquela situação. Qualquer coisa. Uma explosão, um míssil que voasse pela janela, um tsunami, qualquer coisa. Tinha entrado lá sem pretensão alguma, apenas preenchera uma ficha no Departamento de RH, e pedira para conhecer a redação, só isso, não era para ser ridicularizado pelo Mário Marcos e por toda a Editoria de Esportes da *Zero Hora*. Não era para ficar marcado por toda a vida só por uma visita inocente. Queria apenas ser auxiliar, puxa! Um estafeta! Um *office boy* rasteiro e servil! Só isso. Espião. Imagina. Tentou explicar:

– Não... – sorriu. – Sou estagiário de uma repartição pública, é isso. É que um dia ainda vou querer ser como o senhor.

– Casou na festa, Mário! – gritou uma voz debochada lá do fundo.

Todos riram. Rondelli tinha vontade de chorar. Gaguejou uma desculpa e deslizou para longe dali. Mário Marcos nem ouviu. Havia retornado ao seu texto. Rondelli saiu da redação tonto. Parou um pouco no bar dos funcionários, que ficava no mesmo andar, à beira da escada que levava à salvação da porta da rua. Encostou-se ao balcão para se recompor. Foi então que ouviu pela primeira vez a voz do seu futuro melhor amigo Nico Nunes:

– Não dá bola, não. A turma gosta de tirar sarro.

Rondelli o reconheceu como um dos repórteres da Editoria de Esportes. Acabara de se encostar ao balcão e pedir um cafezinho.

– Tudo bem – respondeu Rondelli, limpando o suor da testa. – Tudo bem – e desabou escada abaixo.

10

Foi-se, humilhado, jurando vingança. Encheria aquela *Zero Hora* e seus arrogantes jornalistas de furos até que eles não agüentassem mais, até que implorassem para que fosse trabalhar com eles. Rondelli lhes sorriria, superior.

– Até posso ir trabalhar com vocês – responderia, soltando uma baforada de fumaça do cigarro que prendia entre o indicador e o dedo médio. – Desde que o Mário Marcos venha aqui pedir. Na verdade, quero que ele venha implorar.

Mário Marcos teria de rastejar feito um marido arrependido. Sim, senhor. Ao finalmente ingressar na redação de *Zero Hora*, Rondelli só teria um olhar de benevolência para aquele repórter que foi falar com ele no bar. Passaria a mão em sua cabeça:

– Você foi legal comigo uma vez, rapaz. Agora serei legal com você.

E lhe daria um aumento de salário.

Rondelli e Nico se reencontrariam bem antes de ele poder entrar em triunfo na redação da *Zero Hora*. Viram-se em bares freqüentados por jornalistas. Conversaram. Passaram a sair juntos. Meses depois, foi Nico quem contou a Rondelli que a *Tribuna* estava comprando matérias de *free-lancers*. Rondelli saiu a campo. Escreveu a primeira. E deu certo! O texto lhe rendeu duzentos reais. Calculou: se vendesse quatro matérias por mês, uma por semana, sobreviveria sem sobressaltos. Não lhe seria permitido nenhum luxo, é verdade, mas podia considerar o trabalho como um investimento nele próprio. Em pouco tempo, seu valor como repórter acabaria notado pelos editores dos demais jornais e alguém o contrataria em definitivo.

Mais de dois anos se passaram, Rondelli concluiu o curso de jornalismo e a contratação em definitivo não aconteceu. Pior: as compras de matérias minguavam. Às vezes, conseguia emplacar duas em um mês, às vezes nenhuma. Agora, Rondelli estava aceitando qualquer emprego fixo, em qualquer jornal.

Na *Tribuna* mesmo, ou o *Correio do Povo*, ou o *Diário Gaúcho*, ou *O Sul*, ou o *Jornal do Comércio*. Achava que, se fosse efetivado em um desses jornais, logo chamaria a atenção dos homens da *Zero Hora*. Um repórter *free-lancer* nunca é visto com bons olhos. É um aventureiro, um homem sem vínculos. Rondelli precisava de um vínculo. E, mais do que tudo, de um salário certo a cada mês. Porque as dívidas já o sufocavam. No princípio, ele até gostava de dever. O repórter idealista, lutando contra o poder econômico, driblando as vicissitudes da vida comezinha, mas seguindo em sua busca incessante pela Verdade e pela Justiça. O problema era que os credores não tinham a mesma visão romântica. Por isso aquela matéria do professor assassinado era tão importante: renderia um bom dinheiro, seria um furo na concorrência, chamaria a atenção dos jornalistas de toda a cidade, lhe abriria portas, seria o impulso de sua carreira. Rondelli se sentia tão excitado que mal conseguia escrever. Manique, o editor, sentado a uns cinco metros de distância, lançava-lhe um olhar impaciente. De lá, gritou:

– Como é que é? Quando é que sai essa bosta?

– Calma lá! Tá indo, tá indo!

Rondelli escreveu mais duas linhas. Consultou o relógio. Será que o Nico estaria em casa? Levantou o telefone do gancho. Pressionou o zero para buscar linha. Esperou um segundo. Discou o número do amigo.

– Nem acredito que te peguei em casa! – disse, ao ouvir o alô de Nico.

– Acabei de chegar

– Vamos tomar um chopinho mais tarde? Preciso te contar algo espetacular.

– Você agarrou a Letícia!

– Não! Muito melhor!

– Melhor? A Lu?

– Pára com isso. Depois eu te conto. No bar.

– Posso passar aí pra te pegar.

– Quando estiver pronto te ligo, então. Vou levar mais um tempinho para terminar a matéria.

– Feito.
– Feito.

Rondelli desligou. Letícia... Que Letícia, o quê! Aquela Letícia não queria nada com ele. Quem não saía de sua cabeça no momento era a maldita Arabela Schultz, e não por causa dos dotes físicos dela.

Arabela Schultz era a dona de seu pequeno apartamento. Alugara-o diretamente de Arabela, sem intermediação de imobiliária. Por um lado, isso era bom: Rondelli não tinha emprego fixo, não tinha como comprovar renda, o que tornava impossível alugar algo através de uma imobiliária. Mas, por outro lado, alugar diretamente da proprietária era horrível. Fazia quatro meses que não pagava aluguel e a pressão de Arabela aumentara até o nível do insuportável. Ela morava no prédio ao lado e não podia vê-lo sem cobrar os aluguéis atrasados. No começo, a cobrança era discreta. Chamava-o delicadamente a um canto, a voz sussurrada. "Seu Régis, o senhor pode vir aqui um pouquinho?" Mas, com o passar das semanas, a mulher foi se tornando mais agressiva. Na última vez, Rondelli estava na esquina e ouviu o grito indignado dela:

– Ô, rapaz! Ô, rapaz!

Fez que não ouviu. Dobrou a esquina e apressou o passo até sumir. Mas o tom de voz dela era belicoso, não havia dúvida. Rondelli temia pelo próximo encontro.

Se tivesse carro, o venderia. Não tinha. Nem DVD, nem aparelho de CD. Sobrevivia com seu antigo toca-discos e seu toca-fitas e jurava que se saía muito bem. Agora mesmo, Régis Rondelli só tinha cinqüenta reais para sobreviver o resto do mês. E ainda faltavam quinze dias para o mês terminar. O aluguel era duzentos, o que significava que devia oitocentos, mais 150 no mercadinho, mais cinqüenta da banca de revistas, dava um total de mil reais, redondo. Mil! Conta bonita. De onde ia tirar mil reais, Santa Gertrudes??

Mas as dívidas não iam liquidar com sua vida social. Como dizia Millôr Fernandes: "Não é um jantar que vai me quebrar". Sábio Millôr. Pois não seria uma ou duas saídas que quebrariam o repórter Régis Rondelli. Principalmente nessa noite. Precisava contar ao Nico sobre a matéria do crime do professor. Porque aquela não era uma matéria comum. Rondelli era *free-lancer*, mas tinha autorização para trabalhar na redação da *Tribuna*. Da redação, havia ligado para a delegacia, na penúltima ronda da noite. O comissário informou que a polícia suspeitava de latrocínio, um crime comum. Mas Rondelli dependia da publicação de suas matérias para receber. Quer dizer: quanto mais matérias escrevesse, mais ganharia. Então, decidiu ir atrás da história. Chamou um carro e foi até a Zona Norte, onde morava a mulher do professor assassinado. Encontrou Meriam desolada e muda, sentada nos degraus da varanda, em frente de casa. Dera o primeiro depoimento e não queria falar com mais ninguém. Estava apenas sentada, os cotovelos apoiados nos joelhos, as mãos pendentes, os olhos vermelhos fitando as lajotas do chão. Rondelli ficou diante dela, olhando-a, consternado. Meriam não falava. De repente, ela levantou a cabeça, como se uma idéia ou uma tomada de decisão lhe iluminasse o cérebro. Olhou para Rondelli e sentenciou:

– Eu sei quem fez isso!

Rondelli ficou perplexo. Ela sabia quem era o assassino! Aí Meriam se levantou, mandou que ele entrasse e ali mesmo, de pé na varanda, contou sua história, uma história que não tinha contado nem à polícia: acusou o pai de ser o mandante do assassinato do marido.

Rondelli quase não acreditava no que ouvia. Era espetacular demais. Tinha todos os elementos de um romance policial, de uma novela: sexo, amor, assassinato, intriga familiar. E o melhor: nenhum outro jornal devia ter ouvido o desabafo de Meriam. Os outros repórteres provavelmente tinham obtido as informações por telefone e Meriam não dissera nada sobre seu pai à polícia. Decerto a idéia ainda não lhe ocorrera, ou ela estava decidindo se devia contar tudo ou não. Afinal, não é fácil acusar o próprio pai de assassinato.

Rondelli anotou a história, implorou para Meriam não falar nada com ninguém antes do amanhecer e foi para a *Tri-*

buna saltitando de alegria. Agora, restava saber se a *Zero Hora*, o *Correio do Povo*, algum outro jornal ou uma rádio tinham conseguido o depoimento de Meriam. Provavelmente não. Seria o furo do ano. A grande matéria da sua vida.

– Vamos lá, porra! – berrou Manique, do outro lado da editoria.

Rondelli enfiou a cabeça no teclado e dedilhou ferozmente. As frases começaram a sair, uma encaixando na outra, seguindo uma seqüência lógica. Estava ficando uma beleza de texto, sim, senhor, uma beleza de texto. Só parou de escrever no ponto final. Releu rapidamente. Olhou para o lado.

– Ei, Lessa.

Lessa se virou para ele.

– Pode dar uma olhada num texto para mim?

– Claro. Manda aí.

– Cadê o texto, cacete?!? – urrou Manique.

– Estou revisando.

– Manda duma vez.

– Já vai, pô!

Minutos depois, Lessa estava batendo em seu ombro:

– Cara, está muito bom. Bela história. Você não inventou isso, hein?

– Vai à merda, Lessa.

Lessa riu.

– Vai ter a maior repercussão amanhã.

Rondelli sorriu, satisfeito.

– Obrigadão.

Uma hora depois, Rondelli e Nico estavam entrando no Lilliput. Nico perguntando o que ele tinha para contar e Rondelli fazendo certo suspense, dizendo que lhe contaria quando estivessem sentados, na frente de dois copos de chope.

Mas Rondelli não conseguiu contar sua história de imediato. Impossível falar de assuntos profissionais com o que aconteceu a seguir. Tudo por causa do Peçanha. Quer dizer: por causa da mulher do Peçanha.

11

Não que Aníbal sentisse prazer em matar. Não. Apenas fazia o que devia ser feito. Tratava-se de um trabalho como qualquer outro. Não... Como qualquer outro, não. Um trabalho de relevância social. Que *precisava* ser feito, e por especialistas.

Não se considerava um mau sujeito. Ao contrário. Jamais fora cruel, não maltratava ninguém, não fazia mal nem aos animais. Desde a infância cultivava aversão a quem torturava bichos. Viu garoto tocar fogo em rabo de cachorro, outros que enfiaram gatos em máquinas de lavar roupa. Certa feita um de seus amigos estuprou uma galinha, que, coitada, não resistiu às sevícias e faleceu em meio a cocoricós de dor. Coisas de guri de bairro pobre. Mas coisas indesculpáveis. Crueldades. Aníbal não admitia crueldade. Uma vez teve um galo de estimação. Trovão, o galo. Bonito, branco, a crista imponente lhe dando ares de rei do galinheiro. Num domingo, Trovão desapareceu. Aníbal o procurou por todo o quintal da pequena casa no bairro Teresópolis. Que saudade daquela casinha! Não o encontrou. Chamava:

– Trovão! Trovão!

Nada do Trovão. Aí a mãe, que Deus Todo-Poderoso a conserve ao Seu lado, o convocou para o almoço. Aníbal entrou na cozinha e logo percebeu: no centro da mesa, decepado, depenado e mutilado, jazia seu velho amigo Trovão. Foi um choque. Como a mãe havia cometido tamanho crime? Aníbal não almoçou naquele domingo. Comer o Trovão seria como comer um amigo, um ato de canibalismo.

Portanto, podia-se dizer que ele era um homem que respeitava os seres vivos. Agora, morrer todo mundo vai morrer um dia, não é? Uns morrem de câncer, e é um fim horrível. Aníbal viu sua avó nas vascas da morte, vitimada pelo câncer, sofrendo medonhamente, contorcendo-se em dores, mutilada pelas operações a que os médicos a submeteram. A tal suplício, ele preferia uma misericordiosa bala na cabeça. Também viu seu pai fenecer lentamente, abalado por um derrame, dois derrames, três derrames, cada derrame lhe tirando algo: os movimentos do braço direito, do lado direito do rosto, da perna direita, até que o pai ficou meio abobado numa cama, sem falar direito, sem pensar direito, sem comer direito. O pai era um vegetal. Uma alface. Um nabo. Após um par de anos dolorosos, o quarto derrame o levou mansamente, na certa um alívio para ele. Mas, curioso, não foi para a mãe. Um ano depois, ela morreu também, de enfarte, e Aníbal ficou sozinho no mundo e *gauche* na vida.

As mortes dos pais e do galo Trovão foram as primeiras que Aníbal presenciou. Mais tarde, trabalhando como policial, viu colegas morrendo em acidentes de carro, de tiro, de talho de faca, viu gente murchando aos poucos, morrendo de velha, sem memória, sem saúde, abandonada pela família, atirada à sarjeta. Então, uma morte rápida e inesperada, praticamente indolor, como uma bala no coração, por favor, uma morte dessas é até uma bênção. Além disso, as pessoas que ele matava geralmente não tinham muito o que esperar da vida. Não ia matar uma Deborah Secco, uma coisinha daquelas, não. Nem uma Juliana Paes, com toda aquela opulência, a vida lhe pulsando nas coxas fortes, nos seios redondos, nas nádegas empinadas. Nada disso. Matava elementos nocivos à sociedade. Laranjas podres que precisavam ser eliminadas do cesto. Aníbal viu muitas famílias decentes serem destruídas por alguns desses tipos que ele afastava do convívio social. Viu muita desgraça causada por eles. O que Aníbal fazia era uma limpeza. Desimpedia o caminho para que as pessoas de bem passassem.

12

Verdade que o professorzinho não se enquadrava nessas categorias. Era um professor, um trabalhador. Aníbal respeitava os trabalhadores. Isso o incomodava um pouco. Além do fato de o professor morar em Porto Alegre. Com gente dessa classe ele só atuava fora da cidade. Mas o professorzinho também estava causando mal. Atrapalhando gente importante. E, puxa vida, o dinheiro que lhe ofereceram era irrecusável. Outra coisa: o professorzinho podia ser considerado um insignificante. Que contribuição ele daria para a comunidade? Nada. Zero. Talvez até tivesse sido bom abreviar a passagem dele por esse vale de lágrimas. Convenceu-se de que foi um ato humanitário ceifar o sofrimento do pobre coitado. Dez segundos, tudo resolvido. Sem aquela longa agonia dos hospitais, sem a decadência da velhice. Muito mais prático e barato. Deviam lhe agradecer.

Aníbal sorriu com benevolência a esse pensamento. Engatou a quarta marcha do seu Mégane negro como as asas da graúna. Era como se referia ao seu carro: como Iracema, a virgem dos lábios de mel. Havia rodado muito pela cidade, após a consumação do serviço. Agora precisava relaxar. Dirigiu em direção à rua em que se situava o seu edifício. Ainda lembrava do professorzinho. Ele nem teve tempo de compreender o que lhe acontecia. Com Aníbal era assim: serviço rápido e limpo. Não era por acaso que tinha bom nome na praça. Pensou na mulher do professor. Uma turca bem bonitinha. Magra, mas não muito. Gostaria de consolá-la. Sorriu mais uma vez. Lembrou do dia em que pegou aquela loira, mulher de um empresário de Novo Hamburgo. Não foi culpa dele, a coisa aconteceu meio por acaso. Por isso não gostava de atuar nessas classes superiores. Chamava a atenção da imprensa e sempre dava problema. Nesse serviço, haviam lhe garantido que a casa estaria vazia. Tinham lhe dado a chave. Aníbal só precisava entrar e esperar. Quando o sujeito chegasse, era executar a tarefa e ir embora. Rápido. Limpo. Sem complicações.

Pois bem. Aníbal entrou na casa. E quem encontrou de pé, na sala, olhando perplexa para ele? A loira. O que ela estava fazendo ali, carácoles? Não devia estar viajando? Não devia estar bebericando daiquiris com sombrinha no copo em Punta del Este? A loira o fitou com os olhos arregalados. Aníbal suspirou, agastado com a intromissão.

– O que é isso? – gritou ela, já apavorada.

Aníbal se sentiu um pouco ofendido com a reação dela. Por acaso tinha cara de facínora para ela berrar daquele jeito? Está certo, entrara sem ser convidado, mas não podia ser tudo um mal-entendido? Um equívoco inocente? Uma vez havia entrado por engano no apartamento do andar inferior ao dele e ninguém urrou de terror. Ao contrário, foi muito divertido, a família olhou com alguma surpresa para ele na sala, mas de imediato todos compreenderam seu erro, deram risada e ele saiu se desculpando, constrangido. A violência urbana. A vida agitada do mundo moderno. É isso que torna as pessoas desconfiadas e tensas. Aníbal suspirou de novo.

– Calma, minha senhora! Não precisa gritar desse jeito! Que coisa!

Ela piscou, desconcertada.

– O que você quer aqui? É um assalto?

Aníbal deu um tapa irritado na própria perna.

– Eu tenho cara de assaltante, madame? Tenho?

Caminhou em direção a ela com o pescoço se projetando para frente, mostrando o rosto que, ele tinha certeza, não era o de um assaltante. A loira recuou, ainda mais assustada, ofegante de horror, balbuciando "não, não"... Aníbal chegou bem perto, bem perto, e então sentiu o cheiro que vinha do pescoço dela. Um cheiro de loira. Estacou, interessado como um cachorro que fareja um odor desconhecido. Avaliou-a dos tornozelos macios aos cabelos cascateantes. Ali estava uma bela loira, dessas que viram namoradas de jogadores de futebol ou de empresários. Não era à toa que aquela loira casara com um empresário tão poderoso do Vale do Calçado. A loira respirava pesadamente, prensada na parede, a garganta fechada de medo. Vestia um chinelinho de pano e uma camisola leve, cor-de-rosa, um palmo acima dos joelhos redondos. Os seios generosos ansiavam pela liberdade que ficava do lado de fora da camisola. Aníbal inspirou com o nariz e a boca abertos.

Queria sorver o máximo daquele ar fresco de loira. Olhou bem para os seios dela. Beleza de seios. Uma belezura mesmo. Ela começou a choramingar.

– O que você quer? – repetia. – O que você quer?

Aníbal cogitou se ela havia colocado silicone. Nunca tocara num seio com silicone. Como seria a consistência? Faria algum barulho? Tchóin, talvez? Aníbal riu alto. Tchóin, que idéia. Olhou nos olhos verdes dela.

– Você colocou silicone? – perguntou.

A loira arregalou ainda mais os olhos. Aqueles faróis de milha tão lindos.

– Me deixa! – gritou. E, tentando se livrar, girou o corpo para sair do cerco de Aníbal e gritou ainda mais alto: – Socorro! Socorro!

Aníbal a segurou pelo pescoço. A loira engasgou. Tossiu:

– Soc... socor...

A voz foi-lhe morrendo na garganta. Aníbal estava furioso. Detestava esses imprevistos. Seu serviço tinha de ser rápido e limpo. Aquela loira não era para estar ali e, agora, além de se meter onde não devia, ficava berrando como se ele fosse um meliante qualquer. Estava tudo errado com aquele trabalho! Mas ele ia corrigir, ah, ia! Aníbal sacou o revólver que levava na cintura. Meteu o cano no rosto corado da mulher.

– Cala essa boca – rosnou, pela primeira vez com uma voz realmente ameaçadora. – Cala essa boca ou eu te mato, sua cadela!

Ela emudeceu. Aníbal sabia como falar com quem estava na outra ponta da arma. A loira continuava tossindo. Aníbal percebeu que ainda apertava seu pescoço. Afrouxou a pressão devagar. Soltou-o, enfim, mas manteve a mão em seu colo macio. Era bom de tocar ali.

– Não grita – ordenou, com o nariz colado no belo rosto da loira. A mão direita ainda empunhando o revólver. – Não grita! – E a mão esquerda foi descendo, descendo, escorregou para dentro da camisola e apalpou o seio direito dela. Que delícia aquele seio! Durinho, meio gelado. Que perfeição!

Todas as mulheres deviam colocar silicone. Aníbal continuou apalpando-o com vontade, murmurando "que delícia, que delícia, que delícia", sentindo uma ereção formidável sob as calças, cada vez mais estimulado pelo medo e pela fragilidade da loira. Ela estava à sua mercê.

13

Aníbal podia fazer o que bem quisesse com ela. Era muito excitante: matar o marido e violar a esposa, como os antigos conquistadores. Um dia, sentado na sala de espera do dentista, folheou uma dessas revistas de História e deparou com uma matéria sobre Gengis Khan. Não lembrava de muitos detalhes da biografia do cara, mas de uma frase jamais esqueceu. Arrancou a página da revista e levou-a consigo. Decorou a frase, volta e meia a repetia mentalmente: "A maior alegria de um homem é a vitória: conquistar o exército de um inimigo, persegui-lo, privá-lo de seus pertences, reduzir sua família às lágrimas, cavalgar em seus cavalos e possuir suas esposas e filhas". Que prazer insuperável, esse! Não há nada que revele mais a supremacia de um homem sobre outro: derrotá-lo e depois fazer de tudo com sua mulher. De tudo! Não era em vão que sua mãe havia lhe posto o nome de um conquistador: Aníbal, o homem que submeteu Roma! Aníbal. Ele sabia quem era Aníbal. Ele lia, ele se informava, ele não era como aquelas bestas ignorantes dos seus colegas, que só viam *Big Brother* na TV e riam de seu nome. Não entendiam o significado: Aníbal, Graça do deus Baal. Aníbal, o terror de Roma. Ele era um Aníbal, um Gengis Khan, isso que ele era! O Flagelo de Deus!

Claro, não gostava da idéia de reduzir famílias às lágrimas, não, Aníbal era uma boa pessoa, não se comprazia em ver os outros tristes. Mas o prazer da conquista e da submissão completa de um homem, inclusive usufruindo de sua mulher, ah, disso ele gostava, sem dúvida!

Continuou alisando o seio da loira, que respirava pesadamente, o peito oscilando para cima e para baixo. Agora não gritava mais. Sabia que, se gritasse, poderia levar um tiro no narizinho arrebitado. Estaria gostando de suas carícias? Decerto que gostava. Aquele sujeito, o empresário, provavelmente nem transava mais com ela. E, quando transou, não deve ter feito a coisa certa. Não, não, uma loira daquelas necessitava de um homem de verdade, um homem que a possuísse como ela precisava ser possuída.

Puxou a camisola dela para baixo, num repelão. A loira deu um pequeno salto e começou a soluçar. Ficou só de calcinha. Uma calcinha pequena, de algodão, Aníbal achou que fosse de algodão. Que gostosa! Se Aníbal fosse mulher, queria ser uma gostosa assim. Nossa, como ele iria manipular os homens, se fosse uma gostosa. E como iria fazer sexo de todas as formas. Uma puta. Sem dúvida, se Aníbal fosse mulher, seria uma puta. Aquela loira tinha bem cara de puta. Gostosa daquele jeito. Devia fazer misérias com o empresário. Agora Aníbal ia fazer misérias com ela. Uma vingança de toda a classe masculina, de certa forma. Aníbal, o vingador dos homens. Passeou a mão esquerda gostosamente pelos seios e pela barriga pétrea da loira, enfiou-a dentro da calcinha. A mulher soluçou mais alto. Com a mão direita, Aníbal ainda segurava o revólver e, vez em quando, encostava o cano na cabecinha perfeita dela.

– Fica quietinha – mandava. – Bem quietinha.

Ela obedecia. Deus, aquilo era maravilhoso! Ela certamente estava gostando. Certamente!

Aníbal aproximou a boca da orelha da loira. Sussurrou, estourando de desejo:

– Agora vou te chupar como tu nunca foi chupada, sua gostosa!

Ajoelhou-se diante dela. Arriou as calcinhas até os tornozelos. Ela chorava abafado. Aníbal mandou que abrisse as pernas. Ela obedeceu. As costas da loira estavam apoiadas na parede, as pernas abertas, a calcinha ainda pendente do tornozelo direito. Aníbal enfiou a língua dentro dela. Seu sexo era perfumado. Ela devia ter saído do banho minutos antes. Ah, o sabor de uma loira bem fresquinha e tenra... Era o sabor da própria primavera. Continuou trabalhando ali embaixo, até que não agüentou mais de desejo. Levantou-se, agarrou-a por um dos ombros e mandou que virasse. A loira obedeceu mais uma vez. Era a sua cadelinha obediente. Aníbal posicionou as duas mãos dela na parede. Abriu rapidamente o fecho das calças. E a penetrou. A loira começou a chorar alto enquanto ele trabalhava. A chorar, a soluçar e a repetir "meu Deus, meu Deus!". E aquele "meu Deus" era sentido e doído e desesperado, e aquilo estragou a coisa toda. Aníbal percebeu que ela não estava gostando. Mas que porcaria. Sentiu-se humilhado e arrependido. Gozou rapidamente. Colocou o pênis para dentro das calças outra vez, enquanto a loira escorregava pela parede, aos prantos, destruída. De imediato, Aníbal se arrependeu de tê-la possuído. Será que ela não entendia que as coisas eram assim? Que era a regra do jogo? Puxa, se ela se entregava àquele empresário nojento, por que não experimentar um homem de verdade ao menos uma vez na vida? Mas, não, ela agora só queria chorar e repetir "meu Deus, meu Deus", e aquele "meu Deus" estava deixando Aníbal ainda mais aflito. Agachou-se. Levou a mão carinhosamente aos cabelos dela.

– Moça – chamou. – Moça.

Ela deu uma espécie de latido e se arrastou para longe dele. Estava claro que o abominava, que não podia suportar sequer o seu toque. Aníbal sentiu um aperto no peito. Não era para ser assim. Era para haver prazer na coisa toda. Será que ela não sentira nem um pouquinho da excitação que ele experimentara? As mulheres são insensíveis mesmo. Só pensam em amor, amor, amor. Sexo, que é bom, só para conquistar os homens. Conquistam um otário, casam com ele e, aí, nunca mais minissaias, calcinhas minúsculas, decotes profundos. Nunca mais. Sexo, elas não gostavam de sexo. Quem gosta de sexo é o homem.

– Moça – repetiu.

Mas ela se encolheu contra a parede, o rosto escondido entre as mãos, soluçando sem parar. Que desgraça. Será que ela era daquelas que levam tudo a sério? As mulheres sempre levam tudo a sério. Será que ela ficaria traumatizada por toda a vida? Será que Aníbal estragara a mulher? E ela tinha tanto jeito de quem entendia como funcionava a vida... Que falta de sorte. Aníbal agora estava de pé, cogitando o que fazer, quando o empresário entrou na sala. Ficou parado na borda do tapete, com o casaco nas mãos, abobalhado.

14

Então, Aníbal agiu. O profissionalismo foi mais forte. Ele sabia o que fazer, e fez. Deu dois passos em direção ao empresário e, rápido como uma serpente, disparou três tiros, todos nos peito, dois deles certeiros, no coração. O empresário desabou sem nem desconfiar do que lhe sucedera. Assim era bom, assim era direito: executar a vítima antes mesmo que ela pudesse sentir medo ou dor. Isso era clemência. Isso era humanidade. Isso era civilização. Aníbal era uma boa pessoa.

A loira, que ouvira a aproximação do marido, levantara-se de um salto e passara a urrar, nua e enlouquecida, com as costas coladas à parede. Aníbal virou-se para ela:

– Schhhh – ordenou, com o indicador diante do nariz, como nos quadros de enfermeiras em hospital. – Schhhh! Ana! – tentou apelar para o nome dela, que aprendera um minuto atrás. As pessoas prestam mais atenção quando a gente pronuncia o nome delas.

Mas com Ana não funcionou. Ela continuou berrando e ensaiou uma fuga, não dando a Aníbal outra opção: ele a abateu com dois tiros nas costas. A loira expirou no tapete fofo da sala e Aníbal balançou a cabeça: aquilo não estava certo, não era esse o jeito de fazer um serviço. Aquele não era o local certo, aquela não era a gente certa, ele mesmo cometera um erro, diversos erros, e detestava cometer erros.

Agora, em retrospectiva, entendia que, de alguma forma, não tivera tanta culpa. A execução da loira, poxa, acabou sendo inevitável. Ela estava onde não deveria estar. Era uma testemunha. Não podia ser mantida com vida. Mesmo assim, Aníbal lamentava sua morte. Um desperdício, eliminar uma gostosa daquelas. Gostaria de ter ficado com ela, tê-la levado junto e aproveitar-se dela mais um pouco. Por algum tempo, ao menos. Se ela compreendesse como as coisas funcionavam... O sexo, o prazer, o poder. Mas as mulheres não entendiam nada disso. Elas só compreendiam o amor; o desejo, jamais. Triste.

Aníbal chegou em casa, na rua Portugal, uma rua tranqüila e arborizada de um bairro classe média. Tranqüila, mas não menos perigosa do que as outras ruas da cidade. Mais do que ninguém, ele sabia que os meliantes estavam em toda parte, à espreita, atrás de árvores, protegidos pelas sombras. Lançou olhares conspícuos para os lados antes de entrar na garagem. Essa violência urbana. E o governo não faz nada. Era gente como Aníbal, abnegados como ele, que servia de proteção aos mais fracos.

Aníbal trabalhara como policial, sabia o que devia ser feito. Aparelhar a polícia, melhorar os salários dos policiais, fornecer mais cursos de especialização, era isso que devia ser feito. Em sua maioria, a polícia é honesta. O povo pode confiar na polícia. Claro, há gente indigna em todas as profissões, na polícia não era diferente, mas o índice é até mais baixo que no restante da sociedade, se se considerar as condições em que os policiais vivem e trabalham. Expostos ao perigo todos os dias por um salário de fome. Por essa razão é que tantos policiais caem na marginalidade. Ele mesmo, Aníbal, chegou um momento em que não conseguia mais manter seu estilo de vida. Teve de começar a fazer serviços de segurança particular. Foi assim que entrou no ramo de eliminações de problemas por encomenda. Era dessa forma que descrevia seu trabalho: eliminações de problemas por encomenda. Está certo, admitia que não se tratava de uma atividade legal, mas nem tudo que é justo é legal, ele sabia perfeitamente. Por isso fazia o que fazia. Começou com servicinhos para comerciantes ansiosos pela eliminação de elementos que perturbavam a vida em seus bairros. Aníbal considerava essa uma função digna: livrou a sociedade de bandidos conhecidos, gente má, assassinos, ladrões, seqüestradores, estupradores. Então, Aníbal era uma espécie de anjo vingador, alguém com quem as pessoas sérias e honestas sempre podiam contar, alguém que desembaraçava o cipoal das leis, aquelas leis que tantas vezes colocavam nas ruas os bandidos que a polícia prendia. Sim, Aníbal prestava um serviço indispensável à comunidade! Depois, é evidente, seu trabalho foi se sofisticando. Com nome firmado na praça, Aníbal passou a ser requisitado para empreitadas mais requintadas, como eliminar aquele empresário de Novo Hamburgo. Não passava de um explorador da classe trabalhadora, o empresário de Novo Hamburgo. Merecia punição. Sim, porque Aníbal não tinha preconceitos. Ou gente rica não comete seus pecados? Não prejudica a sociedade? Então, os que Aníbal eliminou só atrapalhavam a vida de gente de bem. Seu único remorso era a loira. Havia sido um erro lamentável, a loira, tudo o que aconteceu com ela. E um desperdício. Como gostaria de ter aproveitado aquela loira um pouco mais...

Já dentro de seu apartamento de quarto e sala, Aníbal mirou-se no espelho grande do banheiro. Assestou um fio de cabelo que escapava da moldura do gel. Os cabelos negros estavam começando a agrisalhar nas frontes. Aníbal achava que um prateado lateral ia lhe conferir respeitabilidade, mas se preocupava com a possibilidade de parecer mais velho do que era. Tinha 32 anos, estava em boa forma. Contraiu os bíceps. Aprovou o que viu. Fazia sucesso com as mulheres e, com dinheiro na mão, mais sucesso ainda. O trabalhinho com o professor de arquitetura ia lhe render uma boa quantia. Talvez passasse uns dias em Florianópolis no mês seguinte. Sorriu ao lembrar da tainha recheada com camarão do Arante, na praia do Pântano do Sul. Consultou o relógio. Ficar em casa o deixava impaciente. Decidiu sair para espairecer. Quem sabe levantar uma mulherzinha na noite porto-alegrense. Um pouco de sexo casual, era disso que estava precisando.

15

A mulher do Peçanha era famosa na cidade. Homens de todas as idades a cobiçavam, do adolescente mais espinhento ao ancião mais reumático. As mulheres a invejavam. As que não a invejavam, cobiçavam-na também. Opulenta. Essa a palavra mais precisa para defini-la. Uma mulher grande, mas não alta demais. Mulheres altas demais são um problema. Rondelli, ao menos, se sentia intimidado diante desses exemplares *king size*. Além disso, era difícil decidir o que pegar primeiro. Muita área de lazer, como dizia o Nico.

Mulheres grandes demais, sim senhor. Uma vez, Rondelli abordou uma morena sentada ao balcão do Dado Bier, uma danceteria da Zona Norte. Abordagens a desconhecidas não eram a especialidade de Rondelli, mas a morena estava há pelo menos quarenta minutos sentada sozinha, parecia enfarada. Nico não cessava de incentivá-lo "vai lá, rapaz! vai lá! ela está olhando pra você!", e Rondelli já havia bebido um pouco, a confiança o fazia flutuar pelo ambiente. Foi. Aboletou-se ao lado dela. Nesse momento, abalroou-lhe a grande pergunta do homem em todos os tempos da história da civilização: como começar a conversa? Olhou para Nico, sentado a dez metros de distância. O amigo sorria, encorajador, dizia sem falar, só mexendo com os lábios:

– Vai! Vai!

Rondelli respirou fundo.

– Calma! – respondeu, também sem emitir som, apenas mexendo os lábios.

Uma vez leu um conto sobre um sujeito que descobriu a cantada infalível. Senhor Jesus Cristo, o que não daria para conhecer a cantada infalível! Decidiu arriscar o trivial simples. Sorriu e...

– Oi.

Ela girou a cabeça levemente para o lado e lhe enviou um olhar *blasé*:

– Ó.

E não é que se iniciou mesmo um diálogo bastante razoável? Rondelli avançou na conversa, foi se sentindo seguro. Lembrou-se de algo que Nico sempre dizia: para ter sucesso com mulher, com qualquer mulher, você precisa fazer muito elogio. Seja ela inteligente, seja burra, seja presunçosa, seja despretensiosa, um elogio bem assestado vai ser absorvido pelos poros de sua pele macia como se fosse creme hidratante, vai entrar em sua corrente sangüínea e penetrar em seus ossos até amolentá-la e torná-la uma massa ronronante que você pode moldar como bem entender. Elogio, portanto. Elogio.

Rondelli a elogiou. E foi sincero. Ela era mesmo uma morena sensacional, digna de um crime passional. Depois de meia hora de adjetivos, Rondelli, arrojadamente, convidou-a para dar uma travolteada pela pista. Ela topou. E começou a se levantar. E levantava e levantava e levantava, não parava nunca de levantar. Passou da linha dos olhos do aflito repórter Régis Rondelli, foi-se lá para cima e ele:

– Puxa...

Lá de cima mesmo, ela sorriu, literalmente superior, e beliscou:

– Ficou pequeninho de uma hora para outra?

Mulheres grandes tendem à arrogância, essa lição Rondelli jamais esqueceria.

Mas a mulher do Peçanha não era grande demais. Do tamanho ideal. *Standard.* Nem alta, nem baixa: da altura que uma mulher devia ter. Grande onde tinha de ser grande, empinada onde tinha de ser empinada. Tudo durinho. E revestido por uma pele lisinha, lustrosa, ah, a mulher do Peçanha... O rosto parecia o da Marilyn Monroe. Por Deus. Que coisa.

Só mesmo a mulher do Peçanha em todo o seu esplendor para fazer Rondelli esquecer um pouco, pelo menos um pouco da história do assassinato do professor.

Mesmo assim, o rosto da infeliz mulher do professor ia e vinha em sua cabeça. Coitadinha. Ela realmente amava o marido, Rondelli tinha certeza disso. Ao chegar à simpática casinha no Parque Minuano, Rondelli nem esperava ser recebido por ela. Achava que seria rechaçado como um abutre em busca da carniça. É assim que a maioria das pessoas imagina os jornalistas: abutres em busca da carniça. Ninguém sabe dos debates éticos que há todos os dias numa redação, ninguém sabe das regras rígidas impostas por um Câncio Castro, o diretor de redação da *Zero Hora*. Quem conhecesse tais regras jamais pensaria nos jornalistas como abutres em busca da carniça. Só que a maioria das pessoas não sabia de nada disso, então achava que os jornalistas são abutres famintos, e foi por isso que Rondelli esperava ser expulso da casinha do Parque Minuano por aquela triste mulher do professor. Mas, não. Ela olhou em seus olhos, na varanda da casa, e bradou a acusação terrível:

– Foi meu pai! Foi meu pai quem mandou matar o meu marido!

Rondelli temia que os outros repórteres atinassem em ir entrevistá-la, mas tinha quase certeza de que não, a história seria só sua. Que furo! Adoraria ver a cara dos colegas da *Zero Hora* no dia seguinte. Eles abrindo a *Tribuna* e se chocando com o furação estampado na capa. Câncio Castro certamente cobraria deles na reunião das duas horas. Rondelli ouvira falar muito dessa reunião das duas horas. Das cobranças e tal. Câncio Castro ia ficar furioso, ia irromper na sala lotada com um exemplar da *Tribuna* nas mãos, brandindo-o acima da cabeça como Moisés com as Tábuas da Lei. Jogaria o jornal na mesa:

– Como tomamos esse furo? Como?? Esse Régis Rondelli! Não agüento mais ser humilhado por ele. Não agüento! Contratem-no a qualquer preço! Entenderam? A qualquer preço!

Régis Rondelli seria procurado em seu pequeno apartamento no Passo d'Areia. Os executivos de *Zero Hora* se espantariam com a simplicidade do lugar. Como um gênio do jornalismo podia viver assim, em tamanha austeridade? Bateriam à porta: ninguém. Uma vizinha emergeria de uma porta, de rolos na cabeça e roupão gasto sobre os ombros:

— Estão procurando por Régis Rondelli, o famoso repórter? Deve estar no boteco da esquina com os amigos. Aquele boêmio.

Encontrariam-no jogando sinuca, com um cigarro pendurado frouxamente nos lábios, os óculos escuros se equilibrando no nariz. Rondelli não fumava, mas achava muito bonito aquilo de fumar. Todo um estilo. O olhar reflexivo que as pessoas faziam exalando a fumaça dos pulmões, atirando-a para cima. Um charme, fumar. Rondelli lamentava não ter adquirido aquele hábito. Também não era bom de sinuca, nem conhecia as regras direito, mas o jogo tinha um fascínio marginal. Além disso, Rondelli sabia que Sergio Faraco, o famoso escritor, passava os dias jogando sinuca. Ah, um dia ia jogar sinuca com o Sergio Faraco! E fumar, sim senhor. Então, o quadro ideal era ele com o cigarro pendente dos lábios, taco de sinuca na mão, óculos escuros na ponta do nariz. Os homens de terno e gravata tentariam convencê-lo a ir para a *Zero Hora* enquanto ele jogava displicentemente. Rondelli lhes enviaria um sorriso cínico detrás da fumaça azul do cigarro:

— Desculpem-me, senhores, mas meu lugar é aqui, com meus amigos. Prefiro continuar na *Tribuna*, um jornal pequeno, mas aguerrido. Um jornal do povo. Para o povo. Pelo povo.

— Mas, Rondelli... Nós precisamos de você, nós...

— Não adianta, senhores! Já disse: não. Tenho meus princípios. Tenho toda uma comunidade a defender.

E olharia em volta para os desvalidos. Que o encarariam com humildade agradecida.

Depois de muita insistência e negociação, ele aceitaria, relutante. Mas só porque os amigos do bairro insistiram e porque os executivos garantiram que continuaria fazendo o que fazia: defendendo os despossuídos. Já se via entrando na redação de *Zero Hora*: invejado pelos homens, desejado pelas mulheres. Os comentários:

— Aquele é o Régis Rondelli. Agora não vamos mais tomar furo. Nossos empregos estão salvos.

O Câncio Castro sairia da sala envidraçada da direção para recebê-lo pessoalmente:

– Régis Rondelli! Finalmente conseguimos contratá-lo – exultaria, braços abertos de entusiasmo.

E Mário Marcos de Souza, o presunçoso Mário Marcos de Souza, viria cumprimentá-lo e pedir desculpas por aquele incidente na redação, tempos atrás, quando Rondelli vivia a época das vacas magras. Que emoção. E fim da agonia do trabalho *free-lancer*, e fim das dívidas, e fim da penúria.

Ao pensar em suas dívidas, Rondelli por algum motivo lembrou mais uma vez do rosto da pobre Meriam. O que causou rachaduras em sua felicidade. O choroso rosto da viuvinha não parava de lhe vir à mente. Entremeado, claro, com a imagem do rosto, e sobretudo do corpo, o estupendo, formidável, inverossímil e até angustiante corpo da mulher do Peçanha. Porque o Peçanha estava ali, diante dele e de seu amigo Nico, os três sentados a uma mesa do Lilliput, cada um com seu copo de chope. O Peçanha na noite, quem diria? Aquele não era o ambiente do Peçanha. Rondelli e Nico no Lilliput, tudo bem. Eles viviam no Lilliput, diziam que o bar era seu segundo lar. Mas o Peçanha... O Peçanha, ao que se sabia, só se dedicava à sua mulher. Algo que ninguém condenava. Nem o Nico, sempre tão cínico em relação ao casamento, censurava o Peçanha por seu desvelo matrimonial. Não havia como criticar o Peçanha. Não com uma mulher daquelas.

– A mulher do Peçanha é superlativa! – discursava o Nico nas rodas de bar. – Superlativa! Se eu tivesse uma mulher daquelas, não saía mais de casa! Abastecia minha despensa de bolacha Maria e me trancaria em casa para sempre. A mulher do Peçanha e pacotes de bolacha Maria. Esse é o resumo da felicidade.

16

Por isso Rondelli e Nico haviam estranhado quando chegaram ao Lilliput, minutos antes, e depararam com o Peçanha aboletado no balcão, bebericando um chope cremoso, porém solitário. Rondelli e Nico olharam para os lados, instintivamente, procurando a estrondosa, a retumbante, a estrepitosa mulher do Peçanha. Mas logo ficou claro que ele estava sozinho. Se estivesse acompanhando, haveria outra bebida por perto, além do seu chope, e o Peçanha sentaria a uma mesa, não ao balcão. As mulheres de Porto Alegre não gostam de balcões. Cariocas não se importam de passar horas na frente de um balcão de bar, ficam até de pé. As espanholas, então, chegam a preferir o balcão. A "barra", como dizem. Rondelli não conhecia a Espanha, mas queria. Lera muito a respeito. Um dia até moraria na Espanha, onde as mulheres têm amores de barra, onde todos ficam à barra. Já as porto-alegrenses detestam a barra. As porto-alegrenses, tão cheirosas e delicadas e macias, essas têm de ficar sentadinhas. A mulher do Peçanha da mesma forma, ela não passaria duas horas com a barriga rija, porém macia, encostada a um balcão, de jeito algum. Logo, a mulher do Peçanha não estava na área. Uma pena. Era bom ver a mulher do Peçanha. Bem, talvez o Peçanha estivesse apenas esperando por ela. Ou talvez tivessem discutido, briguinhas de casal, essas coisas. Rondelli achou melhor não perguntar nada e, pelo que percebeu, Nico tomou a mesma decisão. Nesses casos, a prudência é fundamental. Uma pergunta atravessada pode extinguir uma amizade.

Aproximaram-se do Peçanha para cumprimentá-lo quando ele, sem dizer boa noite, sem dar qualquer aviso prévio, tascou:

– Me separei.

Foi um choque. Rondelli e Nico ficaram paralisados, olhando perplexos para o Peçanha, pensando no que responder. Silêncio total no ambiente, dava para ouvir o chope evaporando. Passados alguns segundos, Nico tomou a iniciativa:

– Quer sentar conosco?

E ali estava o Peçanha, bem sentado, copo de chope na mão. Rondelli teve pena dele, mas, ao mesmo tempo, um pensamento festivo se lhe atravessou no cérebro: a mulher do

Peçanha está livre! Livre como uma cotovia! Um segundo depois, censurou-se intimamente por essa idéia pouco solidária. Olhou para Nico. Tinha certeza de que o Nico, esse sim, estava exultante com aquela separação, que provavelmente já fazia planos para se aproximar da mulher do Peçanha e que jamais sentiria uma gota de remorso por tal sentimento canalha.

Se bem que já deveria haver algum gaiato gravitando em volta da mulher do Peçanha, claro que havia. Era assim que funcionava. O Peçanha certamente tomara chifres durante algum tempo, depois ela o dispensara, e agora ela estava com outro, faceira, rindo, viajando e...Céus... fazendo sexo! Quem seria o felizardo? Quem, naquele momento, estaria se cevando nas carnes fartas e tenras e rijas da mulher do Peçanha?

Rondelli olhou para o Peçanha. Coitado. Não tinha mesmo condições de manter uma mulher como aquela. Careca. O Peçanha era meio careca. E meio gordinho. E meio baixinho. Não totalmente careca, ou gordinho, ou baixinho. Só um pouco. Mas o suficiente para dar a ele uma cara de despachante. Ou de contador, o que ele realmente era. Rondelli suspirou, mais uma vez tomado pelo remorso. Não era hora de esculhambar com o Peçanha, um dos primeiros amigos que fizera ao chegar a Porto Alegre. Era hora de consolá-lo. Será que ele ia contar o que aconteceu? Rondelli prosseguia com a firme decisão de não fazer perguntas, de não ser intrometido. Pensou até em comentar o caso do professor assassinado. Mas percebeu que não teria tempo de falar, nem precisaria perguntar mais nada ao Peçanha. O Peçanha estava ansioso para abordar o assunto.

– De repente – começou –, no final de uma manhã de sábado, um enorme caminhão de mudanças parou lá na frente de casa. Aí ela comunicou: "Estou indo embora, Peçanha". E levou tudo. Tudo. Até o Alfredo.

– Alfredo? – Nico fez a pergunta que Rondelli ia fazer.

– Meu cachorro.

– Ah – Rondelli e Nico balançaram a cabeça, em sinal de compreensão.

Rondelli pediu outro chope.

– Fiquei abalado com a perda do Alfredo. A gente se apega aos bichinhos.

– É brabo – lamentou Rondelli.

– É – concordou o Nico.

– É – concordou o Peçanha.

O garçom trouxe nova rodada. Rondelli cogitou se deveria pedir fritas. Hesitava em pedir fritas desde que uma de suas amigas contou que seu namorado, um médico, a proibira de comer batatinhas fritas.

– Ele diz que a batatinha frita é a própria morte – contava a moça. – Pior que maionese! Um bomba de gordura!

Rondelli achava um absurdo o namorado impor esse tipo de proibição, mas o cara era médico, devia saber o que fazia. Pior que maionese. A própria morte. Então, ele vacilava diante de um prato de fritas, embora as adorasse. Ah, como era bom fritas, ah, como era bom maionese, ah, tudo o que ele gostava era ilegal ou imoral ou engordava, ah...

– Garçom, fritas! – era Nico quem pedia, dedo espetado no ar como um Dom Pedro proclamando a Independência. Tomara a decisão por ele. E o Nico devia saber o que fazia. Saía todas as noites, bebia todas as noites e não aparentava a idade que tinha. Rondelli olhou para o amigo. Nico tinha 35 anos, mas aparentava os 25 que Rondelli recém completara. Então, Nico devia saber o que era bom para a saúde. Batatinha frita! Uma das unanimidades do planeta. Todas as pessoas do mundo gostavam de batata frita, sorvete, chocolate e Beatles. Rondelli torceu para que viessem batatinhas bem gordinhas. Detestava batatinhas finas.

17

– Não esperava ver aquele caminhão em frente à minha casa. Não esperava mesmo – o Peçanha continuava divagando.

– As mulheres são surpreendentes – comentou Rondelli, numa tentativa de consolar o amigo.

– Que nada! – protestou o Nico, limpando a espuma do chope do lábio superior. – As mulheres são óbvias! Elas são como bichinhos. Agem quase que só por instinto e sempre se comportam da mesma maneira, qualquer mulher, em qualquer situação. Uma vez, Freud disse que não conseguia compreender as mulheres. Mentira dele! Ele as compreendia perfeitamente, tanto que disse essa frase. Porque o Freud sabia que as mulheres adoram parecer misteriosas e incompreensíveis. Adoram!

Rondelli riu. As mulheres eram o assunto predileto do Nico. Ocupavam sua cabeça com exclusividade e em tempo integral, 24 horas por dia.

Nico era o principal repórter da editoria de esportes da *Zero Hora*. Um tipo que Machado de Assis chamaria de folgazão: sempre sorrindo, sempre de bom humor, não levava nada a sério, nem a si mesmo, e por isso as mulheres o criticavam, mas também por isso se sentiam atraídas por ele. Quando uma mulher começava a se relacionar seriamente com o Nico, começava também uma campanha para transformá-lo num homem responsável. Será que encaravam aquilo como um desafio? Rondelli desconfiava que sim, que se viam tomadas por uma espécie de instinto maternal incitando-as a cuidar daquele moleque grande e corrigi-lo e fazê-lo evoluir. Mas, ao mesmo tempo, Rondelli suspeitava que, se alguma delas atingisse seu objetivo, iria se decepcionar: era a felicidade meio inconseqüente irradiada pelo Nico que aproximava as pessoas dele. Todas as pessoas querem estar próximas das pessoas felizes.

Esse pensamento fez Rondelli lembrar-se mais uma vez da mulher do professor assassinado. Aí estava uma pessoa que custaria muito a reencontrar a felicidade.

– Sexo, por exemplo – o Nico continuava a discursar, a eloqüência faiscando em seu rosto moreno, seus cabelos bastos e negros, seus olhos castanho-escuros. – Cada mulher é diferente na hora do sexo; isso é uma verdade. Umas preferem que a gente se concentre no clitóris, basta investir algum tempo naquele botãozinho sensível que elas se satisfazem. Essas são ótimas, porque, depois de fazê-las gozar, a gente pode se preocupar exclusivamente com a gente. Mas existem algumas que exigem penetração longa e continuada. Essas podem ser uma excelente primeira transa, mas, depois, nos cansam. Literalmente, cansam: é preciso muito esforço físico do homem para que atinjam o orgasmo. Tem também as do fio-terra.

– Fio-terra? – o Peçanha estava interessado.

– Mão na bunda – explicou o Rondelli, que já conhecia a teoria do fio-terra.

– Dedo no cu – corrigiu o Nico, didático.

– Ah – compreendeu o Peçanha.

– Pois é. Tem as que só se ligam com o fio-terra – prosseguiu o Nico, enquanto o garçom fazia aterrissar um prato fumegante de fritas. Nico pulverizou sal sobre elas, depois fisgou uma batatinha comprida entre o indicador e o polegar. Durante essa operação os pares de olhos de Rondelli e do Peçanha ficaram grudados em suas mãos, que voejavam habilmente, ora com o saleiro, ora de posse da primeira batatinha a ser mastigada. Com a batatinha em riste, Nico levantou as sobrancelhas, olhou para o teto, acrescentou: – Conheci uma mulher fanática pelo fio-terra. Só gozava com o fio-terra.

Rondelli capturou uma batatinha e levou-a alegremente à boca. Distraiu-se um pouco da conversa. Já conhecia aquela história também. O Peçanha, no entanto, abriu a boca para fazer um aparte. O que, Rondelli sabia, causaria leve irritação e alguma impaciência no Nico. O Nico agora queria era contar sua história. Tratava-se de um bom contador de histórias, só que exigia a atenção de todos quando começava uma. Mas o que o Peçanha disse a seguir foi forte demais, mesmo para o Nico. Nenhuma história teria importância depois daquela frase. A experiência mais escabrosa do Nico não teria cor ou gosto após a frase do Peçanha. Que foi a seguinte, dita em tom lamentoso, quase num suspiro:

– Algumas mulheres são mesmo loucas por sexo anal.

Rondelli engasgou com a segunda batatinha. Nico apertou o copo do chope como se quisesse espatifá-lo. O tempo pareceu parar. O Peçanha, falando uma coisa daquelas, só poderia estar se referindo a... a ela! A mulher do Peçanha! Rondelli e Nico ficaram a imaginar a mulher do Peçanha, com as nádegas que tinha, com as pernas que tinha, com o corpo que tinha, louca por sexo anal. Era demais para qualquer homem. Rondelli chegou a enrubescer levemente, Nico tentou ficar frio, como se aquilo fosse um comentário casual do Peçanha. Tomou um gole de chope para se acalmar. Fez glupe, seu pomo-de-adão saltou no pescoço. Em seguida, pescou outra batatinha, sorriu de lado para o Peçanha e tartamudeou:

– Você... acha?

O Peçanha olhava para algum ponto da toalha, os cotovelos fincados na mesa, o copo de chope cheio pela metade à sua frente.

– Acho – respondeu, enfim. – Algumas só se satisfazem com muito sexo anal. Muito, muito, muito sexo anal.

Rondelli teve medo de começar a suar ali, na frente de todos. Nico não sabia o que dizer, o que era raro. O silêncio caiu sobre a toalha quadriculada. Muito, muito, muito sexo anal, dissera ele.

O Peçanha baixou os olhos para o copo de chope. Balançou a cabeça como se tivesse tomado uma decisão importante. Empunhou o copo com firmeza. E engoliu o conteúdo até o fim, sem tirar o copo do queixo. Depositou o copo de novo sobre a bolacha com um gesto largo, como se isso fosse algo definitivo. Estalou os lábios. Nico e Rondelli o observavam, fascinados. O Peçanha enfiou a mão no bolso e de lá tirou um maço de notas amarfanhadas. Escolheu uma de vinte reais e jogou-a sobre a mesa.

– Já vou – informou, com um sorriso pálido.

Nico e Rondelli assentiram, mudos e respeitosos. Diante deles estava um homem que talvez tivesse feito sexo anal com a mulher do Peçanha. Diante deles estava o marido da mulher do Peçanha. Ou seja: o Peçanha.

O Peçanha se levantou. Alisou a camisa com as mãos. Espanou as calças. Já estava se virando, já ia embora, já nem olhava para os amigos, quando atirou a frase para trás, numa réstia de voz:

– A gente tem que tocar a vida.

E mergulhou na escuridão.

18

Rondelli ficou olhando para a nota de vinte. Deixava-o animado, aquela belezinha em homenagem ao velho e bom mico-leão-dourado. Talvez desse para pagar metade da conta. Sobraria menos para ele e o Nico racharem. Verdade que o Nico, sabedor das estrepolias financeiras de Rondelli, vivia se oferecendo para pagar as contas de suas noitadas. Mas Rondelli não gostava de sair e não pagar. Não pararia de sair, isso é que não. O Millôr Fernandes não pararia, e o Millôr Fernandes era um sábio. Se ficasse trancado em casa, de que valeria a vida? Sempre tentaria pagar. Ao menos tentaria. Ainda havia orgulho dentro dele. E também pagaria o aluguel, e o mercadinho, e a banca de revistas, por Deus que pagaria! Não era um caloteiro. Considerava o calote simplesmente roubo. Tivera uma educação muito germânica nesse sentido, apesar de sua descendência italiana. Não queria dever para ninguém, mas, o que fazer? Tinha que tocar a vida, como dissera o Peçanha.

A matéria da morte do professor lhe renderia um bom dinheiro. Mais até: renderia uma série de matérias, certamente. Talvez uma por dia. Quem sabe uns quinhentos reais por semana. Dois mil reais num único mês. Uma fortuna! Seria sua salvação.

Nesse momento, como se adivinhasse o que ele pensava, Nico perguntou:

– E aquela coisa que você ia me contar?

Rondelli sorriu:

– Acho que furei o teu jornal.

Sabia que podia confiar em Nico. Que o amigo jamais sairia dali e passaria a informação para a *Zero Hora*. Nico colocava a amizade acima de tudo. Era um amigo leal.

– Conta – pediu Nico, interessado.

Rondelli contou. O assassinato, sua ida à casa de Mcriam, como a encontrou desolada na varanda, como ela acusou o próprio pai.

– Que maravilha! – empolgou-se Nico. – Se ela não contou essa história nem à polícia e se você foi o último a chegar, nenhum outro repórter deve ter. Eles vão contar sobre o assassinato sem nem citar o pai dela. Vai ser um furaço!

– Deus queira!

– Vai querer. Parabéns – Nico levantou o copo de chope, num brinde.

Brindaram. Rondelli se sentia levitando de orgulho e expectativa: será que sua matéria seria exclusiva mesmo? De repente, Nico deu um tapa na mesa:

– Mas eu conheço esse cara!

– Que cara?

– O professor assassinado!

– Conhece?

– Conheço. Quer dizer: conheço é modo de dizer. Conheço é a secretária dele. As secretárias, na verdade.

Rondelli rolou os olhos nas órbitas:

– Só podia ter mulher no meio...

– E que mulher. Que mulheres! – Nico se debruçou na mesa, excitado. – Vivian e Carol. Vivian é a loira, Carol é a morena. Conheci as duas no Café do Prado, dançamos um pouco e tal. Queria qualquer uma das duas, me apaixonaria pela primeira que me desse bola. Na hora, me pareceu que a Carol estava mais receptiva. Dei um pouco mais de atenção a ela. Em troca, ela me deu o telefone dela. Marcamos de sair um dia, mas ela levou a amiga. Tudo bem, passei a noite entre as duas, mas é aquela coisa: quando a gente sai com duas mulheres, não pega nenhuma. Falei mais umas duas vezes com a Carol por telefone, ficamos de marcar outra saída. Desta vez eu podia levar você junto. Você ia adorar a loira. É uma grande loira.

– Cara, é impressionante: você conhece todas as mulheres da cidade?

– Todos de uma certa classe social vão aos mesmos lugares em Porto Alegre. É aquela coisa: a cidade é grande, mas a burguesia é pequena. Todo mundo se conhece. Vamos sair com elas ou não?

Rondelli vacilou. Era uma boa idéia. Precisava mesmo conhecer alguma mulher interessante para tirar de vez Letícia da cabeça. Mas o único dinheiro que tinha era a nota de cinqüenta reais que ele sentia agora no bolso direito da sua calça jeans. Pelo menos até receber pelas matérias feitas para a *Tribuna*. Nico, porém, parecia ter entendido o problema do amigo. Tocou em seu braço afetuosamente:

– Cara, eu te empresto algum.

Rondelli corou.

– Não é isso...

Nico interrompeu:

– Deixa de ser bobo. Te empresto. Você me paga quando a *Tribuna* pagar por essas matérias aí.

E, de imediato, o amigo puxou uma pequena carteira do bolso de trás das calças e de lá pescou duas notas de cinqüenta.

– Vamos sair com essas gatas – sorriu. – Bom, pelo menos vamos tentar sair. Vou ligar para elas amanhã, vou ver se ainda estão interessadas. Se estiverem, marco para a noite. Sabe como é: mulher bonita nunca fica disponível durante muito tempo... Mas podemos dar sorte e, se dermos, você já estará abastecido de grana. Que tal?

Rondelli devolveu-lhe um sorriso entre agradecido e constrangido:

– *Gracias*...

Enfiou as notas rapidamente no bolso. Elas se acomodaram bem com a companheira solitária. Tomou o último gole de chope, mostrou o copo vazio para o garçom, que fez um gesto de compreensão com a cabeça. Rondelli franziu a testa e, fitando Nico novamente, disse:

– Tenho uma dúvida: esse professor tinha duas secretárias? Ele era tão importante assim?

– Nããão – Nico jogou o corpo para trás. – Elas são secretárias do departamento. Da faculdade de arquitetura. Na verdade, são secretárias do diretor da faculdade, que é o Péricles Lopes.

– O vereador?

– Esse.

Sinais de alerta soaram no cérebro de Rondelli. A coisa começava a ficar importante. Péricles Lopes era um tipo famoso na cidade. Jovem, quarenta e poucos anos, bonitão, arquiteto de algum renome, diziam que conseguira se eleger vereador graças ao apoio das empresas de construção civil. De fato, na Câmara, Péricles retribuiu o apoio: defendia todo e qualquer projeto de interesse dos construtores. Agora mesmo, liderara a aprovação de uma mudança no Plano Diretor permitindo a construção de arranha-céus às margens do rio. Os ambientalistas protestavam, diziam que os prédios iam impedir a circulação do ar, que a cidade ficaria abafada, que os prédios iam mudar o microclima e tal. Mas o projeto passou por pequena margem de votos e foi sancionado pelo prefeito.

Péricles Lopes... Vivia aparecendo nas colunas sociais acompanhado de belas mulheres. Um playboyzinho local. E agora tinha de lidar com o assassinato de um de seus professores. Rondelli ia entrevistá-lo, claro que ia. Seria importante colocá-lo nas páginas de polícia, para variar. Jota Campos, o editor da *Tribuna*, ia dar pulos de alegria. Ele vivia repetindo:

– Temos que botar gente importante nas páginas. Gente importante!

Rondelli já se via sendo cumprimentado pelo Jota:

– Você vai ser contratado, rapaz! Vai ser nosso repórter especial. Nosso melhor salário! O melhor para os melhores!

Sorriu. Olhou para Nico. Levantou o copo, oferecendo-o ao brinde:

– Vamos tentar sair com essas gatas!

O copo de Nico voou ao encontro do seu:

– Vamos tentar! Tentar é a nossa obrigação!

19

Aníbal admirou a imagem de seu corpo nu refletida pelo espelho grande do banheiro. Havia tomado um banho criterioso, como fazia depois de terminar cada trabalho. Retesou os músculos da barriga. Gostoso. Gostosão. Não entendia como é que todas as mulheres não saltavam em cima dele, loucas para fazer sexo. Era o que ele queria: todas. Referia-se às gostosas, claro. Todas as gostosas.

Suspirou. Atravessava uma fase complicada da vida. Ao sair da polícia, pensou que conseguiria manter contato com os colegas, que ainda se veriam e sairiam juntos. Ilusão. A distância física causa também distância espiritual. Aos poucos, deixou de vê-los. Agora era como se fossem estranhos. Aníbal não encontrava mais nenhum deles e, conseqüentemente, não encontrava as colegas também. Sentia-se solitário. Vez em quando, a lembrança da ex-mulher azedava-lhe o humor. O sorriso de menina dela, os pequenos cuidados diários com os quais o cumulava, a alegria com que o recebia quando ele chegava em casa, após o trabalho. Ele perdera tudo aquilo, e fora sua culpa, e esse remorso o enlouquecia. Mas não queria mais pensar na ex. Queria recomeçar. Queria conhecer gente nova. Mulheres novas. Talvez até se apaixonar de novo, embora achasse difícil gostar de alguém como gostava da ex. O problema é que só conhecia mulheres na noite, e na noite tudo é mais difícil. Mirou-se mais uma vez. As pessoas achavam que um cara durão como ele não se apaixonava. Por favor! Os caminhoneiros se apaixonam, os taxistas se apaixonam, os zagueiros viris se apaixonam. O presídio estava cheio de durões apaixonados.

Escolheu as roupas com cuidado, pensando nas fêmeas da noite: calça jeans algo justa, para deixar a curva das nádegas à mostra. Mulheres gostam de bunda, disso ele sabia. Uma camisa branca para chamar a atenção para a pele morena. As mulheres preferem os morenos. Para Aníbal, homem loiro tinha tudo para ser bicha. Os sapatos novos que comprara no shopping, estilo botina. Uma vez, uma colega da polícia dissera:

– A primeira coisa que uma mulher observa num homem são os sapatos.

Desde então, escolhia seus sapatos com o máximo zelo.

Em poucos minutos já estava à direção de seu Mégane negro como as asas da graúna. Decidiu dar primeiro uma passada no Lilliput. Morava perto. Bastava descer a Plínio Brasil Milano, a 24 de Outubro e pronto. Chegou em cinco minutos. Estacionou na 24 de Outubro para fugir do congestionamento da rua do bar, a Fernando Gomes, também chamada "Calçada da Fama" pelos freqüentadores da noite porto-alegrense. Havia uma seqüência de bares contíguos naquela rua, todos com mesinhas na calçada.

Passou pelo primeiro bar. Pelo segundo. Observava as mesas, os olhos de falcão localizando e registrando os pontos em que havia mulheres interessantes. Chegou ao Lilliput. Na rua, todas as mesinhas estavam ocupadas. Mas rapidamente ele percebeu que o número de mulheres aproveitáveis era pequeno. A quantidade e a qualidade de mulheres eram o padrão de avaliação de Aníbal de qualquer lugar. Movimentava-se por causa das mulheres, tudo o que fazia era por elas. Mulheres boas, evidentemente. As feias, gordas ou velhas, essas desconsiderava. Essas não eram mulheres. Aníbal desenvolvera um eficiente método de avaliação e classificação das fêmeas da espécie. Quando via uma mulher, qualquer mulher, avaliava-a e classificava-a de imediato, como se seu cérebro obedecesse a um comando automático. Bastavam 180 segundos de observação para Aníbal arquivá-la em uma das seguintes categorias:

1. Grande Jaburu.
2. Jaburu.
3. Média.
4. Cumpridora.
5. Gostosa.
6. Muito Gostosa.
7. Deslumbrante.

Cada uma dessas categorias tinha subcategorias. Entre as Médias, por exemplo, eram encontradas as boas de corpo e feias de cara. Essas eram aproveitáveis em momentos de desespero – uma segunda-feira de chuva, um domingo à noite, um fim de festa. A outra subespécie, as bonitas de rosto e horrorosas de corpo, porém, eram perigosíssimas. Sobretudo se permanecessem sentadas. Aníbal tinha uma regra de ouro: jamais abordava uma mulher que não visse pelo menos uma vez de pé. A mulher sentada é traiçoeira. O homem se encanta com um rosto lindo, um sorriso de querubim, vai lá, diz tudo o que ela quer ouvir e, na hora de saírem, levanta-se uma abóbora-de-pescoço. Não, não, era preciso tomar cuidado com mulheres que não levantavam nem para ir ao banheiro.

Aníbal parou à entrada do bar. Perscrutou o ambiente como uma águia observa seu território. Um garçom se aproximou. Ele o reconheceu.

– Olá, Freitas.

– Tudo bem, seu Aníbal?

– Tudo. Consegue uma mesinha por aqui?

– Já estão pagando naquela. Logo vai ficar vaga.

– Obrigado, Freitas.

– O senhor espera bebendo um chope?

– Por que não?

Freitas abaixou a bandeja que equilibrava com a mão direita e Aníbal colheu um dos copos de chope que estavam dispostos em círculo. Bebeu o primeiro gole com prazer, sentindo na garganta o gosto do líquido gelado e cremoso. Ah, o primeiro gole é o melhor! Notou, então, que conhecia os dois homens que saíam do bar naquele instante. Dois jornalistas que sempre estavam por ali. Um, conhecia de seus tempos de polícia, tinha um nome de jogador de futebol, qual era mesmo? Cantarelli?... Rondinelli! O Deus da Raça do Flamengo. Claro: Régis Rondinelli, esse o nome todo. Passaram por ele. Rondinelli o cumprimentou com um aceno de cabeça.

– Tudo bem?

– Tudo.

Foram-se, tagarelando. Quando estavam a dois passos de distância, um deles, justamente o repórter, disse algo que acendeu a atenção de Aníbal. Foi uma fatia de frase, um pequeno naco que se desprendeu da conversa e acertou em cheio o ouvido direito de Aníbal, com nitidez e força suficientes para perturbá-lo. O repórter falou o seguinte:

– ... a mulher do professor de arquitetura...

Aníbal ficou alerta feito um cão de caça. Por que um repórter de polícia ia falar em mulheres de professores de arquitetura exatamente naquela noite? Aníbal entesou. Observou os dois desaparecerem em direção ao carro de um deles. De imediato, sua mente treinada de ex-policial registrou o modelo, a cor e a placa do carro. Aquele repórter. Teria de prestar atenção naquele repórter. Então, o garçom se aproximou e lhe indicou a mesa vaga. Aníbal agradeceu e se acomodou. Decidiu deixar o assunto do repórter para mais tarde. Era algo que não poderia resolver naquela noite mesmo...

20

Nem bem havia terminado de pedir uma porção de bolinhos de bacalhau e já notara a tipa. Uma Cumpridora, sem dúvida. O problema era o rosto. Um nariz meio grande, a boca fina demais. Mas o corpo... Aníbal olhou bem para aquele corpo. Mas olhou mesmo, contemplou cada pedaço. Usava um vestidinho leve. Cara, como ele gostava de mulheres com vestidinhos leves. Preto, curto, mais curto atrás. Estranho, aquele vestido. Mas sensual, sem dúvida. As costas ficavam a descoberto, o vestido era amarrado na nuca. Se Aníbal se postasse atrás dela, poderia agarrá-la pelos flancos, subir as mãos até os seios e empalmá-los sob o tecido do vestido. Nossa, como gostaria de fazer isso! Ela tinha seios pequenos e firmes. Aníbal apreciava os seios pequenos. Desde que fossem firmes, obviamente. Gostava de silicone por isso: pela firmeza que dava aos seios da mulher. Mas não pelo aumento do volume. Seios *extra large* eram coisa de americanos. O cinema é que fazia aquilo. O cinema é que estava mudando o gosto dos brasileiros. Não é com dinheiro que os americanos dominam o mundo; é com o cinema. Mas aquela Cumpridora ali, ela não podia ser considerada um exemplar que agradasse aos americanos. Magra, seios sem nenhum exagero e uma bundinha bem apreciável. Além do mais, morena. Pena aquele nariz. Alguém devia dizer para ela fazer uma plástica no nariz. As pessoas têm vergonha de se valer da ciência para melhorar a aparência. Aníbal, não. Aníbal era um entusiasta da tecnologia. Levava sempre na carteira um comprimido de Viagra. Não que fosse empregá-lo em todas as oportunidades, mas como prevenção contra a brochura. As mulheres não sabem, mas o perigo de o homem falhar é maior quando ele conquista uma mulher muito desejada. A responsabilidade cresce. É o que acontece com jogadores de times pequenos que vão para os grandes: a camiseta pesa. Uma mulher que não é grande coisa, uma Cumpridora, por exemplo, essa o homem vai lá e faz o serviço com tranqüilidade. Mas a mulher que ele deseja com fúria, a essa mulher ele quer agradar. Aí a desgraça pode acontecer. Aníbal já havia passado por isso. Certa feita, queria muito uma morena de olhos verdes, uma advogada, luzidia integrante da categoria das Muito Gostosas. Assediou-a por meses, até que ela enfim cedeu. Aníbal levou-a para seu apartamento. Beberam, beijaram-se, as carícias foram ficando mais ousadas. Lentamente, ele a despiu. Ela não ofereceu a menor resistência. Entregou-se a ele com naturalidade, como se fossem velhos namorados. Na sala mesmo, Aníbal a deixou só de calcinhas. O corpo daquela mulher! Pernas longas e fortes, bem torneadas. Um par de nádegas redondas e firmes como a defesa do Guarani de Bagé. E a cinturinha! De vespa, como diria sua mãe. Completando o conjunto, os seios arrogantes, os mamilos apontando belicosamente para o céu, como baterias antiaéreas. Que mulher! Mas, mesmo ante a visão de tal deusa, Aníbal não reagia. Quer dizer: ele não tinha culpa; quem não reagia era o maldito General Dureza. General Dureza era como batizara seu pênis, todo homem dá um nome a seu pênis. Todo homem mede seu pênis, as mulheres que não se iludam. Então, o General Dureza, General para as íntimas, continuava insensível àquele espetáculo da natureza. Mole, flácido, frouxo, o desgraçado! Estava mais para Recruta Zero. Aníbal ofegava de desejo, ele queria aquela mulher, queria muito aquela mulher, queria mais do que todas as mulheres que já quis na vida. Mas o desgranido do General não ajudava! Vamos lá, ele pensava. Vamos lá! O General não ia. Preciso me concentrar, pensava Aníbal. Preciso me concentrar apenas nela. Não adiantava. Nada adiantava. Aníbal tinha vontade de chorar.

 Decidiu levá-la para o quarto. Ergueu-a nos braços. Ela riu, jogando a cabeça para trás, enlaçando seus ombros com os bracinhos macios. Aníbal a carregou sem dificuldades, ela só de calcinha, maravilhosa. Depositou-a na cama com delicadeza, como se ela pudesse quebrar. Em seguida, passou à melhor parte: a retirada da calcinha. Aníbal sempre dizia para os amigos que a retirada da calcinha é o maior momento do sexo. É a vitória final. É a rendição total da mulher, é o último bastião que cai, é como se as tropas vencedoras enfim entrassem na cidadela há tanto tempo sitiada. Mas, ao retirar aquela calcinha, Aníbal sentiu mais aflição do que prazer. O General deveria estar a postos, deveria estar em posição de sentido, ereto como um Napoleão coroado, exuberante em seus dezoito centímetros dos quais Aníbal tanto se orgulhava. Mas, nada, continuava daquele jeito desanimado, como se tudo o que estivesse acontecendo ali não fosse com ele. Como se Aníbal não vivesse para satisfazê-lo! Ingrato!

Na penumbra, sobre a cama que tantas glórias havia testemunhado, Aníbal tentou disfarçar sua fraqueza. Inclinou-se sobre ela, beijou-a ternamente na boca. Decidiu mostrar-se carinhoso. Carinho na hora do sexo. A maioria dos homens pularia sobre ela e a penetraria feito um Neandertal. Ele não. Ele seria sensível. Meigo, até. Ela ficaria impressionada. Enquanto isso, Aníbal daria tempo para o General reagir. Quem sabe se o manipulasse disfarçadamente? Foi o que fez. Com a mão direita tentava estimular o abatido General, enquanto a esquerda alisava distraidamente um dos empinados seios da morena. "Vamos lá!", pensava, como incentivo ao molenga ali embaixo. "Vamos lá!" Já estava sentindo uma ereção de 45 graus, quando a morena falou:

– Eu estou vendo o que você está fazendo aí embaixo...

Jesus! aquele comentário demoliu Aníbal todinho. Não havia mais como se recuperar. Ele riu, sem graça, tentou fazer alguma brincadeira, mas nada deu resultado. O encanto estava quebrado. Tudo o que ele queria era que um meteoro lhe caísse na cabeça bem ali, na cama, e pusesse fim à sua vergonha.

Aníbal fracassou. Vergonhosa, desgraçadamente, fracassou. Por semanas, cogitou se não estaria impotente para sempre. Teve de ir a um bordel para comprovar que tudo continuava funcionando a contento. Miserável General, quando mais Aníbal precisou dele, ele negou fogo. Mas aquilo tinha sido antes do Viagra. Agora, a tecnologia redimiu o homem. Hoje em dia, um homem só falha se quiser. Aníbal ainda ia pegar aquela morena de novo e mostrar o homem que era. Daria-lhe uma surra de General Dureza, ela jamais encontraria homem tão viril quanto ele. Sairia comentando com as amigas:

– Levei um banho de pênis ereto ontem, amigas.

Ah, se Aníbal tivesse um comprimidinho de Viagra naquela noite de desespero. Agora, com a Cumpridora ali ao lado, ele nem precisaria se turbinar. O General já se manifestava por causa do vestidinho leve, das pernas expostas, das costas nuas da morena. E ela o olhava, de vez em quando. Havia se levantado seis ou sete vezes para ir ao banheiro ou para receber alguém que chegava à mesa. Estava sentada a uma mesa comprida, cheia de amigos e amigas. Algumas de suas amigas eram melhores do que ela, mas estavam acompanhadas. Além disso, só ela olhava para Aníbal. Ele precisava aproveitar. Não era sempre que isso acontecia. Ficou encarando-a, entre um chope e outro. Sabia o que devia fazer: devia sorrir para ela. Se ela sorrisse de volta, era a senha para uma noite de loucuras. Aníbal engatilhou o sorriso e o enviou, finalmente. Um bom sorriso, estava certo disso.

Ela sorriu de volta.

Gol do Brasil.

Em alguns minutos, ela se levantou para ir ao banheiro. Aníbal esticou a camisa com as mãos e foi atrás. Era a chance. Aproveitou para urinar. Saiu. Lavou as mãos e esperou no corredor. Esperou. Esperou. Por que as mulheres demoram tanto no banheiro? Decorridos alguns minutos, ela abriu a porta. Deparou com Aníbal encostado à parede. Sorriu de lado, já ia passando, quando ele a segurou pelo braço.

– Estava observando você ali na rua.

Ela levantou uma sobrancelha:

– É mesmo?

O nariz realmente era problemático. Um nariz da bruxa Meméia. Por que alguma amiga não a aconselhava a fazer uma plástica? Tão fácil...

– É – continuou Aníbal. – Gostaria de te conhecer.

– Por quê? – o tom dela era divertido, como se estivesse opondo alguma resistência. Normal, todas as mulheres gostam de parecer difíceis.

– Porque você é linda.

Os olhos dela brilharam. Ponto para Aníbal. Tinha feito a coisa certa: com as mulheres lindas, é preciso dizer que elas são interessantes; com as feias ou quase feias, é preciso jurar que elas são lindas.

– Não sou, não – balbuciou ela, implorando por outro elogio. Que Aníbal assestou de pronto:

– Linda. Muito linda. Linda demais. Lindalindalinda.

Em um minuto, a língua de Aníbal estava cavoucando uma obturação no pré-molar da morena. Ao retornarem, sentaram-se à mesma mesa. A dele. O que era melhor ainda. Ela deixou os amigos para ficar com ele. Sinal de que já não havia nenhuma resistência. Mais alguns chopes e deslizaram para seu Mégane negro como as asas da graúna. Enquanto dirigia, Aníbal alisava a perna dela. Macia. O General pulsava de alegria. Entraram no apartamento aos beijos e gemidos. Foi fácil tirar o vestido. Aníbal adorava aqueles vestidos diáfanos. Ela usava uma calcinha pequeninha. Preta. De rendinhas. Ah, malandra, foi para a noite a fim de fazer sexo. Nenhuma mulher sai com uma calcinha daquelas se não estiver pessimamente intencionada. Aníbal segurou as laterais da calcinha entre o indicador e o polegar de cada mão. Baixou-a deliciosamente.

Aí ela começou a narração. Narração mesmo, a Cumpridora descrevia cada movimento como se estivesse numa transmissão pelo rádio:

– Vai, vai, agora vai. Entra, vem, bota, assim, isso, mexe, está mexendo, está mexendo. Opa. Caiu. Não tem problema, bota de novo. Isso, assim, ajeita, assim. Botou. Vai. Foi. Agora botou a mão no seio. Pegou o seio. Está mexendo no bico. No biquinho. Agora a outra mão está na coxa. Alisando a coxa. Alisou. Alisou. Alisooooou...

Aníbal sentia-se transando com o Galvão Bueno. Temeu que na hora do orgasmo ela gritasse gol. Toda aquela narração o aborreceu um pouco. Aníbal se desconcentrou. Continuou a função, tudo bem, mas não teve tanto prazer quanto esperava ao vê-la saltitante pelo bar dentro daquele vestido. Que droga, a mulher não calava a boca. Dizem que a mulher perfeita é aquela que faz sexo de todas as formas e, às duas da manhã, se transforma numa pizza com Coca-Cola. Pois Aníbal queria que aquela maldita se transformasse imediatamente numa pizza com Coca-Cola. Tudo o que ele queria agora era mastigar uma *mezzo* portuguesa, *mezzo* calabresa e ver um filme no Telecine Action. Às vezes, a solidão é uma bênção. Na verdade, não há saída: o homem é um solitário na essência. Aníbal tinha lido isso em algum lugar. Esse pensamento lhe fornecia uma réstia de consolo: se todas as pessoas são solitárias, era normal que ele se sentisse solitário, não havia cura, a coisa era assim mesmo. Será que o professorzinho de arquitetura se sentia solitário? Afinal, ele tinha sua mulher, aquela jovem morena com um nariz um pouco grande. Nada parecido com o nariz dessa tagarela que estava na cama com ele. Não, o nariz da tagarela é um bico, é desgracioso; o nariz da mulher do professorzinho até que não é feio. Um pouco grande, mas fica harmônico no conjunto do rosto dela, transformando-a, talvez, numa Gostosa.

Aníbal sacudiu a cabeça, revoltado: por que estava pensando naquilo? Não devia estar pensando num serviço depois de executá-lo! Era uma regra que havia imposto a si mesmo. Que falta de disciplina! Se bem que havia algo errado com aquele serviço. O professorzinho, a mulher do professorzinho. Era isso que estava errado. Não era o tipo de gente com quem ele estava acostumado a lidar. Não dentro de Porto Alegre. Em Porto Alegre, Aníbal dava conta daquela gente sem esperança, aquela gente que vegeta nos morros, bandidos declarados, maus elementos, a escória da sociedade. Mas um professorzinho não era escória. Não. Aquela morte seria muito bem investigada, renderia notícia de jornal. Aníbal lembrou-se do jornalista que vira no Lilliput, do pedaço de frase que capturara no ar. Droga, todas as vezes que ele saía do seu padrão acabava se arrependendo: a loira de Novo Hamburgo e agora o professorzinho. A angústia começou a comprimir o peito de Aníbal. Ele olhou para a tagarela. Por que ela não cala a boca? Suspirou. Decidiu fazer um bem a ela. Disse:

– Me conta uma coisa.

Ela sorriu:

– Que é, querido?

– Alguém já te aconselhou a fazer uma plástica no nariz?

21

Régis Rondelli despertou às cinco horas da manhã. Não acordou estremunhado ou sonolento, mas alerta feito um escoteiro, como se tivesse ouvido o toque de clarim do acampamento. Abriu os olhos, fitou a mancha de umidade no teto e se perguntou: será que a *Zero Hora* já chegou à rodoviária? Sabia que os primeiros jornais que saíam da grande rotativa Goss Metro da *Zero Hora* iam direto para a rodoviária. Estava ansioso para saber se conseguira furar a concorrência. Apesar da hora, fazia calor em seu pequeno apartamento. O dia anterior fora um dos mais quentes do ano, se não o mais quente. O Estado atravessava sua maior seca desde 1943. Rondelli sentia o rosto oleoso devido ao suor noturno e uma leve dor de cabeça devido aos chopes da véspera. Não tinha cama. Deitava-se direto no colchão. Sua mãe, em Cachoeira, vivia repetindo:

– Você vai pegar pontada: o frio passa do chão para o colchão e do colchão para suas costas.

Pontada. Era como os antigos se referiam à pneumonia: pontada de pneumonia. Rondelli sorriu. E, de chofre, tomou a decisão. Afastou o lençol, saltou do colchão e marchou para o banheiro. Jogou água fria no rosto, urinou, escovou os dentes com fúria higiênica. Precisava ir ao dentista, tirar aquele siso. Mas tinha medo. Oh, Deus, como tinha medo. Era um traumatizado com dentistas. Esse negócio de siso. Por que as pessoas nascem com siso, se vão ter que extraí-los? Por que os homens não são como os crocodilos, que, se perdem um dente, outro nasce em seu lugar? Como a Natureza é imperfeita.

Minutos depois, estava na rua. Devia tomar um táxi? Tinha 150 reais no bolso. Quanto tempo a *Tribuna* levaria para lhe pagar pelas matérias? Mais uns trinta dias, talvez. Cento e cinqüenta reais por trinta dias... Não ia dar. Rondelli sentiu uma bola de angústia lhe bloquear a garganta. Mas, puxa, aquilo era importante. Precisava saber se havia furado a *Zero Hora*. Na esquina da Assis Brasil, resolveu-se: esticou o braço e parou um táxi. Acomodou-se no banco da frente, mandou tocar para a rodoviária.

— Troca cinqüenta? — perguntou, quando o motorista já engatava a terceira marcha.

— Sem problemas.

Rondelli recostou a cabeça no banco. Estava tudo certo. Ele era um homem que carregava notas de cinqüenta no bolso.

O táxi deu sete e cinqüenta. Rondelli não aceitou receber os cinqüenta centavos de troco. O motorista certamente necessitava mais do que ele. Uma forma de distribuição de renda. Muito justo.

Entrou apressado na rodoviária. A metros da banca de revistas, avistou a pilha de jornais. Uma das chamadas de capa da *Tribuna* era a sua matéria: "Mulher acusa pai de mandar matar o marido". Lindo, aquilo. Lindo! Comprou dois exemplares. Ia mandar um para o seu tio em Cachoeira. Comprou mais um da *Zero Hora*. A manchete era a temperatura do dia anterior. Calor recorde, de fato: 41,3°C. As outras chamadas de capa: "Nasce no Uruguai movimento similar ao MST", "Bolívia: Pacto mantém presidente no poder", "Grêmio em busca do gol dez mil". Interessou-se por esse título. Seu time estava prestes a marcar dez mil gols? Velho Grêmio campeão do mundo, quantas glórias... Virou o jornal. Nenhuma chamada interessante na contracapa. Começou a folheá-lo. "Ação contra a violência" era o título da coluna do Paulo Sant'Ana, o jornalista mais famoso do Estado. Teria algo a ver com o crime no Parque Minuano? Fez uma leitura dinâmica. Não, não, nada a respeito do professor de arquitetura. Foi direto à editoria de polícia. "Criança é mantida 24 horas em cativeiro", "Ossada pode ser de menina sumida". Nossa!, dois crimes contra crianças. Sua avó lá em Cachoeira diria que é o fim do mundo. As pessoas viviam dizendo que era o fim do mundo e o mundo nunca acabava. "Suspeito de assaltar oficial em casa se entrega à polícia". Coitado desse aí. Assassino de policial. Imagina o que não vão fazer com ele na delegacia. "Homem de noventa anos morre com tiro na cabeça". Noventa anos e morto de tiro! Havia outras pequenas matérias, algumas notinhas. Entre elas, um texto insignificante, umas poucas linhas: "Professor assassinado na porta de casa". Rondelli leu a nota avidamente. Nada da acusação de Meriam, nada sobre o pai, sobre ela estar prometida em casamento, nada, nada! Vitória! Régis Rondelli dera o furo do ano! As coisas estavam começando a acontecer. Sua sorte estava virando. Talvez até Letícia se interessasse por ele. Ah, Letícia, Leti, Letinha. Repórter de variedades da *Tribuna*. Tão linda e tão gelada, passeava pela redação com um sorriso eterno nos lábios, sempre simpática, mas inacessível como o Pico da Neblina. Nico vivia dizendo que as loiras eram mais frias do que as morenas. Letícia era morena e era a Rainha do Gelo. E hoje ele poderia conhecer uma loira, a tal secretária Vivian. Com sua nova onda de sorte, talvez ela fosse uma loira quente. Podia ser. A vida pode ser boa, sim, senhor.

Rondelli sorriu, satisfeito. Resolveu comemorar sua nova sorte com um supercafé-da-manhã. Caminhou alegremente até o Centro, os jornais dentro de uma sacola plástica. Será que alguma confeitaria estaria aberta àquela hora? Se não encontrasse nenhuma, tomaria um lotação, voltaria para casa e dormiria mais umas duas horas. Mas deu sorte: encontrou a Matheus não apenas com as portas escancaradas, mas com as vitrines repletas de doces cremosos. Acomodou-se confortavelmente no balcão. Abriu a *Tribuna*. Uma garçonete sonolenta se aproximou. Olhou para ele em silêncio. Rondelli enviou-lhe um sorriso jovial:

– Bom dia!

Ela não respondeu. Como as pessoas andavam mal-humoradas. A vida é boa, poxa! Decidiu fazer o pedido:

– Vou começar com uma taça de café com leite e uma torrada americana.

Ela lhe deu as costas e saiu em direção à cozinha. Rondelli debruçou-se sobre o jornal. Sentia-se bem. Um homem adulto, senhor de si, cumpridor de suas responsabilidades, tomando o seu café-da-manhã, preparando-se para mais um dia cheio de aventuras urbanas. Será que aquela garçonete suspeitava na frente de quem estava? Será que ela sabia que ele dera o maior furo do ano? Que era uma estrela do jornalismo? Pobres mortais, confinados à insignificância. Abriu a *Tribuna* na página que ostentava sua matéria. A assinatura faiscava para o mundo e a posteridade: "Régis Rondelli, Régis Rondelli, Régis Rondelli". Vocês ainda vão ouvir falar muito nesse nome, garotos!

22

Quando a garçonete chegou com a torrada e o café, Rondelli estendeu o jornal aberto no balcão. Mostrou para ela com o dedo indicador na página:

– Crime terrível, hein?

Ela lançou um olhar tépido para a página policial.

– Pois é.

E se foi, arrastando sua melancolia.

Rondelli franziu uma sobrancelha. Medíocres! Isso que eles eram. Medíocres! Tomou um gole do café. A primeira coisa a fazer agora seria entrevistar o pai de Meriam. O homem fora acusado de assassinato. O ideal seria tê-lo entrevistado antes, para que o contraponto saísse junto com a acusação. Mas quando Rondelli colheu a matéria era tarde. Temia que, se fosse até o velho, ele acionasse advogados e alertasse a concorrência. Cometeu um pequeno deslize ético, bem sabia. Ficou um pouco inquieto. Será que o Câncio Castro o censuraria? O homem era o campeão da ética. Não... Talvez ele ficasse mais preocupado com o furaço que a *Zero Hora* levou. Isso... Bem, o certo é que o libanês teria de ser entrevistado e era Rondelli quem iria fazê-lo. Mais uma matéria de capa. Mais destaque para o repórter Régis Rondelli. E mais reais para seu bolso combalido. O editor da *Tribuna*, o Jota Campos, chegava ao jornal mais ou menos às dez da manhã. Rondelli estaria lá, esperando por ele, pronto para propor a entrevista. Terminou o café. Pediu um mil-folhas. Adorava mil-folhas. Muitas calorias, verdade, mas Rondelli ia precisar de energia para enfrentar aquele dia. Além disso, havia se levantado muito cedo. O açúcar seria uma compensação pelas horas de sono perdidas. Se bem que não existe nada mais importante do que a qualidade do sono. Já lera isso: em primeiro lugar, o sono; em segundo, a alimentação; em terceiro, o esporte. A Xuxa, por exemplo, dizem que a Xuxa dorme treze horas por dia. Sem calcinha. A calcinha lhe deixa marcas nas ilhargas e a Xuxa não pretende ficar com as ilhargas marcadas. Treze horas. Por isso que a Xuxa era tão bonita.

Deu uma mordida sem culpa no doce. O creme escorreu pelos cantos da boca. Hmmm, delícia! Devia fazer isso mais vezes. O problema era a sua tendência a engordar. Rondelli fora algo rechonchudo na adolescência. Lutou muito para emagrecer. Como queria ser um magro típico, um magro de nascimento. Mas, não, suas feições eram arredondadas. Ele corria o risco de se tornar um Peçanha. Cruzes! As mulheres detestam gordinhos. Embora fosse verdade que a mulher do Peçanha ficou com o Peçanha quando ele já era gordinho... O que será que era feito da mulher do Peçanha? Em breve o Nico certamente conseguiria essa informação. Pediu a conta. Deixou uma gorjeta taluda para a pobre garçonete. Quem sabe aquilo melhoraria seu dia. Quem sabe ela conseguisse ver que havia pessoas mais elevadas no mundo. Vencedoras. Pessoas que faziam a diferença. Saiu da confeitaria satisfeito, com o queixo erguido.

Às dez horas da manhã, Rondelli chegou à Redação da *Tribuna*, que também se situava no Centro, na rua Riachuelo. Não havia ninguém na Editoria de Polícia, mas a de Geral parecia agitada. Rondelli se aproximou de uma rodinha de repórteres que riam e falavam alto. Caçoavam de alguém, certamente. De Lessa, que estava no centro da roda, vestido de gari do Departamento Municipal de Limpeza Urbana. Rondelli riu também:

– Que é isso?

– Uma dessas pautas que eles inventam – respondeu Lessa, contrariado. – Cada um vai ser um tipo comum da cidade e contar a reação das pessoas. Pelo menos eu não vou ser o travesti.

– Tem um travesti?

– O Marlon Brando.

– Só podia!

Marlon Brando era *free-lancer* como Rondelli. Chamavam-no Marlon Brando porque ele dizia ser parecido com o ator de Hollywood. Não era, claro, nunca foi. Nem quando o verdadeiro Marlon Brando ficou com 150 quilos. Ao contrário, o Marlon Brando da *Tribuna* era magricela, desajeitado como o Garibaldo da Vila Sésamo, uma figura folclórica que desde a adolescência rondava a redação da *Tribuna* dizendo que queria ser jornalista. Um dia, alguém pediu que ele fosse buscar um cafezinho no bar lá embaixo. Ele foi, ganhou uma moeda na volta. No outro, já estava fazendo serviços bancários. Tornou-se o estafeta do jornal. Sem ser contratado, naturalmente. A *Tribuna* estava repleta de funcionários informais, uma situação que seria a festa de um fiscal do Ministério do Trabalho. Marlon vivia se oferecendo para escrever matérias e, de vez em quando, um editor o escalava numa cobertura que precisava de mais gente. Virou repórter *free-lancer*. Servia de principal alvo de gozação dos jornalistas veteranos. Suas histórias eram famosas na redação. Como da vez que o editor da página de automobilismo o mandou ao arquivo fotográfico, pegar uma foto do Gol Mil, o carro da Volkswagen. Marlon voltou de lá com a do gol mil que Pelé marcou em Andrada, no Maracanã, em 1969.

Outra conhecida história de Marlon Brando foi quando ele atendeu um telefone da redação num sábado de manhã. A voz do outro lado pediu para falar com o editor de Geral. Marlon disse que o editor de Geral não estava. Com o subeditor, então. Também não estava. A voz se tornou impaciente:

– Quem está aí, afinal?

– Meu amigo – rebateu Marlon Brando, com voz condescendente. – Isso não é da sua conta.

– Claro que é da minha conta – irritou-se o outro.

Marlon Brando suspirou: mais um daqueles leitores que ligam para o jornal a fim de encher o saco de profissionais ocupados. Mais um arrogante, mal-educado e ignorante leitor. O melhor seria se os jornais não tivessem leitores. O jornal perfeito seria um jornal sem leitores. Agora esse iria ver só:

– Meu amigo – começou Marlon Brando, o sarcasmo escorrendo pela linha telefônica. – A sua vidinha é que é da sua conta: a sua mulher gorda, o seu filho ranhento, o salário mínimo que você ganha no fim do mês, o ônibus lotado onde você é coxeado a cada manhã, o chefe que o humilha todos os dias. Isso é que é da sua conta!

O homem do outro lado se calou por alguns segundos. Marlon Brando sorriu: havia colocado o idiota em seu lugar. O homem enfim conseguiu sair do estado de estupor:

– Você sabe quem está falando aqui?

Marlon, superior:

– Não. Quem?

– Aqui é o Jota Campos, diretor de redação deste jornal.

Marlon sentiu a garganta se fechar, o sangue lhe tomar o rosto. Arregalou os olhos. Perguntou, com voz trêmula:

– E você sabe quem está falando aqui?

Jota, desafiador:

– Não.

– Ainda bem! – gritou Marlon.

E desligou o telefone.

Era evidente que os editores iam escalar um tipo desses para fazer o travesti. "Ainda bem que não me pegaram para essa pautinha", pensou Rondelli, olhando em volta, procurando pelo Jota Campos. Rondelli abriu um sorriso de vitória: lá estava o Jota! Caminhou até o diretor de redação. Jota Campos estava de pé, com um jornal na mão, à porta de sua sala envidraçada, conversando com o editor de política. Estariam falando da matéria de Rondelli? Decerto. Era a matéria mais importante da *Tribuna* naquele dia. Talvez da semana. Do mês. A matéria mais importante da *Tribuna* em anos! Há quanto tempo o jornal não furava a *Zero Hora* daquele jeito? Rondelli se preparou para os elogios. Ah, Régis Rondelli não era um homem afeito a elogios, não mesmo. Era um homem de ação. Mas, que fazer? Era algo que teria de enfrentar. Algo a que teria de se acostumar. São as contingências do sucesso.

– Olá, chefes! – disse, ao chegar perto dos dois homens.

Jota Campos olhou-o distraidamente.

– Oi.

E voltou-se para o editor de política. Estavam concluindo a conversa.

– Tudo bem, nós falaremos com o Flávio Dutra – concordou o editor de política, sem nem se virar para Rondelli.

Quem seria esse Flávio Dutra para merecer a atenção deles justamente no dia do grande furo de todos os tempos da *Tribuna*? Ou será que o editor de política estaria ressentido porque Rondelli fizera uma matéria muito mais importante do que todas as da sua editoria? Rondelli se lembrou da indiferença com que Câncio Castro tratou aquele jornalista da *Zero Hora*. Seriam todos assim, os editores? Se achavam tão atarefados e importantes que não podiam prestar atenção nas pessoas?

23

A conversa dos dois editores acabou. O editor de política dirigiu-se para o meio da redação, Jota Campos ia entrando em sua sala de vidro. Rondelli arregalou os olhos castanhos. Que desprezo era aquele? Por acaso o editor-chefe estava diante do repórter que lhe brindou com o maior furo da história da *Tribuna*! Não existia reconhecimento nesse mundo? Não existia gratidão? Bem que seu tio em Cachoeira lhe dizia sempre:

– Jamais espere gratidão, Régis. Jamais!

Antes que Jota Campos se metesse na sala, Rondelli chamou:

– Ei, Jota!

O editor-chefe parou, ainda de costas. Virou-se de lado. Rondelli se arrependeu de tê-lo chamado com tanta intimidade. Jota... "Seu" Jota, pelo menos. Quantos anos teria o Jota Campos? Uns setenta? Talvez mais. Décadas de uísque se avolumavam naquela barriga veneranda. E a quantidade de fios de cabelo que desertaram de sua cabeça indicava que muito tempo havia se passado desde o dia em que o Jota usou franja pela última vez. Jota Campos levava no rosto um eterno ar desanimado que deixava Rondelli confuso. Todo aquele abatimento seria o cinismo que vem da sabedoria ou preguiça mesmo?

– Que foi, Rondelli? Ah – ele pareceu lembrar-se –, muito boa a matéria de hoje.

Aquele elogio rápido rendeu algum conforto a Rondelli. Mas não muito. Esperava um pouco mais de entusiasmo do editor-chefe. Estaria o homem acostumado a grandes matérias e consideraria a matéria de Rondelli comum? Ficou angustiado ao pensar que talvez sua matéria fosse comum. Aquilo lhe tirou um pouco da segurança com a qual havia se armado para falar com o editor.

– Ahn... eu queria falar sobre a suíte da matéria, seu Jota – ficou feliz em poder corrigir a forma de tratamento.

– Que matéria? Ah, aquela matéria. O que é?

Rondelli se perturbou levemente: mas o homem não havia acabado de elogiar sua matéria? Como podia ter esquecido tão rapidamente? Que memória! Estava ficando gagá, aquele Jota Campos.

– É que eu queria entrevistar o libanês.

Jota meditou alguns instantes, sem dar resposta. Rondelli ficou apreensivo. Sempre havia perigo quando Jota meditava. Ele tinha tendência a não aceitar os pedidos de Rondelli. Rondelli suspeitava que o editor o odiava. Sempre desconfiando do que ele dizia, sempre reticente. Por que ainda comprava suas matérias? Porque precisava dele, certamente. A *Tribuna* precisava do repórter Régis Rondelli, por isso continuava comprando suas matérias. Mas o editor-chefe, aquele maldito editor-chefe ultrapassado, ele odiava Rondelli. Quase certo, isso. Enxergava em Rondelli o que ele nunca fora: a ousadia, a energia, a vibração de um verdadeiro repórter. Sim, Rondelli devia de fato saber que não poderia esperar nada daquele velho mofado.

– Sua matéria está excelente, Rondelli – disse o editor, enfim. Rondelli se surpreendeu. – Muito boa mesmo – prosseguiu Jota Campos. – A melhor matéria do jornal em muitos dias. Vamos investir nela como nossa principal matéria da semana. Nosso cavalo-de-batalha na luta contra a *Zero Hora* – Rondelli sorria agora. Enfim, o reconhecimento. Ali estava um homem sábio. Jota Campos. Velho lobo do jornalismo. As décadas de experiência lhe ensinaram a separar o joio do trigo, lhe ensinaram o que é bom e o que é ruim, lhe ensinaram tudo sobre o bem e o mal. Rondelli lamentou que aproveitasse tão pouco da sabedoria daquele homem. Na frente dele, conversando com ele, tratando-o como um igual, estava uma lenda do jornalismo. E Rondelli não se dava conta disso. Envergonhou-se da sua falta de solenidade. E prometeu a si mesmo aprender muito mais com o velho e bom Jota Campos.
– Mas você não vai entrevistar o libanês – sentenciou o editor. Rondelli quase deu um salto para trás.

– Como assim? – perguntou, incrédulo.

– Não vai – a voz mansa do editor era determinada como um cágado. – Você ficou muito exposto ao entrevistar a moça. Vamos deixar essa parte para outro repórter. Você vai pegar outro viés da matéria.

– Mas o grande texto de amanhã será a entrevista com o pai – Rondelli tinha vontade de chorar. – A matéria é minha!

Jota Campos riu:

– A matéria é da *Tribuna*. Você vai falar com o diretor da faculdade de arquitetura. É bom botar esses tipos bacanas nas páginas de polícia.

E se foi sala adentro, fechando a porta de vidro. Rondelli ficou olhando para o vazio, impotente e humilhado. A entrevista com o diretor da faculdade seria uma retranca menor. A grande matéria era a entrevista com o pai. Maldito Jota Campos. Maldito incompetente, obsoleto, ultrapassado, fóssil, caquético, ele e seu mau hálito de velho, de quem não escova os dentes, de quem está podre por dentro! Não era à toa que não passava de um editor de um jornalzinho de segunda categoria como a *Tribuna*! Não era à toa! Tinha ciúmes de Rondelli. Inveja, isso sim! Sabia que Régis Rondelli seria muito maior do que ele. Sabia que Régis Rondelli seria tudo o que ele jamais foi! Velho desgraçado! Quando Rondelli estivesse indo para a *Zero Hora* ele lamentaria tudo o que estava fazendo agora!

Rondelli saiu da redação pisando firme. Precisava de um café. Tudo o que o repórter Régis Rondelli precisava agora era de um café.

24

Loiras. Pouco importa se são autênticas. O que importa é a mulher ter intenção de ser loira. Porque o cabelo escuro é naturalmente discreto. Por lustroso e sedoso que seja, por comprido ou cascateante, por cacheado ou espetado, o cabelo escuro é sempre menos ostensivo do que o loiro. O loiro é uma bandeira. A mulher loira é vista à grande distância e já à grande distância aciona os mecanismos de alerta no homem: atenção, aí vem uma loira! Então, ser loira é uma carta de intenções. A mulher loira pretende atrair o macho da espécie. Mesmo a loirinha, aquela delicada, angelical, aquela meiga, mesmo a loirinha faz acenos sexuais.

Por isso o repórter Régis Rondelli se sentia tão atraído por loiras. Elas representavam um desafio para ele. Certo tipo de loiras o perturbava ainda mais: as altas e magras. Porque as altas e magras estavam habilitadas à categoria de mulheres fatais e, oh, elas muitas vezes se tornavam mulheres fatais.

Assim, a visão daquela loira só podia causar forte impacto no espírito do repórter Régis Rondelli. Alta, magra, pernas compridas, pele de abricô. Régis Rondelli se emocionou: será que as coisas estavam realmente começando a dar certo? Parecia, porque aquela loira tão esfuziante era uma das secretárias do Departamento de Arquitetura da universidade, e Rondelli fora pautado para entrevistar justamente o chefe dela, o tal Péricles Lopes. Seu amigo Nico Nunes, eficiente, como sempre, em assuntos atinentes ao sexo oposto, já havia ligado para a colega dela, a morena ali ao lado, para que saíssem os quatro juntos à noite. E elas aceitaram! Os quatro: Nico e a morena, Rondelli e a loira. Eram muitas coincidências. O Cavalo Celeste estava enjambrando as coisas a seu favor. E o melhor de tudo: quando ele se apresentou à loira, pedindo para falar com o chefe dela, ela virou um pouco a cabeça de lado, daquele jeito de virar um pouco a cabeça de lado que as mulheres bonitas têm, e acrescentou, com um sorriso gracioso:

— Então você é o amigo do Nico? Parece que vamos nos ver bastante hoje.

Rondelli quase desmaiou. Ela estava sendo simpática, ela estava sendo querida, ela estava sorrindo para ele com todos aqueles dentes perfeitos, ela estava fazendo uma gracinha, brincando, caçoando, se aproximando dele, abrindo a guarda, permitindo que ele chegasse mais perto. Uma loira daquelas! Jesus Cristo! Uma loira daquelas não dava bola para caras como Rondelli, ele sabia bem disso. Rondelli era muito branco e tinha tendência a engordar e vulgares olhos castanhos. Não era feio, não, mas era um tipo comum, e loiras daquelas não dão atenção a tipos comuns. Oh, Deus, obrigado! Naquele momento ele precisava dizer algo inteligente, algo espirituoso. Fazê-la sorrir! Nico sempre dizia:

— O caminho para o coração de uma mulher é fazê-la sorrir.

O que ele deveria dizer? O quê? Estavam separados por um balcão. A loira na parte de dentro; ele fora, esperando ser atendido pelo chefe do departamento. A loira com seus dedos compridos e finos apoiados na borda do balcão, olhando para ele, aguardando uma resposta perspicaz à brincadeira que fizera: "Parece que vamos nos ver bastante hoje". O que Rondelli deveria dizer? O que Nico diria naquela situação? Faria uma brincadeira, certamente. A fórmula era ser sempre bem-humorado. Deu uma risadinha. Um "arran" lhe saiu meio enviesado da garganta. Rondelli não gostou do som daquele arran. Parecia um abobado. Poxa, ele não era um abobado! Podia não ser um Sansão, nem um Tom Cruise, mas não era um abobado. Era inteligente, sabia escrever bem, era repórter, o repórter Régis Rondelli, que havia dado um furaço na concorrência. O que dizer? O que dizer? Disse, simplesmente:

– Que bom.

E riu de novo. Arran. Desgraça! Rondelli odiou a si mesmo. Enrubesceu, limpou a garganta, beliscou o lóbulo da orelha. A loira não sorria mais. Encarou-o por mais alguns segundos e em seguida lhe deu as costas. Atendeu ao interfone. O chefe a chamava. Ela se virou mais uma vez para Rondelli. Agora seu rosto estava completamente impassível e profissional:

– Pode passar.

Apontou com o braço comprido e levemente bronzeado a porta no fim do balcão. Rondelli, vermelho, bloco e caneta à mão, abriu a boca para agradecer, mas não conseguiu falar. Disse apenas:

– Arran.

E arrastou os pés até o escritório, sentindo vontade de morrer. Como sou bunda-mole, pensava com desprezo por sua atuação pífia. Sou um baita dum bunda-mole!

25

Rondelli tinha de reconhecer: ali estava um homem bonito. O tal Péricles Lopes. Um tipo alto, bronzeado, sorridente, estuante de confiança. Usava terno preto e gravata azul-clara.

Rondelli cogitou se não deveria ele também usar terno e gravata. Como o pessoal lá da *Tribuna* reagiria, se o visse de terno e gravata? E Letícia, será que gostaria? Ela tinha jeito de quem gostava de homens de terno.

Rondelli examinou Péricles Lopes mais uma vez, sentado à sua frente. Entre eles, uma mesa grande, mesa de gente importante, com uns poucos papéis sobre o tampo. O computador ao lado, moderníssimo, preto, cheio de botões. O telefone parecia uma central telefônica. O homem era importante, realmente. Vereador, arquiteto famoso, diretor do Departamento de Arquitetura. Só podia usar terno e gravata. Bem que Rondelli gostaria de usar terno e gravata. No início, os amigos estranhariam, mas depois todos acabariam se acostumando. É assim, sempre.

Péricles Lopes encarava-o pacientemente. Rondelli sentia o espírito dividido entre pensar no que dizer a Vivian quando saísse da sala, resolver que pergunta fazer para começar a entrevista e decidir se deveria ou não usar terno e gravata. Quanto custaria um bom terno?

Péricles Lopes falou antes dele:

– Você se chama Rondelli? É carioca? Lembro de um zagueiro carioca chamado Rondelli. O Deus da Raça do Flamengo.

– Aquele era o Rondinelli – corrigiu Rondelli.

– É? Rondinelli?

– Jogou com o Zico.

– Campeão do mundo.

– É. Isso.

Rondelli aproveitou para entrar no assunto:

– Estou aqui por causa da morte de um funcionário da faculdade – disse, concluindo que a resposta ideal para o que Vivian dissera, "parece que vamos nos ver bastante hoje", era: "Espero que isso seja algo bom". Cara, essa resposta era perfeita. Uma sutil variação da resposta que dera e, no entanto, que diferença. Revelaria alguma modéstia de Rondelli, além de deixar uma insinuação no ar. Por que Rondelli não pensou nela antes? Droga, será que conseguiria fazer com que ela repetisse a frase para ele enfim dar aquela resposta?

– Coisa horrível – respondeu o diretor do departamento.
– Já sabem quem fez aquilo?
– Não. Parece ação de assassino de aluguel.
– Ela acusou o pai de ser o mandante, não é?
– O senhor leu a *Tribuna*.
– Li.

Rondelli quase deixou escapar um sorriso de contentamento, mas manteve a frieza profissional.

– Nunca se sabe – acrescentou. – Pode haver mais envolvidos, algo mais profundo.

– Hum – Péricles Lopes não parecia muito interessado em suas conjeturas.

– O senhor conhecia bem o professor Vanderlei? – Rondelli decidiu que diria aquela frase de qualquer forma. Aquela frase era a chave para impressioná-la.

– Tínhamos relações profissionais. Ele era um bom professor.

– Alguma vez ele falou dos problemas dele com a família da mulher?

Péricles Lopes inclinou a cabeça, pensando. Tinha um cabelo basto e negro. Um porte de senador. Certamente auxiliado pelo terno. Rondelli precisava comprar um terno. Se tivesse entrado no Departamento de Arquitetura de terno e gravata, Vivian ficaria muito mais impressionada. Qualquer frase que ele dissesse causaria impacto. Ela pensaria: "Que homem! De terno e gravata. Um homem de verdade." Mas agora não. Agora ele dependia só de sua inteligência. Teria de dizer aquela frase, "espero que isso seja algo bom", teria de dizê-la de qualquer forma.

– Sei que houve alguma confusão por causa do casamento dele – Péricles balançava a cabeça melenuda. – E que ele foi vítima de um seqüestro-relâmpago, tempos atrás. Mas, como já disse, não tínhamos muito contato. Tenho compromissos demais. Aqui. Na Câmara. E ainda mantenho o meu escritório de arquitetura.

Rondelli apertou os lábios. Ele era ocupado mesmo. Como conseguia se dividir entre tantas funções? Um homem de sucesso. Quanto devia ganhar? Será que recebia dinheiro das construtoras para defendê-las na Câmara de Vereadores? Será que era um corrupto? A Câmara de Vereadores. A política. Aqui, do lado de baixo do Equador, deve-se sempre suspeitar de irregularidades quando a política está envolvida. Sondou:

– O professor Vanderlei o ajudava de alguma forma com seus projetos na Câmara de Vereadores?

O rosto de Péricles mudou sutilmente. Rondelli não conseguiu identificar o que havia acontecido, mas algo havia acontecido. Prestou atenção em cada músculo do rosto do outro.

– O professor Vanderlei coordenou alguns projetos que fizemos para o Plano Diretor. Os projetos foram feitos por alunos dos últimos graus e comandados por ele – a voz de Péricles soou mais grave. – Mas foi só isso. Ele não tem nenhum vínculo com meu gabinete.

A suspeita começou a zunir na cabeça de Rondelli. Por que aquela reação algo áspera a uma pergunta sem nenhuma maldade? Imaginou que poderia estar diante do culpado pelo assassinato do professor. Não o assassino, claro, que um homem como aquele não iria até o Parque Minuano para matar com as próprias mãos seu subalterno. Muita exposição. Mas ele se encaixava bem no papel de mandante do crime. Seria perfeito. Péricles Lopes tinha todo o perfil de vilão: rico, bonito, provavelmente arrogante e, o melhor de tudo, era um político! Esses malditos políticos nababos! Olhou bem para o bonitão a sua frente. Sorriu um meio sorriso de sarcasmo. Toda aquela imponência, toda aquela aparente prosperidade desabando feito as Torres Gêmeas ante à perspicácia do repórter Régis Rondelli. Jota Campos ia adorar um culpado desses.

– Que projetos são esses? – insistiu, para ver se o homem se incomodava.

– Projetos para o Plano Diretor da cidade – a voz saiu impaciente. Ou seria imaginação de Rondelli? De qualquer forma, Péricles estava ereto na cadeira. Atento. Um *dober-*

mann. – Projetos bastante complexos. É comum as faculdades de arquitetura fazerem esse tipo de projeto. Mas os da turma do professor Vanderlei acabaram não servindo de nada. Muito fantasiosos. Não pude nem apresentá-los às comissões da Câmara. Por sinal, tenho uma reunião com alguns vereadores agora e estou atrasado. O senhor dá licença? – levantou-se abruptamente, encerrando a conversa.

Rondelli se ergueu, intrigado, sem entender exatamente o que havia acontecido, torcendo para que algo ali estivesse muito errado, para que Péricles Lopes fosse o malvado da história. Se bem que, nesse caso, sua matéria com Meriam acusando o pai perderia importância. Rondelli pensou melhor e concluiu que não seria nada bom se Péricles fosse o culpado. Além do mais, uma filha não ia se enganar assim a respeito do próprio pai. É. O melhor era desistir daquela idéia fácil. Péricles Lopes, imagina, um homem tão distinto.

Apertou a mão do diretor. Uma mão grande e pesada. O cara devia praticar esportes. Despediram-se. Rondelli foi se encaminhando para a saída, acompanhado do diretor, pensando no reencontro com Vivian. Espero que isso seja algo bom, era o que lhe diria. Que frase!

Ao chegar à porta, decepção: Vivian não estava. Mas estava Carol, sua colega e amiga, com quem ele e Nico sairiam à noite. Resolveu conversar com ela, ganhar tempo até Vivian voltar sabe-se lá de onde.

– Olá – cumprimentou-a sorrindo, tentando ser simpático. Colou o umbigo ao balcão. – Eu sou o amigo do Nico, o Rondelli.

Carol sorriu:

– Ah, claro. Tudo bem?

– Tudo. A Vivian saiu? – Rondelli apontou para a cadeira onde vira Vivian sentada.

– Deu uma saidinha, é.

Carol continuava sorrindo, na expectativa. O tempo ficou suspenso por um instante. Rondelli sorriu de volta.

– Arran – disse.

Arran de novo! Não pretendia bancar o papel de idiota outra vez. Ah, não.

– Bem, nos veremos à noite, então – disse.

– Parece que sim – Carol era bastante simpática. E bonita também, apesar de não ser tanto quanto Vivian.

– Espero que isso seja algo bom!

Carol apertou um pouco os olhos. Virou a cabeça para um lado, como fazem os cachorros quando estão intrigados. Rondelli despediu-se dela com um tchau efusivo, torcendo para que Carol comentasse com Vivian sobre aquela frase. Boa frase. Realmente.

26

– As gostosas se movimentam em bandos. Cardumes – Nico estava num de seus dias inspirados. Rondelli observava-o em silêncio enquanto ele dirigia até a Zona Sul da cidade, onde as secretárias os esperavam. – Elas agem por instinto – prosseguiu, eloqüente, engatando a quarta. – Aonde uma gostosa vai, todas vão. Elas não vão aonde vão as feias. As gostosas só andam com gostosas, vão a lugares de gostosas, se encontram com gostosas. É estranho. É ilógico – o carro parou num sinal. Nico virou-se para Rondelli. Gesticulava. – Deveria ser o contrário: uma gostosa deveria querer ir a um lugar em que vão as mais ou menos e feias. Aí ela seria a rainha insuperável, todos os homens a mimariam. Mas, não. As gostosas só vão a lugares a que vão outras gostosas. – O sinal abriu. Nico colocou a primeira marcha. Dirigia com a mão esquerda. Gesticulava com a direita, entre uma marcha e outra. – Fui ao show do Lenny Kravitz, semana passada. Cara, nunca vi tanta gostosa junto. Vinte mil pessoas no Estádio Olímpico. Quatorze mil mulheres. Treze mil e novecentas gostosas. Devia ter só umas cem mais ou menos por lá, e ainda assim eram discriminadas. As gostosas não gostam das mais ou menos ou das feias. Um bar, por exemplo – outro sinal. Nico aproveitou para gesticular com as duas mãos. – De repente, um bar vira bar de gostosas – marcou a palavra gostosas com as mãos fazendo um movimento em curva, como se desenhasse um violão no ar. – É de um dia para outro. Numa noite, ninguém vai ao bar; na outra, ele está cheio de gostosas de minissaia e barriga de fora. Aí o bar se torna um sucesso. Todas as gostosas vão lá. Os homens vão atrás, babando. Mas de repente elas se cansam do bar. Também é sem aviso prévio. É de uma hora para outra. Assim como elas vêm, elas vão. Abandonam o bar, mudam-se para outro local. Aí você vai naquele bar que até um dia atrás era um bar de gostosas, entra todo animado e o que vê? Uma mais ou menos, outra mais ou menos, outra mais ou menos, uma gorda, outra mais ou menos, mais uma mais ou menos, uma gorda, uma feia. Cadê as gostosas? Cadê?? Estão em outro bar. São como insetos predadores: chegam num lugar, consomem todas as energias e se retiram para sempre. Combinaram? Ligaram-se? Passaram e-mail? Sinais de fumaça? Não. Nada disso. É por instinto. Elas são como bichinhos. Não há pássaros migratórios? Não há formigas que fogem da chuva? As gostosas também se movimentam em grupo. – Nico estava tão entusiasmado com sua teoria que às vezes diminuía a velocidade, quase parava o carro. Rondelli consultou o relógio. Não queria chegar atrasado. – Precisamos descobrir como isso acontece! – gritou Nico. – Alguém tem que estudar o comportamento das gostosas, exatamente como aqueles caras da *National Geographic* estudam o comportamento dos gnus. Aliás, o que é mais importante para a humanidade: uma gostosa ou um gnu? E aqueles caras da *National Geographic* gastam milhões e ficam três anos na selva estudando os gnus. Não entendo esses caras da *National Geographic*. Enfim – pausa para suspiro. – Precisamos descobrir o que as motiva, de onde elas vêm, para onde elas vão, de que se alimentam. Aí nós teremos a chave, Régis. A chave! Aí nós teremos a sabedoria! Você entende? Entende como isso é profundo?

Rondelli mostrou o relógio:

– Será que não vamos chegar atrasados?

Nico olhou para o pulso de Rondelli e depois para frente de novo.

– Não. Vamos chegar na horinha – Nico refletiu um momento. Meio minuto de silêncio. Depois acrescentou: – Essa gata, essa Vivian. Ela pode muito bem ficar a fim de você. Vê se não vai dar bobeira hoje. Vai pra cima dela. Parte pro ataque!

– A fim de mim? Por que ela ficaria a fim de mim? Uma mulher tão linda.

– Você é perfeito pra ela.

– Deve ter um monte de homens em cima dela...

– Tem um monte de homens em cima de todas as mulheres. Qualquer mulher é assediada por doze homens. Doze! Basta ser um pouco bonitinha. Mas quantos desses homens querem compromisso? Nenhum! Aí é que está a diferença: quando a mulher conhece um homem, ela olha pra ele e já calcula se aquele cara pode ser um futuro marido. O pai dos filhos dela. É o instinto materno que está procurando um reprodutor ideal, com os genes ideais, cromossomos, aquela coisa. Ou seja: ela anseia pelo compromisso. Já o homem: quando o homem conhece uma mulher, ele calcula: será que ela vai dar pra mim? É assim ou não é?

– Bom...

Nico não deixou que Rondelli continuasse:

– Claro que é! Só que as mulheres sabem disso. Aí, você consegue imaginar o que elas fazem? Consegue?

– O que elas fazem? – Rondelli desistira de falar. Sabia que Nico não permitiria.

– Elas se aproveitam de nós! – exclamou Nico. – Se aproveitam da nossa fraqueza! Usam isso contra nós! Vestem-se daquele jeito. Minissaias, miniblusas, bronzeiam-se, se enfiam naquelas calças justíssimas, ninguém entende como elas conseguem respirar dentro daquelas calças, mas elas as vestem e respiram e sorriem e se fazem e dão a entender que vamos transar com a mulher mais gostosa do mundo, que vamos ter sexo enlouquecedor e selvagem e melequento e animalesco por toda a vida! E por que isso? Para nos fisgar. Para casar! Elas só querem casar! – Nico socava o ar. – Casar, casar, casar! E depois ter filhos! É disso que elas gostam. Sabe quais são as três coisas de que as mulheres mais gostam?

– Quais?

– Doce, dinheiro e filho! Não necessariamente nessa ordem. Sexo? Pra elas é secundário. Doce, dinheiro e filho, escuta o que eu digo. Elas namoram com você: objetivo número um cumprido. Casam com você: objetivo número dois também foi alcançado. Têm filhos: objetivo final plenamente satisfeito. Pronto. Agora elas estão prontas para corneá-lo, rapaz! Você será um corno! Um pai corno! Porque, depois de todos os objetivos alcançados, elas começam com aquela conversinha – Nico fez voz de falsete –: "Minha vida está tão igual, tão sem graça, está tudo tão monótono... Eu precisava de uma paixão na minha vida. Precisava me apaixonar." Porque é assim que elas agitam a vida delas! – voltou à voz normal. – É assim: apaixonando-se por outro. Corneando você, rapaz! Elas não podem agitar a vida delas com uma viagem, com um jogo de futebol com os amigos, com um porre. Não. Elas têm que agitar a vida com uma paixão!

– Mas o que isso tem a ver comigo e com a Vivian?

Nico se virou para ele, olhos arregalados. Rondelli preferia que ele continuasse atento à direção, mas não reclamou. Caronas não têm direito à reclamação.

– Será que você não percebe? Você tem cara de quem quer compromisso! É isso que elas vêem em você: um bom rapaz, com bons instintos. Um bom marido! É isso que você é: o bom marido. Essa sua cara de songamonga. Perfeita. Desperta o instinto maternal nelas. Ao mesmo tempo, você gosta de sair, de se divertir, de rir. E é um cara inteligente e um bom caráter. Quer dizer: não é um nerd completo nem uma besta. É um tipo que elas podem admirar. É isso que essa baita loira vai ver em você. Já deve ter visto. É por isso que você deve ir para cima dela hoje! Aliás, chegamos.

O carro parou. Rondelli havia se distraído com a digressão de Nico. Estava incomodado. Não queria atrair as mulheres por ter cara de bom marido. Queria ter atração animal. *Sex appeal*. Queria andar pelo mundo como um grande felino, um tigre poderoso, independente e solitário, e despertar nas mulheres um incontrolável desejo de serem possuídas violentamente. Queria fazer sexo com elas como um animal e, depois da longa noite de prazer, ouvir da companheira saciada:

– Nunca ninguém fez isso comigo antes. Você é uma máquina. Uma máquina de prazer.

Bom marido. Ele não era o bom marido! Uma máquina sexual, era assim que o repórter Régis Rondelli podia ser chamado, sim, senhor! Bem, verdade que fazia algum tempo que a máquina não era acionada. Quatro meses sem sexo. Numa cidade como Porto Alegre, com tantas possibilidades, todo esse tempo de abstinência podia ser considerado uma aberração. Será que teria alguma sorte com Vivian? Rondelli conferiu o penteado no espelhinho retrovisor. Tinha um tufo levantado na parte de trás da cabeça, que, maldição, nunca conseguia abaixar. Tentou domar o tufo batendo-o com a mão. Inútil. Nico, já fora do carro, o chamava:

– Vamos, meu!

Rondelli desembarcou, nervoso, alisando a camisa azul-clara sobre a calça jeans. Ainda não se acostumara a usar a camisa para fora das calças. Durante toda a vida enfiara a camisa para dentro das calças e as cingira com cintos que combinavam com os sapatos. Mas os porto-alegrenses se vestiam assim, ele que não ia ser diferente. Bastava aquilo de ter cara de bom marido. Desgraça. Será que se deixasse o cabelo arrepiado ficaria com uma aparência mais selvagem? As mulheres gostam de homens com aparência selvagem. E o cabelo arrepiado ao menos justificaria o tufo.

Nico já premia o botão do interfone instalado em um pilar do portão da casa onde as duas secretárias os esperavam. Rondelli analisou a casa. Uma boa construção de alvenaria. Classe média-alta.

– De quem é a casa? – perguntou.

– Da Carol.
– Mora bem, para uma secretária...
– Ela e a loira são secretárias só para pagar parte do curso, ou para passar o tempo, ou como estágio, sei lá. Elas estudam no Departamento de Arquitetura.
– Arquitetas?
– Futuras arquitetas.
– Bom, isso.

Em trinta segundos, a porta se abriu. Saíram as duas. Vivian, a loira; Carol, a morena. Ambas belas, de jeans e blusinhas leves. Rondelli sentiu um calor no peito. Ali estava ele vivendo uma vida de homem adulto, solteiro, livre, independente, um homem aberto ao mundo, pronto para conquistá-lo, para ter o que há de melhor no planeta. As duas sorriam. Nico acenou com jovialidade:

– Olááááá!

Rondelli riu, nervoso:

– Arran.

Arran de novo! Vivian ia pensar que ele era um babaquara de última categoria. Um taipa do interior. Ainda bem que ele colocou a camisa para fora das calças.

Carol e Vivian abriram o portão. Oi, tudo bem?, tudo bom?, beijinhos e tal, Rondelli sentiu o cheiro doce que vinha da loira. Quando ela disse "tudo bem" seu hálito de chocolate branco o atingiu bem debaixo do nariz e ele se emocionou. Até as entranhas dela eram perfumadas. Jesus Cristo!

27

Nico abriu a porta da frente do lado do carona e indicou o assento a Carol com uma mesura:

– Madame.

Rondelli achou que deveria fazer o mesmo. Abriu a porta de trás. Curvou-se para Vivian como se curvariam antigos cavalheiros, mas achou que fora meio desajeitado.

– Por favor – disse, não gostando nem um pouco do som da sua voz.

Todos acomodados, o carro partiu.

– Vocês gostam de peixe? – perguntou Nico, do banco do motorista, engatando a terceira.

Todos gostavam.

– Então vou apresentá-los ao melhor bacalhau à Gomes de Sá do Brasil!

Em seguida, Nico disse alguma gracinha em tom baixo para Carol. Ela riu abafado. Rondelli compreendeu que era o momento de falar com Vivian. Era o momento de ser interessante. O que ele poderia dizer de interessante?

– Entrevistei o chefe de vocês hoje – começou.

Vivian respondeu olhando para frente:

– Eu sei. Eu estava lá.

Rondelli corou. Que idiota. É claro que ela sabia. Ela que o introduziu na sala do homem. Esperou que ela não tivesse percebido seu embaraço. Resolveu contragolpear com sua vasta experiência profissional.

– É. Claro. Mas às vezes a gente entra nos lugares e os caras não aceitam dar entrevista. Acontece muito isso. Terrível.

– É? – Vivian agora o encarava, mas não parecia exatamente interessada na conversa. Teria percebido seu rubor? Como Rondelli detestava ficar vermelho! Será que um psicólogo resolveria aquele problema? A indiferença de Vivian o perturbava. Por que ela agia daquela forma? Também, a culpa era dele. Falar do chefe delas, ora veja. A mulher estava saindo à noite. Queria desopilar, queria se divertir. A última coisa de que gostaria era falar de trabalho. Rondelli resolveu mudar radicalmente de assunto. Nada de trabalho. Falaria de... de quê, maldição??

– Você é daqui mesmo? – arriscou.

– Sou.

– De Porto Alegre? Veja só. Há poucas pessoas de Porto Alegre. Digo, Porto Alegre, Porto Alegre mesmo. A maioria das pessoas que conheço é do interior.

Ela piscou:

– É?

– É. Eu mesmo. Sou de Cachoeira.

– Cachoeirinha?

Rondelli saltou. Odiava quando sua cidade era confundida com Cachoeirinha, uma cidade-satélite de Porto Alegre.

– Não! Cachoeira do Sul. Conhece Cachoeira do Sul?

– Não.

– Uma pena. Uma cidade ótima. Um dia levo você lá para uma visita.

Vivian riu:

– O que eu faria em Cachoeira do Sul?

Rondelli enrubesceu mais uma vez. Por que havia falado aquilo de Cachoeira do Sul? Imagina, dizer que ia levá-la para Cachoeira do Sul. Absurdo! Estavam saindo pela primeira vez! Além disso, não havia mesmo nada para fazer em Cachoeira do Sul. Ela tinha razão. Só que Rondelli não poderia admitir. Tentou dar uma resposta bem-humorada.

– Ah, só indo a Cachoeira para descobrir.

Ela sorriu, em silêncio. Rondelli considerou sua resposta inteligente. Havia sido uma boa saída, de fato. Ao descerem do carro, diante do restaurante Galo, na Cidade Baixa, Nico se aproximou de Rondelli e sussurrou:

– Que negócio é esse de Cachoeira do Sul? Arranja algo melhor pra falar!

– Estou tentando, mas a mulher é monossilábica! É só "é, é, é". Ela só fala "é"!

Nico grunhiu um "humpf".

Entraram. O restaurante era pequeno e aconchegante. Nico pediu o bacalhau à Gomes de Sá, encomendou o vinho e se encarregou da maior parte da conversa. Carol e Vivian ouviam as histórias dele e riam. Vez em quando, Vivian tocava no braço do Nico de uma forma que deixava Rondelli apreensivo: será que ela queria algo com o Nico? Mas e a amiga? Bom, nenhuma delas havia tido qualquer coisa com ele, ainda. Com nenhum deles. Estariam se decidindo? Será que queriam trocar de parceiros? Rondelli olhou para Carol... Não, Carol estava decididamente interessada no Nico. Olhou para Vivian... Será que Vivian também? Que inferno!

O bacalhau era de fato excelente. A conta é que não foi. Cento e vinte reais. Sessenta para Rondelli, sessenta para Nico. Eles não deixaram que elas pagassem, de jeito nenhum.

– Nenhuma mulher comigo jamais pagou a conta! – bradou Nico, dedo em riste. Elas riram, divertidas.

Rondelli calculou que só lhe restavam uns quarenta reais. Que desgraça. E a noite ainda não havia terminado.

– Que tal irmos dançar no Doctor Jeckyll? – propôs Nico.

Elas toparam. Rondelli imaginou que iria gastar mais uns trinta reais, no mínimo. Ficaria duro, durinho. Mulher cara, aquela loira. E discreta. Continuava falando pouco. Linda e misteriosa. Rondelli olhava para ela, loira dourada, os dentes, imaculados teclados de marfim, os braços compridos a gesticular com parcimônia, uma dezena de argolas também douradas enfiadas nos pulsos, brincos igualmente dourados pendendo dos delicados lóbulos das orelhas, aquele cabelo cascateante, aquele pescoço de cisne, aqueles olhos azuis da cor do mar da Praia Brava, Rondelli olhava para ela e tinha vontade de pular sobre ela e lhe descobrir todos os segredos e de dizer que a amava e que queria casar com ela. Mas não podia. Tinha de se conter. O que fazia a duras penas, sentindo o peito diminuir a cada sorriso que a loira lhe oferecia com condescendência, como se lhe desse uma esmola.

Chegaram ao Doctor Jeckyll, uma danceteria situada também na Cidade Baixa. Não havia fila para entrar, mas o lugar estava lotado. Rondelli, Vivian, Nico e Carol foram desviando das pessoas que dançavam com garrafinhas de cerveja nas mãos, pedindo licença, avançando lentamente até o balcão. Nico estendeu a comanda para um atendente, que voltou com quatro garrafinhas de Miller com fatias de limão enfiadas nos gargalos. Rondelli tomou o primeiro gole. Delícia. Geladinha.

– Vamos subir? – gritou Carol, apontando para a escada que levava a um mezanino onde ficava a pista de dança propriamente dita.

Subiram. Carol à frente, puxando Nico pela mão. Em seguida, Vivian e Rondelli. Como Régis gostaria que Vivian também o puxasse pela mão.

Quando faltava um degrau para chegar ao topo da escadaria, Rondelli viu Vivian parar e abrir os braços:

– Professor Juninho!

Ah, não! Ela conhecia o Professor Juninho! Rondelli sentiu sua noite desmoronando. Se havia alguém que ele não queria encontrar era aquele maldito Professor Juninho!

28

O Professor Juninho era um sujeito que estava sempre na noite, atrás das mulheres, e invariavelmente obtinha sucesso, apesar de não possuir o biotipo do galã. Não, o Professor Juninho era baixinho, loirinho e se vestia sempre de paletó e gravata. Seria isso? Seria a gravata? Rondelli teria mesmo que descobrir quanto custava um terno. Quando pisou na pista, Rondelli percebeu que o Professor Juninho já fora incorporado à turma. Dançavam em roda, as duas mulheres e os três homens. Nico se esfregava ora em Carol, ora em Vivian. Dizia uma gracinha no ouvido de uma, ela ria. No ouvido de outra, ela ria também. O Professor Juninho rondava Vivian perigosamente. Rondelli ficou meio deslocado. Todos dançavam, conversavam, riam e bebiam. Rondelli dava bicadas na sua cerveja e tentava se balançar ao ritmo da música, mas não se sentia à vontade. O Professor Juninho, ao contrário, serpenteava na pista como se fosse feito de borracha. Uma enguia com coceira, aquele Professor Juninho. Falava algo ao ouvido de Vivian, gargalhava, fazia biquinho com os lábios, dançava com os punhos fechados. Rondelli gostaria de saber dançar. Gostaria de ser um Travolta. Nunca fora bom em dança e as mulheres adoram homens que dançam. Sacudindo-se de um lado para outro, todo durão, Rondelli sentia-se mais um robô do que um dançarino. Maldito Professor Juninho. Maldito! Não havia já cem mulheres interessadas nele? Por que tinha de assediar Vivian, a sua Vivian? Ah, Rondelli queria uma chance de mostrar o seu valor. Queria que um bando de celerados tentasse assaltar a danceteria, que eles ameaçassem os freqüentadores com suas Uzis e suas AKs-47. Ficariam todos prensados contra a parede. De repente, um dos bandidos olharia para Vivian, a mulher mais linda do lugar, e bradaria:

— Vamos levá-la como refém.

Rondelli saltaria do meio da multidão:

— Desculpem, mas essa vocês não vão levar.

Eles sorririam, debochados, prontos para executá-lo. Mas Rondelli seria mais rápido, desferiria um violento pontapé no queixo do homem que segurava Vivian pela mão. Vivian emitiria um gritinho, Rondelli a protegeria com o corpo:

— Fique atrás de mim, querida.

E pularia direto para o epicentro do perigo, desferindo chutes e socos certeiros em cada um dos confusos meliantes. E pistolas e metralhadoras e fuzis saltariam para todos os lados devido aos golpes poderosos das pernas e dos punhos de Rondelli, e já estariam todos derrotados, prontos para fugir, quando um deles, à porta de saída, daria um tiro traiçoeiro, PAM!, que atingiria Rondelli pelas costas. Rondelli desabaria em silêncio, um ricto de dor lhe marcando o rosto. Antes de chegar ao solo, ouviria a doce voz de Vivian urrando desesperada:

— Nãããããããão!

A cena seguinte seria ele deitado no parquê, sangrando, a cabeça repousada nas pernas de Vivian ajoelhada, chorosa, passando as mãos em seus cabelos, implorando:

— Rondelli, não me deixe! Por favor, não me deixe!

Rondelli a fitaria por detrás das pálpebras semi-abertas, a centelha da vida já se esvaindo de seu rosto. Sorriria com benevolência.

— Vivian... — murmuraria, apenas.

Ela, soluçando:

– Rondelli, não! Não me deixe!

Em volta deles, todos assistiam, emocionados. O Professor Juninho, desprezado num canto da sala, olhava para o chão, pejado de remorso. As mulheres choravam. Seu amigo Nico se ajoelharia ao lado de Vivian, segurando a mão de Rondelli. Rondelli olharia para ele e, apontando com a cabeça para Vivian, pediria, enfim:

– Cuide dela.

E fecharia os olhos.

– Nãããããããão!!! – berraria Vivian para os céus.

Ah, seria a glória! Que morte! Mas a probabilidade de um bando de celerados invadir o local naquele momento não era muito grande. Os celerados nunca aparecem quando a gente precisa deles. Rondelli teria de se contentar em chamar a atenção dela com algum tipo de conversa inteligente. Aproximou-se. Perguntou, colando os lábios na orelha dela:

– Quer uma cerveja?

Ela levantou a garrafinha que tinha na mão direita: estava quase cheia. Rondelli sorriu, sem jeito:

– Vou buscar uma cerveja – informou.

Ela não respondeu. Continuou dançando, séria, compenetrada, linda, a mais linda do lugar. A garganta de Rondelli se fechou de angústia. Ele desceu as escadas, esbarrando nos outros freqüentadores, pedindo desculpas. Chegou ao balcão. Estendeu a comanda.

– Uma Miller com limão – gritou.

O garçom lhe passou a cerveja e anotou o preço na comanda. Quanto sairia a conta? Todo aquele investimento, e ela ficava dançando com o maldito Professor Juninho. Rondelli suspirou. Tomou um gole. E se fosse embora? Se se retirasse, simplesmente? Uma saída à francesa. Talvez pegasse bem. Demonstraria superioridade. Se ela queria ficar com o Professor Juninho, que ficasse. Rondelli, não. Rondelli preferia o retiro de seu apartamento, seus livros, seus discos. Sua solidão. Rondelli era um tigre solitário, um repórter policial.

Régis Rondelli. Eis quem era. Não precisava de mulheres, não precisava de ninguém, não precisava saber dançar. Ele tinha uma missão. Ele era um repórter policial.

Sim, poderia se retirar. Seria até bom: economizaria alguns reais. Se bem que a consumação daria para mais umas duas cervejas. Talvez pudesse oferecer uma nova chance a ela. Subiria até o mezanino, se postaria bem perto dela, mas não entraria na rodinha de dança. Ficaria à margem, observando, superior. Esperaria que ela o procurasse:

– Rondelli, senti sua falta. Onde você andava? Temi que fosse embora e nunca mais nos víssemos. Desculpa não ter lhe dado atenção.

Aí ela certamente o beijaria na boca. Ah, o gosto daqueles lábios de bergamota poncã!

Era isso que Rondelli faria. Ofereceria uma chance a ela. Subiu as escadas, bem mais animado. Estacionou a metro e meio da parede, onde outros homens estavam encostados lado a lado, bebendo cerveja no gargalo das garrafinhas *long neck*. Vivian, Professor Juninho, Carol e Nico dançavam mais adiante, sorrindo. A voz de Mick Jagger eletrizava o ambiente. Rondelli enfiou a mão esquerda no bolso das calças, mas lembrou-se que um dia uma mulher lhe disse:

– Detesto homem de mão no bolso em bar!

Então retirou a mão do bolso rapidamente. O que fazer com ela? A direita estava ocupada com a cerveja, tudo bem. Meteu apenas o polegar no bolso. Só o polegar era legal. Era meio selvagem. Rondelli era meio selvagem. Apoiou o peso do corpo na perna esquerda. Achou ter ficado bem assim. Realmente. Bebeu um gole de cerveja, o queixo apontando para o alto, olhando para Vivian com um ar de ironia nos olhos castanhos. Ela ficaria intrigada. Então uma voz de homem soou ao seu lado:

– Bela loira.

Rondelli se virou, desconcertado. Achava que a multidão o tornara invisível para outros que não seus amigos ali adiante. O homem sorria para ele, uma garrafinha de cerveja à mão.

Rondelli demorou um instante para reconhecê-lo. Depois lembrou. Era bom em fisionomias. Ele trabalhava na polícia. Ou havia trabalhado, algo assim. Um nome histórico. Asdrúbal? Amílcar? Como era mesmo o nome dele?

29

– Comissário Aníbal!
– Tudo bem? – o outro abriu o sorriso.
– Estamos nos encontrando muito ultimamente. Nos vimos no Lilliput esses dias, não é?
– Porto Alegre é uma cidade pequena.
– Verdade. Todos vão sempre aos mesmos lugares.
– Bom, não havia outro lugar para ir hoje. Quem quisesse balada, só mesmo aqui.
Rondelli concordou:
– E essa loira? – Aníbal apontou com a garrafinha de cerveja para Vivian, que dançava com os bracinhos levantados. Rondelli adorava quando as mulheres dançavam com os bracinhos levantados.
– Uma amiga – respondeu.
– Uma muito gostosa, sem dúvida.
Rondelli olhou para ele, surpreso. Aquilo era jeito de falar de Vivian? Por favor, mais respeito! Aníbal continuava olhando para ela. Disse:
– Você estava com ela e o sujeitinho aí se atravessou. É isso?
Rondelli admirou a perspicácia do comissário. Devia ser bom investigador.
– Mais ou menos isso.
– Mas talvez nem tudo esteja perdido. Acho que vale a pena insistir por essa loira.
– Ela é linda – Rondelli suspirou.
Aníbal tomou um gole de cerveja e acrescentou:
– Mulher pra casar.

Rondelli riu.

– Casar? – falou como se estivesse escandalizado. Lembrou-se de Nico descrevendo o que acontece com o casal depois de dois anos de matrimônio: o fim da paixão, porque dois anos é o prazo máximo de validade de qualquer paixão, e o começo do ressentimento, porque os dois se sentem presos a um compromisso antinatural. "A monogamia é antinatural", Nico vivia a discursar.

– Casar, sim. Ela bem que pode ser a mulher da sua vida. Então você tem a obrigação de tentar ficar com ela. Tem de lutar por ela – continuou Aníbal, enfático. – Já fui casado uma vez. Tive uma bela mulher.

Rondelli olhou para ele, espantado. Não era o tipo de conversa que esperava ter em plena balada, bebendo cerveja no gargalo, e vinda de um comissário de polícia, ainda por cima. Será que ele estava bêbado? Rondelli observou que seus olhos brilhavam estranhamente. Achou que sim.

– Até hoje me arrependo do que fiz – prosseguiu o comissário, balançando a cabeça em lamentação.

Rondelli se compadeceu. O homem estava sentimental mesmo.

– O que você fez?

O comissário se virou para ele. Levava um sorriso amargo no rosto.

– Ela era maravilhosa. Mas não adianta, a gente pode estar casado com a Cameron Diaz que depois de algum tempo vai se interessar pelas outras. E por outras bem inferiores – Aníbal suspirou. – Eu comecei a sair com algumas mulheres, até que arranjei uma espécie de namoradinha fixa. Claro que a minha mulher percebeu, começou a reclamar das minhas ausências. Uma noite, estava prestes a voltar pra casa quando a namoradinha me telefonou. Queria me ver. Liguei para minha mulher e disse que tinha uma ocorrência para atender. Ela falou que ia me esperar. Fomos para um motel, eu e a namoradinha. Queria sair, queria ir embora e jantar com minha mulher, mas, não sei por que, a menina me segurou lá. "Não vai agora, não vai embora, fica mais um pouquinho." Fiquei – o comissário fez uma pausa para tomar outro gole. Rondelli sentiu que a história chegava ao clímax. Ficou apreensivo. – Voltei para casa só alta madrugada – prosseguiu. – Quando entrei na sala, deparei com a mesa posta. Minha mulher fizera um jantar especial para mim. Tudo arrumadinho, tudo muito bonito. Só para mim. E eu com a outra. Ela acordou no instante em que entrei no quarto. Pensei que ia brigar comigo, mas aí aconteceu o pior: ela não estava furiosa, nem nada: estava triste. Nada pior que uma mulher triste. Uma mulher braba, uma mulher que se queixa, uma mulher que está sempre fiscalizando, é esse o tipo de mulher ideal. Porque essa justifica a minha traição. Essa eu chamo de jararaca e vou para a rua. Mas a mulher triste... Essa acaba comigo. Essa me faz ter vontade de ficar em casa, me deixa com remorso, me deixa pensando que sou um safado, me deixa com vergonha de mim mesmo.

Rondelli colocou o peso do corpo na outra perna. Limpou a garganta. Tomou mais um gole de cerveja. Não sabia bem o que dizer. O desabafo do comissário o deixara perplexo e desconfortável. Uma danceteria escura, com música alta, todo mundo pulando e bebendo e gritando, com mulheres de minissaia, puxa, aquele não era o lugar para o tipo de conversa que estavam tendo. Mas, ao mesmo tempo, Rondelli se sentiu especial. Por algum motivo, o comissário o escolhera para desabafar. Para contar suas coisas mais íntimas. Um comissário de polícia! Ou ex-comissário, tanto fazia. O fato é que ele, Rondelli, era merecedor de sua confiança. Talvez Rondelli fosse um homem que inspirava confiança nas pessoas. Rondelli ficou satisfeito com essa sua qualidade. Decidiu dar curso à conversa.

– Foi nesse dia que vocês se separaram? – perguntou.

O comissário riu de novo e de novo um riso amargo.

– Não. Foi pior: semanas depois, ela descobriu a história da tal namoradinha. Viram-me num restaurante. Sabe como é: com o tempo, a gente vai deixando de ser cauteloso. E a mulher que está com você, a amante, essa tem todo o interesse de que a coisa seja descoberta. Contaram para minha mulher. Ela foi embora. Tentei voltar, mas ela não quis mais. Não consegui nem ficar mais com a namoradinha. Depois daquilo, minha vida mudou. Saí da polícia, me afastei dos amigos que tinha. Mas hoje estou melhor. Estou recuperado. Estou refazendo a minha vida.

Rondelli coçou a cabeça. Ele não parecia recuperado.

– Que coisa – comentou. E de imediato achou que o comentário era idiota e insensível. O outro ali, se abrindo, e ele dizendo que coisa.

– Quem sabe essa não é a mulher com quem você vai ficar para sempre? – observou Aníbal, como se nem tivesse ouvido o comentário de Rondelli.

Rondelli olhou outra vez para Vivian. Como era linda. Gostaria mesmo de passar o resto da vida com ela. Não devia ter desprezado a idéia de se casar. Fora um imbecil. O comissário ali era um homem muito mais sensível do que ele. Comissário Aníbal. Era de homens assim que nossa polícia precisava.

– Você a conhece há tempo? – perguntou Aníbal.

– É a primeira vez que saímos. Ela é estudante e secretária do Departamento de Arquitetura. As duas ali são – e apontou para Carol, que agora se enroscava com Nico no meio da pista.

– Do Departamento de Arquitetura? – Aníbal pareceu interessado.

– É. Conhece alguém de lá?

– Não, não – Aníbal apressou-se a responder. – É que li no jornal sobre o assassinato de um funcionário do Departamento de Arquitetura.

– Matéria minha! – Rondelli bateu no peito, sorrindo. – Um furo. Furaço!

Aníbal o fitava diretamente nos olhos, agora.

– É mesmo? E o que estão dizendo meus ex-colegas? Já acharam o assassino?

– Ainda não. Deve ser um assassino de aluguel. Contratado pelo próprio pai da moça, veja só que horror.

– É mesmo. Um horror. O sujeito não deixou nenhuma pista?

– Nenhuma. Sabe como são esses assassinos profissionais. Provavelmente nunca vão encontrá-lo. Deve ter vindo do oeste do Paraná. Lá é terra de matador profissional.

– Verdade. São todos de lá.

– Vem, Régis! – era Carol que o chamava, da pista.

Rondelli sorriu, encabulado. Agora, seu amigo Nico também gesticulava:

– Vem! Vem!

Aníbal sorriu para ele:

– Eu, se fosse você, iria.

Vivian apenas o olhava, impassível. Rondelli decidiu ir. Talvez ela fosse mesmo a mulher de sua vida. Não queria perdê-la, como o comissário perdeu sua jovem e bela esposa. Vai ver até a coincidência de eles terem se esbarrado no Doctor Jeckyll fosse obra do destino. A Providência lhe mandando um aviso. Sim, iria insistir. Lançou um olhar agradecido para o comissário.

– Acho que vou lá.

O comissário sorriu:

– Vá logo. Que tal nos encontrarmos outro dia?

– Ótimo. Vamos, sim – Rondelli já se encaminhava para a pista.

– Como posso achá-lo?

– Liga pra *Tribuna*. Sou *free-lancer*, mas estou sempre por lá.

– Combinado.

– Combinado.

Rondelli foi para a pista, balançando-se ao som da música. Não iria perder a mulher da sua vida para aquele Professor Juninho, não mesmo!

30

Aníbal ficou algum tempo observando o grupo dançar. Sobretudo o repórter. Desde aquela noite no Lilliput estava decidido a não perdê-lo de vista. Ligaria para ele, sairiam, se tornariam amigos. Tentaria se manter informado sobre como andavam as investigações do caso do professor. Se o repórter começasse a ficar muito espertinho, se chegasse perto da solução do caso, Aníbal daria um jeito nele. Não se deixaria prejudicar por um tipo insignificante daqueles. O repórter estava sempre na noite, nos bares, seria fácil emboscá-lo, liquidá-lo e fazer parecer um latrocínio.

O encontro com o repórter melhorara o seu estado de espírito. Saíra de casa meio deprimido, mas resolvido a encontrá-lo. Embarcou em seu Mégane negro como as asas da graúna e rodou pela cidade, procurando o carro no qual vira o repórter embarcar. Limitou sua busca a dois pontos da noite porto-alegrense: a Calçada da Fama e a Cidade Baixa. Como da última vez o repórter estava na Calçada da Fama, foi direto para a Cidade Baixa. Acertou em cheio. Não fazia uma hora que rodava e viu o carro estacionado em frente a um restaurante português. Armou uma pequena campana e esperou. Saíram os dois amigos e duas belas garotas. Aníbal olhou bem para elas. Interessou-se sobretudo pela loira. Gostaria de se repoltrear com aquela loira por umas duas horas. Seguiu-os até a boate, entrou e, ao ver o repórter sozinho, se aproximou. Tudo muito fácil, tudo muito tranqüilo. Tivera sorte, e isso mudara o seu humor. Antes de achar o repórter, passou horas oprimido pela lembrança da ex. Quase ligou para ela, embora soubesse que estava de namorado novo. Fizera muito isso, ligar de madrugada, bêbado, emotivo, balbuciando-lhe declarações de amor com a boca mole. Humilhando-se, enfim. Rastejando. Quando se começa a rastejar, não se consegue mais parar. Pior: o homem *quer* rastejar. *Procura* por isso. Ele se alimenta da humilhação. E a mulher cada vez mais o despreza. Porque nenhuma mulher gosta de homem banana. A mulher quer um homem forte, decidido, que tenha autoridade máscula. Não um fracote chorão, que foi no que Aníbal se transformou depois de separar-se.

Aníbal sacudiu a cabeça com vigor, tentando afastar a lembrança como se fosse excesso d'água nos cabelos. Que tempo horrível da sua vida, o pós-separação. Aníbal chegou a chorar. Duas vezes. Um homem como ele, chorando. Um homem que submetia os outros homens, que pisava em seus pescoços, um homem que não temia a morte e que não hesitava em administrá-la a quem se interpusesse em seu caminho, um homem desses, chorando!

A vida não tinha mais cor, ele não achava graça em nada. Sentia aquela tristeza como algo físico, uma pressão do meio do peito até a garganta. Às vezes acordava e pensava: não estou mais triste! Mas a tristeza voltava logo em seguida, às primeiras horas do dia, e não o deixava mais. Como se fosse uma doença. E Aníbal tentou tudo para se curar. Apelou para o misticismo, ele que não era um místico e nunca fora religioso. Fez promessas a Deus, a Nossa Senhora, a Jesus, acendeu velas, ajoelhou-se nos genuflexórios das igrejas e implorou paz ao Senhor, prometeu doar quinhentos reais ao programa Fome Zero se ficasse bom, chegou a cogitar de procurar uma cartomante ou, pior, um psiquiatra. Queria pedir algum remédio, descobrir o que tinha, afinal, toda aquela dor não era possível. Arranjou algumas mulheres, nesse meio-tempo. Só que nenhuma o empolgava além da primeira transa. Às vezes, pensava na ex durante o sexo com a outra. Horrível. Gozava e já se arrependia de estar ali. Ia embora despedaçado, vagando feito um fantasma pela madrugada, com um paralelepípedo no meio do peito. Precisou de muitas mulheres para sarar daquele mal. E as mulheres, que haviam sido sua perdição, o salvaram. Porque Aníbal gostava demais de mulher para não se deixar emocionar por algumas delas. Duas ou três namoradas depois, ele, lentamente, esqueceu a ex. Não por completo, claro. Vez em quando, aquele sentimento voltava. Sem a mesma força opressora de antes, mas com poder suficiente para abatê-lo.

Aníbal pensava que um dia eles ficariam juntos de novo, que esse era o destino deles, que um amor assim tão grande não poderia ser desperdiçado. Até que algum evento do mundo real o trouxesse de volta à realidade seca do mundo. No caso, o evento fora a competência e a sorte de encontrar o repórter da *Tribuna*, a forma inteligente como o abordou e os resultados da conversa. Seu saudável espírito prático havia sido reativado com todas as preciosas informações que colhera nos últimos minutos: então aquele repórter não apenas havia obtido uma entrevista exclusiva com a mulher do professor, como fora encarregado de cobrir o caso e, mais, estava saindo com as duas secretárias do Departamento de Arquitetura. Muitas coincidências. Aníbal se sentia renovado com elas. Porque era um profissional acima de tudo. Era o que havia resolvido, no instante que decidira entrar nesse novo ramo: não permitir que nada lhe abalasse o senso profissional. Questão de sobrevivência. Continuava amando sua mulher, tinha a dolorosa consciência disso. Tinha consciência, também, de que amava todas as mulheres. Apreciava-as como nada mais na vida. A visão de uma bela mulher sempre o perturbava. Podia dizer inclusive que fora por causa das mulheres, da sua ex e de todas as demais, que saíra da polícia e entrara para o setor de eliminações por encomenda. Para ter acesso a elas, para poder sair com elas, pagar-lhes jantares, viagens e motéis, isso é que era o mais importante na sua vida: as mulheres. Por causa do amor por sua mulher, quase enlouquecera de dor; graças ao seu amor por todas as mulheres, conseguira se salvar e esquecer a ex. Ele as amava e passava o dia pensando nelas. Mas, exatamente por elas, para que pudesse manter seu nível, para que pudesse ter condições de abordar qualquer mulher, teria de se concentrar. Teria de esquecer a mágoa da ex, teria de focalizar suas ações naquele repórter e nas investigações do caso do professor. Pressentia que aquele caso ainda ia ter desdobramentos. Que provavelmente teria de agir de novo, e agir com energia, e agir com decisão. Não vacilaria. Afastaria do caminho quem quer que o atrapalhasse, inclusive o reporterzinho. Estalou os lábios. Foi um erro aceitar aquele trabalho. Devia ter mantido seu padrão. Paciência. Estava feito. O negócio era ir em frente. Sua cerveja havia acabado. Resolveu pegar mais uma. Desceu as escadas para ir até o balcão.

Então, aconteceu.

A porta da rua se abriu. E entrou a mulher mais deslumbrante que Aníbal já vira na vida.

31

Estourou um Lulu Santos na pista. Rondelli ficou animado, todas as pessoas em volta ficaram. Essas boates bem que podiam tocar mais MPB, pensou Rondelli. Músicas que as pessoas sabem cantar.

Rondelli olhou sorrindo para Vivian e entoou, alto e, pela sua própria avaliação, afinado:

– Quando um certo alguéééééém desperta um sentimeeeeento é melhor não resistir...e se entregaaaaaaaaar....

Esperava que a letra da música transmitisse algo para a loira. Ela riu de volta. Estava funcionando, estava funcionando! O bom e velho Lulu Santos. Sempre dava certo. O passo seguinte seria lhe cochichar uma frasezinha espirituosa no ouvido, um dichote que a fizesse rir e que mostrasse àquele Professor Juninho que eles tinham intimidade. Aproximou-se dela, ainda dançando, os braços dobrados em vaivém, os punhos fechados. Vivian percebeu que ele queria dizer algo e ofereceu-lhe a orelha que sustentava uma argola dourada. Rondelli foi chegando perto, mas ainda não havia decidido o que dizer. Chegando perto, chegando perto. O que dizer exatamente? Colou no ouvido dela e comentou:

– Animado, não?

Ela afastou a cabeça. Encarou-o sem compreender:

– O quê?

Rondelli fez um gesto com a mão.

– Nada, nada.

Melhor que ela não tivesse entendido. Imagina: animado. Para que dizer que estava animado. Era um idiota mesmo. Olhou para o Professor Juninho. Os ombros dele ondulavam. Ele fazia biquinho enquanto dançava. Tinha ouvido falar que o Professor Juninho chegou a tirar curso de tango em Buenos Aires para aprender a dançar. Ridículo. Será que alguma mulher gostava daquilo? Precisava descer com Vivian e conversar com ela. Conversando talvez se desse bem. A conversa, esse era o seu forte. Danças e acrobacias podia deixar com o Professor Juninho. Arriscou. Aproximou-se dela novamente. E novamente gritou em seu ouvido:

– Vamos descer e tomar uma cerveja no balcão?

Ela parou de dançar. Muito ereta, disse, para sua surpresa:

– Vamos.

E tomou de sua mão e foi lhe conduzindo para fora da pista. Foi como se fanfarras soassem. Como se fogos de artifício espocassem nos céus da cidade. Vitorioso, Rondelli enviou um olhar debochado para o Professor Juninho, que o fitava com fúria. Rondelli um, maldito Professor Juninho zero.

Desceram as escadas, Rondelli sentindo a mãozinha dela em volta da sua. Que sensação gloriosa, que mão macia. Que mulher!

A parte de baixo do bar estava lotada, as pessoas se amontoavam sobre o balcão, mas Vivian conseguiu se infiltrar e abrir caminho com sorrisos de loira, pois sorrisos de loira abrem caminhos. Em alguns segundos estavam os dois com os cotovelos fincados no balcão. Um par de gêmeos atendia nervosamente aos pedidos invariáveis de cerveja, cerveja, cerveja. Rondelli pediu, estendendo a comanda:

– Cerveja. Duas, por favor. Miller.

Os gêmeos eram carecas e retacos. Um vestia camiseta branca; outro, preta. O de camiseta preta estendeu duas Miller a Rondelli. Ele passou uma garrafinha a Vivian. Tocaram os gargalos num brinde e beberam os primeiros goles.

– Geladinha – exclamou Rondelli.

– Ótima – ela concordou.

– Você gosta de beber?

– O que você acha? – ela tomou outro gole. Rondelli compreendeu que teria de prestar atenção àquele diálogo. Qualquer frase fora de contexto ou estúpida ou inútil, como sua última pergunta, mereceria uma resposta ácida, como a que havia recebido agora. Tentou corrigir:

– É que muitas mulheres não gostam de beber.

Ela lhe lançou um olhar que deveria ser de surpresa:

– Com que tipo de mulheres você tem andado?

Jogo duro. Ela estava se divertindo com o embaraço dele. Rondelli levou a garrafa aos lábios. Bebeu uns goles para ganhar tempo. Teria de se concentrar. Aquilo era um jogo de xadrez e ela era uma jogadora agressiva. Rondelli resolveu adotar a linha da humildade. Uma mulher como aquela devia estar acostumada a homens que arrostavam superioridade, que se exibiam para ela feito pavões de cauda aberta. Se ele se mostrasse modesto, ela se impressionaria. Um homem diferente. Um homem sensível. Sim, a humildade era o caminho. Arriscou:

– Não tenho andado muito com mulheres ultimamente.

Achou que era uma boa resposta. Surpreendente. Modesta. E até algo misteriosa. Mas Vivian não ficou impressionada. Vivian riu e caçoou:

– Não gosta?

Agora ela o havia acertado em cheio. No meio da cara. Não existe nada mais humilhante do que uma mulher duvidar da masculinidade de um homem. Um homem fazer isso com outro, tudo bem. Os homens vivem fazendo isso, é parte do ritual de saudações e brincadeiras masculinas. Mas uma mulher, quando uma mulher debocha da masculinidade de um homem, ah, aí é grave.

Rondelli sentiu o golpe. Corou. Começou a gaguejar:

– Eu?! Claro que gosto! Eu adoro! Adoro mulher – no mesmo instante em que falava, arrependeu-se da sua ênfase. Também se arrependeu de dizer "adoro". Daria a impressão de que não passava de um mulherengo. Um galinha. As mulheres detestam homens galinhas. Tentou corrigir: – Não. Quer dizer. Não adoro todas. Só algumas. Quer dizer: algumas, não. Uma só – outro erro: dizer que gostava de só uma era dizer que estava apaixonado por alguém. Faria com que Vivian se afastasse. – Não! Não uma. Pode ser uma. Não existe uma, poderia existir. É que...

– Calma – Vivian passou a mão pelo seu rosto. – Estou só brincando. Relaxa.

Humilhação completa. Ela o derrubou e agora o afagou. A mão que afaga é a mesma que apedreja, a boca que escarra é a mesma que te beija. Que desgraça. Rondelli estava no chão, aos pedaços, mas o carinho que ela fizera lhe deixou uma réstia de alento.

– Também estou brincando – disse, sem convicção.

Vivian sorria, condescendente. Como Rondelli consertaria aquela tragédia? Estava parecendo um babaca. Daqui a pouco ela ia voltar para o Professor Juninho.

32

Agora Vivian olhava para os lados, distraída, balançando a cabeça ao som das meninas dos Corrs. Rondelli não queria falar de trabalho, mas não havia mais muitas alternativas. E talvez ela se interessasse, sabe-se lá.

– Você conhecia bem o professor que foi assassinado?

Vivian virou rapidamente a cabeça loira. Encarou-o séria. Rondelli engoliu em seco. Teria sido um erro? Será que ela ficaria braba? Ofendida por ele se referir ao morto num ambiente daqueles? Já estava prestes a pedir desculpas, quando ela observou, em tom grave, mas nem um pouco irritado:

– Conhecia, sim. Gostava muito dele. Foi uma tragédia.

Rondelli ficou aliviado. E feliz: aquele era um bom assunto, de fato. Um assunto que ele dominava e pelo qual ela se interessava. Tentou parecer condoído.

– Uma tragédia, uma tragédia – concordou. Era bom concordar com ela. Rondelli adorava concordar com ela. Queria passar a vida concordando com ela. – E da forma como aconteceu. Imagina: o próprio sogro mandar matá-lo.

Vivian apertou os olhos:

– Será que foi isso mesmo?

– Quando uma filha acusa um pai... – Rondelli colocou gravidade nas reticências.

– Horrível.

– Horrível, horrível.

– Ele sempre teve problemas com aquele sogro. O casamento dele... – Vivian balançou a cabeça. – Um grande erro. Uma vez o seqüestraram. Ele foi espancado. Passou dias todo machucado. Por ordem do sogro. Mas o Vanderlei não quis dar queixa à polícia, não queria romper em definitivo com a família dela, transformar aquilo num caso policial. Veja só como acabou.

– Talvez ele devesse ter ido à polícia naquele momento.

– Que diferença ia fazer?

Rondelli apertou os lábios, como se estivesse refletindo a respeito de uma grande verdade que ela dissera e que só lhe ocorrera agora.

– É – concordou. Como era bom concordar com ela. – Não faria diferença alguma.

Agora que estavam concordando em tudo, Rondelli calculou que talvez devesse dar uma guinada no assunto. Entrar em um terreno mais pessoal. Quem sabe?

– Você mora sozinha?

– Com meus pais.

Nenhuma ironia, nenhum sarcasmo. Bom sinal. Ela estava começando a levá-lo a sério.

– Meus pais moram em Cachoeira. Quer dizer: só minha mãe. Meu pai morreu.

Esforçou-se para pingar uma gota de comoção na frase "meu pai morreu". Ela poderia se emocionar com isso. Mas Vivian continuou impassível. Disse apenas "ahn" e bebeu um gole da sua cerveja. Rondelli tinha que prosseguir com o assunto rapidamente. Era importante não deixar a conversa morrer.

– A Carol mora sozinha?

– Com os pais também.

– Ahn.

Assunto encerrado. Vivian olhava para os lados, distraída. A menção ao professor assassinado mudou seu humor. Ela estava pensativa.

– Deixei você chateada ao falar no professor?

– Não, não, de jeito nenhum.

Rondelli abriu a boca para falar alguma coisa, qualquer coisa, embora não soubesse bem o que seria, quando seu amigo Nico chegou, puxando Carol pela mão.

– Vem cá – gritou Nico, rindo, e lhe cingiu os ombros com o braço. – Seguinte: – comunicou – vou levar essa mina para o meu apartamento!

Rondelli arregalou os olhos:

– Você conseguiu!

– Finalmente! E você, como está aí?

– Tentando, tentando.

– O importante é tentar. Lembre-se: nossa obrigação é tentar. Conseguir, talvez a gente não consiga. Mas tentar, sempre!

– Sempre!

– Beleza. Lá vou eu!

– Boa sorte.

– Terei!

Rondelli viu Carol e Vivian cochichando a três metros de distância. Combinaram algo. Riram. Nico se aproximou delas. Vivian pegou no braço dele. Achegou-se ao ouvido dele. Começou a falar algo. Falava sussurrado, sorrindo. Nico sorria também. Então Nico respondeu, também falando ao ouvido dela, quase lhe mordendo o lóbulo macio da orelha direita. Pareciam muito próximos, muito íntimos, para aflição de Rondelli. Quanto durou aquela conversa? Cinco minutos? Meia hora? Não terminava mais. Rondelli olhou para Carol.

Ela sorria também. O que estava acontecendo? Carol, enfim, tomou a mão de Nico. Despediram-se de Vivian. E saltitaram em direção à saída.

Vivian voltou, muito séria, agora. Rondelli tentou manter a compostura. Sorriu. Disse:

– Esses dois! – achou que pegava bem dizer "esses dois". Soava com paternalidade condescendente. Esperava que ela comentasse algo, qualquer coisa que explicasse toda aquela conversa de agora há pouco.

Ela sorriu de volta sem fazer nenhum comentário.

– Vamos pedir outra cerveja? – perguntou Rondelli, decidindo relaxar. Estava sozinho com Vivian. A amiga dela ia para o apartamento do seu amigo. Será que ela quereria seguir o exemplo?

– Não, não – ela depositou a garrafa no balcão. – Acho melhor ir para casa.

– Mas... já? – Rondelli não conseguiu evitar o acento de desapontamento na pergunta.

– Trabalho cedo amanhã.

– Está bem – era hora de se mostrar maduro. De não insistir. Pensar no futuro. – Você está com sua comanda aí?

– Eu pago a minha.

– Por favor – Rondelli esticou o braço e abriu a mão, exigindo a comanda dela. – Comigo você não paga de jeito nenhum.

Vivian sorriu.

– Um cavalheiro – e lhe passou a comanda.

Rondelli entregou as duas comandas ao gêmeo de camisa branca. Enquanto o gêmeo calculava a conta com calculadora, Rondelli calculava-a mentalmente. Daria uns quarenta reais. Era todo o dinheiro que ele possuía no mundo. E ainda precisava pagar o táxi. Como sair daquela encrenca? Rondelli levou a mão ao bolso de trás das calças jeans. Sentiu ali o volume do talão de cheques. Devia haver uns dois centavos em sua conta, mas essa não era hora para vacilações. Lembrou-se do Guerrinha, jornalista do *Diário Gaúcho* que vivia repetindo:

– Se os homens me dão as lâminas, o problema é deles.

As lâminas. Ia usar uma delas, ah, ia. Logo pela manhã resolveria o problema, arrumaria mais dinheiro emprestado e abasteceria sua conta no banco.

– Trinta e seis reais – informou o garçom.

Rondelli sorriu. Uma bagatela. Com um gesto largo, puxou o talão de cheques do bolso. Sacou uma caneta do bolsinho da camisa. Olhou para Vivian e sorriu:

– Um repórter deve estar sempre armado de caneta. Pode aterrissar um disco voador a qualquer momento e eu ter de anotar a placa.

Ela ficou piscando, com um meio sorriso no rosto perfeito. Rondelli começou a preencher o cheque, contente com a graça que fizera. Boa, essa do disco voador.

Minutos depois, acomodados no bando de trás do táxi, Rondelli quis saber onde ela morava.

– Na Felicíssimo de Azevedo.

– Meu caminho – alegrou-se ele. – Temos várias coisas em comum.

Ela sorriu. Ele estava realmente espirituoso aquela noite. Suas pernas se tocavam levemente no banco do táxi. Rondelli sentia o cheiro do perfume dos cabelos loiros dela. Seguiam em silêncio. Será que ela ainda estava pensando no professor assassinado? Rondelli achou que, se também ficasse em silêncio, mostraria que não estava desesperado por ela. Sim, seria uma atitude algo distante, quem sabe misteriosa. As mulheres adoram mistérios e desafios. Ficou em silêncio por alguns segundos. Dez. Vinte. Trinta. Por que ela não falava alguma coisa? Não tinha interesse nele? Não tinha nenhuma curiosidade? Mas que droga. Aquela mulher também já começava a irritá-lo. O que ela estava pensando? Que era a única mulher bonita da cidade? A última bolachinha do pacote? A última Coca-Cola do deserto? O que ela queria? O que as mulheres querem, afinal? Rondelli não agüentou mais. Disse, num meio tom de irritação:

– Você fala pouco.

Ela sorriu:

— Desculpe. Talvez eu não esteja sendo boa companhia hoje.

Rondelli sorriu também.

— Não, claro que você é uma boa companhia. Gostei muito de te conhecer.

Ela abriu ainda mais o sorriso. Encarou-o com alguma ternura. Será que era ternura o que ela levava no olhar? Será que ela diria: "Eu também"? Se dissesse, seria a glória.

Não disse.

— Que bom – foi a resposta.

"Que bom." Convencida! Conseguira mais um admirador, era isso que estava dizendo. "Que bom, mais um homem para rastejar feito um verme imundo aos meus pés." Mas ele não rastejaria. Ah, não! Não Régis Rondelli, o repórter. Como ele queria ter algo de virulento para dizer agora! Algo irônico, debochado, cortante, que a colocasse em seu lugar. Você não passa de uma loira, garota. Uma dessas tantas loiras que a gente acha em cada esquina dessa cidade de loiras! Já tive mulheres muito melhores do que você, beibe! Se quiser, tenho agora. Quantas quiser. No momento em que quiser. Basta estalar os dedos, clec, e elas virão miando, implorando por sexo!

Ela continuava sorrindo para ele. Como era linda! Como uma mulher podia ser tão linda? Rondelli sentiu um aperto no peito. Queria abraçá-la, dizer que a amava, que faria tudo por ela. Abriu a boca outra vez. Disse, sofregamente:

— Você é tão linda...

Ela deitou um pouco a cabeça e falou com sua vozinha caramelada:

— Obrigada.

Rondelli estourava de amor, quando entraram na Felicíssimo. Uma rua arborizada e escura. Ela indicou ao motorista onde parar. O carro diminuiu de velocidade. Encostou no meio-fio.

— Não baixa a bandeira que vou continuar – informou Rondelli, enquanto descia e segurava a porta para Vivian sair.

Ficaram de pé, ao lado do táxi. O coração de Rondelli pulsava na garganta. O que deveria fazer agora? Jesus Cristo! Jesus Cristo! Valhei-me agora, senhor Jesus Cristo!

– Foi uma noite legal – disse Vivian, e aquilo o encheu de alegria.

– Foi – emocionou-se Rondelli. – Vamos nos encontrar de novo? – achou que essa última frase saiu meio pidona demais, como se estivesse mendigando. Mas ela respondeu, com naturalidade:

– Vamos.

Rondelli teve vontade de chorar de felicidade. Ela disse vamos!

– Amanhã? – tentou.

– Sábado. Se você puder.

Se ele pudesse. Ele podia ter audiência marcada com o papa, com o presidente do Brasil e com o presidente do Grêmio, todos juntos, que adiaria para sair com Vivian.

– Posso. Eu posso.

– Então, liga pra gente combinar. Você tem meu telefone, não tem?

– Tenho, tenho.

Ela lhe pespegou um beijo rápido na face.

– Vou entrar. Não é seguro a gente ficar conversando assim, na calçada, no escuro.

E se foi prédio adentro, enquanto Rondelli comemorava em silêncio: obrigado, Senhor! Obrigado, Senhor!

33

Ao voltar para o táxi, Rondelli se acomodou no banco da frente. O motorista o encarava com um sorriso cúmplice. Enquanto assestava o cinto de segurança, Rondelli suspirou.

– Acho que vou me dar bem – disse.

– Pra onde agora? – quis saber o motorista.

– Até a Assis Brasil. Perto do estádio do Zequinha.

O carro arrancou. O clique do taxímetro fez Rondelli esquecer um pouco do bem-estar que a promessa de novo encontro com Vivian lhe trouxera. Já chegava a doze reais. O total da corrida daria uns dezesseis. Jesus Cristo! Rondelli estava quebrado. A primeira coisa a fazer seria conseguir algum emprestado logo pela manhã. Às dez horas, teria de estar na porta do banco, pronto para abastecer sua conta.

A corrida custou dezoito reais. Doeu. Cada nota de real saía da mão de Rondelli como se fosse sua própria pele sendo arrancada.

Em seu pequeno apartamento, já deitado no colchão, de cuecas e camiseta, Rondelli ligou o radinho de pilhas e ficou de costas, olhando para o teto. Vivian, Vivian, Vivian. Se conseguisse aquela mulher, seria o auge da sua carreira. O ápice. O ponto culminante. O Everest. Linda e loira, magra, mas não demais, cheirosa, misteriosa, inteligente, divertida, uma mulher perfeita. Rondelli queria passar a vida com ela. Queria ter filhos com ela! Era a mulher que sempre desejara. Ah, aquela Letícia não amarrava a botina esquerda de Vivian. Letícia, puá! Letícia já era. Ele queria Vivian. Vivian, Vivian, Vivian. E também algum dinheiro para depositar em sua conta. Será que o Jota Campos lhe faria um adiantamento?

Uma melodia suave veio do radinho posto sobre o parquê, ao lado do colchão. Uma melodia triste que encheu o quarto e a noite e o coração de Rondelli. Ele olhou pela janela. Enxergou a rua deserta, as árvores copadas. Sentiu saudade de algo que ainda não havia acontecido. Era uma música antiga, do Belchior:

"...e as paralelas dos pneus n'água das ruas
São duas estradas nuas em que foges do que é teu
No apartamento, oitavo andar, abro a vidraça e grito
Grito quando o carro passa: teu infinito sou eu!
Sou eu! Sou eu! Sou eu!"

Música linda. Rondelli se emocionou. Os olhos se lhe marejaram. Seu peito estourava de vida, de futuro e passado, de promessas e acontecimentos que ainda estavam por vir, de todos os afetos que ele tinha e viria a ter, do amor por sua mãe, por seu tio, por seu pai já morto, por seu amigo Nico e por essa linda Vivian que ele queria que fosse a mulher da sua vida. Oh, talvez ela estivesse acordada naquele momento, ouvindo a mesma música no silêncio da madrugada, pensando nele. Sim, ela podia estar pensando nele e olhando para a lua. E saber que Rondelli estava pensando nela. Que vontade de fazer como na música, estar no oitavo andar de um apartamento, abrir a vidraça e gritar que ele era o infinito de Vivian, ele, ele, ninguém mais além dele, Régis Rondelli, o repórter.

Arrebatado, Rondelli escorregou para fora do colchão, se projetou para a janela, abriu a vidraça num repelão e, olhando para o ponto onde imaginava ficar a casa de Vivian, gritou com toda a força dos pulmões:

– Teu infinito sou eu! Teu infinito sou eu! Teu infinito sou eeeeeeu!

E mais gritaria se uma irada voz de homem não viesse do prédio em frente, ordenando:

– Vai dormir, gambá!

Rondelli obedeceu.

Às nove horas da manhã, Rondelli saltou do colchão com um guincho de pavor. Carácoles, faltava só uma hora para o banco abrir! Enquanto escovava os dentes ruidosamente, a espuma saltando no espelho do banheiro, planejava a operação de captação de recursos. Iria ao velho e bom editor Jota Campos. Ele não lhe falharia, não mesmo. Afinal, Rondelli dera-lhe a melhor história do ano. O furo da década! Quanto valia aquilo? Quanto valia humilhar o poderoso exército de Câncio Castro? Deixar a *Zero Hora* rojada ao solo, sangrando desacordada, enquanto a *Tribuna* sumia das bancas de jornais, avidamente comprada pelos leitores, quanto valia? Não tinha preço. Rondelli calculava que iria ganhar uns dois mil reais naquele mês. Dois mil! Ah, quantos jantares suntuosos com Vivian! Como iriam se divertir! Talvez um fim de semana na Serra aconchegante ou em alguma praia paradisíaca de Santa Catarina.

Rondelli desceu as escadas correndo, atravessou o corredor que dava para a porta da rua, já ia sair, quando ela se postou à sua frente. Entre ele e a liberdade, ninguém senão Arabela Schultz, a germânica proprietária do seu apartamento. Olhava-o séria como um general da SS, os lábios finos apertados, o ódio chispando detrás das lentes dos óculos. Maldição, Rondelli fora apanhado. Não havia saída. Mas ele pensou rápido como um centroavante na frente do gol, reagiu abrindo um sorriso simpático e destemido:

– Ia mesmo até sua casa, cara dona Arabela.

Ela tirou as mãos da cintura e cruzou os braços.

– É mesmo?

– É – confirmou Rondelli, balançando a cabeça com a confiança dos que ganham bem. – Para lhe pagar.

– Me pagar?

– Sim, senhora. Calculo dever uns oitocentos reais. Estou certo a respeito dessa quantia?

– Mais o condomínio, que eu pago todos os meses.

Rondelli havia se esquecido do condomínio.

– O condomínio, claro. Quanto dá com o condomínio?

– Mil e cem.

– Mil e cem reais. Perfeito. Uma bagatela – num gesto que julgou magnânimo, Rondelli puxou o talão de cheques do bolso de trás da calça jeans. – Vamos fazer o seguinte, dona Arabela: vou lhe pagar os mil e cem, mais o aluguel do próximo mês. Adiantado. Vou fazer um cheque de mil e trezentos. Está bem para a senhora?

Arabela Schultz o observava com o queixo erguido. Não sorria. Ela nunca sorria.

– Nesse caso, faça um cheque de mil trezentos e cinqüenta. Para pagar o condomínio do mês que vem também.

– O condomínio. Claro – Rondelli sacou a caneta do bolso da camisa e a mostrou para Arabela como se mostrasse a chave do Forte Knox. – Um repórter precisa estar sempre armado com a sua caneta – disse, a caneta em riste. – Um disco voador pode aterrissar e ele vai ter de anotar a placa.

Arabela Schultz piscou. Rondelli preencheu o cheque. Destacou-o do talão com um gesto largo. Entregou-o a Arabela Schultz, que ficou examinando-o, curiosa, como se procurasse algum erro.

— Até mais ver — Rondelli se despediu, fazendo uma mesura, esquivando-se em direção à rua.

Arabela não respondeu. Ficou com o cenho franzido, examinando o cheque que segurava pelas bordas, com as duas mãos, como a temer que saísse voando pelo céu da cidade. Rondelli se foi em direção à avenida, com o coração querendo sair pela boca. Precisava de pelo menos uns mil e quinhentos emprestados. Jota Campos teria de lhe socorrer. Pelo amor de Deus!

34

Jota Campos ainda não havia chegado à redação da *Tribuna*. Rondelli ficou andando de um lado para outro, nervoso como um tigre enjaulado. Os jornalistas da Editoria de Polícia não iam à redação àquela hora. Os da Geral e da Variedades sim. Lá estavam Lessa e Marlon Brando, na certa conversando sobre a pauta que os obrigou a se fantasiar. Rondelli se aproximou deles.

— Rondelli — saudou-o Lessa. — Estava dizendo aqui para o Marlon Brando que ele ficou muito bem de minissaia.

— Uma graça — disse Rondelli. — Você tem umas pernas bem boas. Lisinhas...

— É uma vantagem. Se ele for preso, não vai dormir no chão. Todos os presidiários vão querer dividir o colchão com ele.

— Vocês estão gozando — reclamou Marlon Brando. — Mas a minissaia dá uma sensação boa nas pernas. Uma sensação de frescor. Vocês deviam experimentar.

— Garanto que foi frescor mesmo o que você sentiu — disse Lessa.

Rondelli se afastou, rindo. Caminhou até uma garrafa térmica pousada sobre um armário. Serviu-se de café num copinho de plástico. Seis gotas de adoçante. Estava tentando se acostumar ao adoçante. O importante era ingerir menos calorias diárias. Observou seu reflexo no vidro da janela. Postou-se de perfil. Estaria barrigudo? O problema é que sempre teve o estômago pronunciado, então a barriga parecia maior. Hoje mesmo começaria uma sessão de exercícios. Abdominais, flexões, corridas. No primeiro dia, dez abdominais, dez flexões, dez minutos de corrida. No segundo, quinze, quinze, quinze. No terceiro, trinta. Subiria paulatinamente até correr cinqüenta minutos por dia, fazer cem flexões e uns duzentos abdominais. Bastou a idéia para se sentir cheio de nova energia. Estufou o peito. Que hora daria a partida nesse Programa Intensivo de Exercícios Físicos? O ideal seria pela manhã. Todos os médicos dizem que o melhor exercício é o realizado pela manhã. Bem, a manhã de hoje estava perdida com aquilo de arranjar dinheiro e tal. Amanhã, então. Bem cedo. Se bem que amanhã seria sábado... Segunda! Isso. Estava decidido. Segunda-feira seria o marco inicial do Programa Intensivo de Exercícios Físicos. Olhou para sua imagem outra vez. Suspirou, fitando a barriga. Encolheu-a. Achou que ficava melhor. Baixou os olhos para o copinho de plástico que tinha na mão. Que droga, café com adoçante. Não conseguia se acostumar com o gosto. Depositou o copo pela metade na bandeja. Serviu-se de novo café. Adoçou-o com açúcar. Se começaria o Programa Intensivo de Exercícios Físicos na segunda-feira, poderia se permitir alguns excessos durante o final de semana.

Caminhou mais alguns metros pela redação. Parou diante de um dos telefones. Será que o Nico já estaria acordado? Decidiu ligar para ele. Discou o número do amigo. O telefone chamou, chamou, chamou. Acorda, Nico! Lá pelo décimo toque, a voz cavernosa de Nico disse alô, Rondelli gritou:

– Dormindo ainda, vagabundo!
– Que horas são?

– Tarde.

Nico gemeu do outro lado da linha.

– Ela está aí? – quis saber Rondelli.

– Ela quem? – Rondelli tinha certeza que Nico estava só fazendo de conta que não sabia de quem ele falava. Tudo para valorizar a conquista da noite.

– Ela quem! A morena! Ela ainda está aí?

– Caaaara, que noite! – agora a voz do Nico tinha o tom do entusiasmo habitual.

– Como foi? Conta!

– A mulher é um furacão na cama. Um tsunami! E que corpo! O corpo mais perfeito que já vi. Precisava ver a marquinha do biquíni. Quando tirei a calcinha dela, pensei: como queria que o Rondelli visse isso!

– Eu também queria ver!

– E você? Armou e se deu bem?

– Mais ou menos. Vamos sair no sábado.

– Ótimo. Podemos ir junto, eu e a Carol.

– Saindo sábado, é? Está levando a coisa a sério.

– Essa é uma mulher que merece um pouco mais de dedicação. Quanto tempo mais você ficou no Doctor Jeckyll?

– Não muito mais. Depois a levei pra casa. Pra casa dela, claro. Ela na dela, eu na minha.

– Ei: você viu o seu amigo?

– Que amigo?

– O policial.

– Ah. O comissário Aníbal. Que é que tem?

– Viu com quem ele estava?

– Não o vi mais depois que desci com a Vivian. Com quem?

– Mas como que você não vê! Todo mundo viu a mulher com quem ele estava. Ela simplesmente parou a festa. A entrada dela foi um acontecimento!

– Quem???

– A mulher do Peçanha!

– Não!

— Sim!
— Não!
— Estou dizendo! A mulher do Peçanha! Quando saí, os dois conversavam bem animadinhos. Garanto que ele se deu bem.
— Não é possível. Como é que não vi aquela mulher no lugar?
— É que você está bem bobo por essa loira mesmo.
— A mulher do Peçanha...
— Pois é. Você está onde agora?
— Na redação.
— Trabalhando a essa hora?
— Vim ver umas coisas. Resolver uns problemas. Vamos sair hoje?
— Vamos.
— A mulher do Peçanha. Que coisa.
— Lilliput?
— Lilliput.
— Combinado.
— Combinado.
— Agora me deixa descansar. Quando a gente dorme com uma rosa, pode acordar perfumado ou cravejado de espinhos. Eu estou todo perfumado.
— Tchau, canastrão.
— Tchau.

Rondelli ficou alguns segundos sentado diante do telefone, incrédulo: o comissário Aníbal e a mulher do Peçanha. Quem diria? Grande e estranho mundo.

Nesse momento, o editor Jota Campos surgiu à porta da redação. Rondelli se ergueu de um salto, enquanto o editor avançava lentamente pelo corredor. Enfim! Rondelli consultou o relógio de pulso. O banco já devia estar aberto. Arabela Schultz provavelmente era a primeira da fila, ansiosa, aquela cara desconfiada, o seu cheque bem preso entre as duas mãos. Mil e quinhentos reais. Uma fortuna. Mas Jota Campos resolveria o problema, disso ele tinha certeza.

Jota Campos avançava com o passo arrastado, a grande barriga lhe dificultando os movimentos, a expressão enfarada no rosto. A um metro de Rondelli, cumprimentou-o:

– Olá, rapaz.

Rondelli, de pé, ansioso:

– Seu Jota. Eu gostaria de falar com o senhor.

Jota não deteve o passo. Disse, apenas:

– No meu gabinete.

Rondelli o seguiu, dois passos atrás. A lentidão do homem o exasperava. Rondelli queria passar por ele correndo, entrar correndo no gabinete, pegar o dinheiro correndo e, correndo, depositar no banco. Mas Jota Campos não tinha pressa para nada, o desgranido.

Depois do que para Rondelli pareceram vinte minutos de agonia, entraram no gabinete e se acomodaram. Jota Campos atrás de uma mesa cheia de papéis, um telefone negro, o terminal de computador, uma estatueta do Prêmio ARI, o principal prêmio de reportagem do Estado. Quando ele teria vencido o Prêmio ARI?

Rondelli, sentado numa cadeira giratória, diante da mesa, tinha os pés fincados no chão. Com os quadris, girava a cadeira quase que imperceptivelmente para a esquerda e para a direita. Jota Campos encarou-o com olhos baços. Era a senha: Rondelli devia falar. Torceu as mãos.

– Sabe o que é, seu Jota: é que estou precisando de uma ajuda do senhor.

Jota continuava fitando-o, mudo, na expectativa. Rondelli corou.

– Um adiantamento. Preciso de um adiantamento. Vou ter bastante para receber, nesse mês, mas preciso de alguns recursos já. Para saldar alguns compromissos.

Jota mirou-o com o rosto inexpressivo, em silêncio. Rondelli parou de mexer com a cadeira. Ficou imóvel e tenso.

– Você sabe que a *Tribuna* só paga os trabalhos *free-lancers* no dia quinze – observou Jota, finalmente, com um tom de voz no qual parecia haver alguma censura. Rondelli corou ainda mais. Suava, já.

– Sei, sim. Claro. Mas é que estou precisando agora. É um caso grave. Gravíssimo. Vida ou morte.

Jota riu, e sua risada se assemelhava a um latido. A garganta de Rondelli fechou. Aquele não era um bom sinal. Não era mesmo.

– Você é um bom rapaz – disse o Jota. Rondelli esticou o pescoço. Um bom rapaz. Seria um elogio? Quereria dizer que o Jota aprovava o adiantamento? Ou, ao contrário: que não ganharia de jeito nenhum? – É uma boa pessoa – prosseguiu o editor. – Não há nada mais importante do que isso: ser uma boa pessoa. O problema aqui – e fez um gesto lerdo com o braço, que abrangeu toda a redação – são os egos. Aqui e em toda parte. Egos, egos, egos, como dizia Salinger. As pessoas querem ser inteligentes e bem-sucedidas e felizes, querem ter uma vida agitada e cheia de realizações. Um acontecimento por dia, é isso que querem as pessoas. Uma grande festa a cada noite, um prêmio por mês – e lançou um olhar para a estatueta do Prêmio ARI –, a admiração e a reverência dos outros, é isso que as pessoas querem.

Jota se calou. Apanhou o maço de cigarros à sua frente. Vagarosamente, puxou um cigarro, colocou-o entre os lábios e o acendeu. Para Rondelli, toda a operação durou umas duas horas, mas ele preferiu não se manifestar. Nunca tinha visto Jota Campos tão loquaz. Além disso, a impressão era de que algo importante viria de todo aquele discurso. Rondelli se concentrou. Prestava a maior atenção. Jota tragou. Soltou uma baforada. Foi em frente:

– Que importância tem isso tudo? Me diga. – Rondelli cogitou se deveria responder. Concluiu que não. Era uma pergunta retórica. – Que importância têm o dinheiro, o sucesso, as festas, o sexo, todas essas coisas têm de fato alguma importância? – Rondelli balançou a cabeça com gravidade, como se estivesse compreendendo aonde o editor queria chegar.

Jota continuou, com o máximo de ênfase que seu temperamento bovino permitia. A voz pastosa e envolvente como areia movediça:

– As pessoas se enganam, rapaz. Se enganam. Agora você me diga – e apontou o indicador para o peito de Rondelli. Rondelli abaixou os olhos e conferiu o próprio peito. – Me diga: por que ninguém se importa com a verdadeira sabedoria? Ter o conhecimento, ter a informação, isso as pessoas querem. Mas elas querem a sabedoria? Elas se preocupam com a sabedoria? Saber e sabedoria não são a mesma coisa, rapaz! – Jota disse essa última frase em tom surpreendentemente alto, imperioso. Rondelli balançou a cabeça em sinal negativo: não eram a mesma coisa, saber e sabedoria, de fato. Jota baixou o tom de voz de novo: – Às vezes tenho vontade de chutar isso tudo e ir embora para algum lugar remoto, uma ilha, uma praia – Rondelli percebeu a importância do momento. Jota Campos falava dele mesmo! Era um desabafo! – Às vezes tenho raiva até da minha voz, do meu ego, dos meus desejos. Tudo isso é ilusão, rapaz. Há coisas mais importantes na vida. Você vai descobrir quais são. Você é um bom rapaz.

Jota fumou o resto do cigarro em silêncio, recostado no espaldar da cadeira, o queixo espetando o ar, mirando pensativo a fumaça azul que se evolava no reboco do teto. Rondelli, diante dele, torcia as mãos, apreensivo. Esperou mais alguns segundos. Jota esmagou a bagana do cigarro num cinzeiro negro sobre a mesa. Olhou para Rondelli, afinal. Ficou olhando. Rondelli sorriu, sem jeito. Não estava bem certo sobre o que devia fazer ou dizer. Começou dizendo é:

– É...

O telefone tocou. Jota Campos atendeu. Enquanto falava, olhava ora para o teto, ora para Rondelli:

– Sim?... Sim... – para o teto. – É mesmo?... Interessante... – para Rondelli. Rondelli especulou se estava falando a respeito dele. Não podia ser, Jota Campos não deveria nunca falar a respeito dele ao telefone. Talvez algum dia tivesse comentado com Manique, o editor de polícia: "Bom repórter, esse Rondelli". Talvez um dia. Agora, não. – Interessante... Interessante... – para o teto. – Muito estranho, sim... É verdade... – para Rondelli. – Está bem, obrigado. Até.

O olhar do editor agora não tinha mais o brilho vago da reflexão que fizera nos últimos minutos. Tinha resolução.

– Um trabalho para você, rapaz – pelo jeito que ele falou, a coisa parecia importante.

– O que foi?

– A moça que teve o marido assassinado – Rondelli se empertigou para ouvir melhor. – Assaltaram a casa dela. Reviraram tudo. Seria bom que você fosse até lá. Agora mesmo.

E levantou o gancho do telefone, prendeu o fone entre o queixo e o ombro. Com uma mão, começou a teclar um número, com a outra tomou da carteira de cigarros, pronto para acender mais um. Rondelli permaneceu alguns segundos sentado, perplexo. Em seguida, levantou-se. Despediu-se. Jota não ouviu. Já falava ao telefone:

– Alô? É o Jota. Tudo bem?

Rondelli saiu. Tinha de sair. Tinha de falar com Meriam.

Encaminhou-se para o setor administrativo do jornal, para pedir carro e fotógrafo. O que havia acontecido ali naquele gabinete, isso alguém um dia teria de lhe explicar.

35

Rondelli entrou no carro do jornal ainda tonto devido à conversa que tivera com Jota. Ou que Jota tivera com ele, porque só o Jota falou naquela sala. Continuava sem dinheiro, seus cheques deviam estar batendo no banco e retornando ferozmente. Aquela Arabela Schultz. Aquela nazista. Ela iria depositar o cheque duas vezes, disso ele não tinha dúvida. Perderia sua conta, seria chamado ao banco, seria acusado de estelionato, condenado, preso! Enquanto o carro rodava pelas ruas da cidade, em direção à Zona Norte, Rondelli já se via atrás das grades, no Presídio Central, cercado de presidiários ávidos pelo seu corpo jovem. Jesus Cristo!, iriam lhe forçar a usar minissaia e batom. Ia pegar AIDS. Morrer murcho e perebento em alguma instituição de caridade. A vergonha de sua mãe em Cachoeira. E o que diria seu tio? "Meu sobrinho: uma bichona!" E seus amigos? O fim de sua carreira promissora, de sua vida inteira. Tudo por causa do maldito Jota Campos. Aquela conversa toda. Ego, ego, ego. Salinger. Só para não lhe dar o adiantamento. Um imbecil mesmo. Um mesquinho. A raiva partiu de algum ponto do estômago de Rondelli e lhe tomou o peito. Olhou para as nucas do motorista e do fotógrafo, no banco da frente. Rosnou:

– Esse Jota Campos é um imbecil mesmo!

O fotógrafo se virou para ele. Os olhos do motorista o fitaram pelo espelho retrovisor.

– Vocês não acham? – prosseguiu Rondelli, irritado. – Um imbecil! Aquele jeito de sonso dele. Não é um sonso? Não é?

– Parece – limitou-se a comentar o fotógrafo.

– Ele me deve e não quer pagar – a voz de Rondelli saía rascante da garganta. – Vai fazer falta a ele? É dinheiro do jornal, puxa! Do jornal! Nem é dinheiro dele! Por isso esse jornaleco é o que é. Nunca vai chegar a ser uma *Zero Hora*. Nunca! Porque seus patrões e seus chefetes são mesquinhos! Pagam salário de fome, não pagam hora extra, as diárias são ridículas e não cumprem com suas obrigações. Sabe quanto é uma diária na *Zero Hora*? Sabe quanto? Você pode fazer um banquete com uma diária da *Zero Hora*! Bando de fracassados, isso que esses editores da *Tribuna* são. E o pior deles é o tal Jota Campos. Se acha muito, esse Jota Campos. Se acha "o" jornalista. Expõe aquele Prêmio ARI dele na mesa de trabalho. Aposto que foram outros que ganharam o prêmio por ele. Uma fraude, é isso que ele é. Um frustrado. Um imbecil. Vocês não acham o Jota um imbecil?

O fotógrafo agora olhava para frente. Comentou, apenas:
– Não sei...

O motorista nada falou.

A reticência dos dois deixou Rondelli apreensivo. Eles davam a impressão de que gostavam do Jota. Óbvio: se não gostassem, aproveitariam para falar mal dele também. Mas, não. Ficaram em silêncio. O motorista até demonstrou um certo ar de censura. Pelego! Provavelmente o entregariam para o Jota. Contariam tudo, tim-tim por tim-tim. Levariam-lhe a fofoca quentinha. O Jota se decepcionaria com ele. Talvez até dissesse para o editor de polícia, magoado:

– E eu que fiz confissões a esse rapaz. E eu que achava que ele era boa pessoa.

Oh, Cristo! Por que Rondelli fora falar aquilo? O dia não terminaria sem ele estar demitido. Na rua. Humilhado. Acusado de estelionato. Despejado do apartamento. Perseguido pela polícia. Tudo porque falara demais. Ele até gostava do Jota! Bom homem. Velho lobo da imprensa. E que confiava nele, ainda por cima. Fazia-lhe confidências. Sim, o velho Jota lhe franqueara a alma. E ele o desprezara. Pérolas aos porcos. Oh, Deus! Rondelli já havia prometido que nunca mais ia falar mal de ninguém. Ele sempre se arrependia quando falava mal de alguém. Até porque não odiava nenhuma pessoa. Ao contrário: gostava de todas, via coisas boas em todas. Sobretudo no Jota, o velho e bom Jota. Como iria corrigir o monte de bobagens que dissera? Como iria aplacar a sanha denunciatória daqueles dois malditos alcagüetes ali na frente? Já estavam quase chegando. Rondelli tinha pouco tempo. Arriscou:

– Claro que nem sempre o Jota é assim. No fundo ele é boa pessoa. Falo isso tudo porque tenho certa intimidade com ele, entende? – o fotógrafo virara a cabeça para trás mais uma vez. – Agora mesmo, estava no gabinete dele. Tivemos uma longa conversa. Coitado do Jota: está meio desiludido. Até está pensando em largar tudo e se mudar para uma praia.

– É mesmo? – desta vez, o fotógrafo demonstrou interesse. Os olhos do motorista luziram no espelho retrovisor. Rondelli sentiu que estava agradando.

– É – prosseguiu, animado. – Uma praia. Talvez Florianópolis. É natural que ele se sinta assim. Tem de conviver com muitos egos. Egos, egos, egos, como dizia Salinger. Além disso, ninguém se importa com a verdadeira sabedoria. É o que sempre digo: saber e sabedoria não são a mesma coisa.

O fotógrafo levantou uma sobrancelha.

– O Jota vai pedir demissão? – perguntou.

– Não! – Rondelli ficou alarmado. Em vez de corrigir, estava complicando tudo. – Não é isso. É só uma vontade. Para o futuro, quem sabe...

– Chegamos – informou o motorista.

Meriam estava triste.

Na primeira vez que Rondelli a encontrou, a viu chocada, depois furiosa e enfim desesperada. Mas agora o que lhe oprimia a alma não passava de tristeza. Nada pior. A revolta e o desespero, o ódio, a indignação, qualquer sentimento era melhor do que a tristeza profunda que ela ostentava. Porque a tristeza não tem jeito. A tristeza é a desistência, a conformação com o sofrimento.

A tristeza é superestimada, Rondelli via isso com clareza. As pessoas confundem tristeza com profundidade. Desprezam a felicidade e a alegria por acharem-nas superficiais e vêem poesia na tristeza.

Mas a tristeza de Meriam não era poética. Era tristeza de verdade. Era a tristeza da derrota.

Meriam estava derrotada.

Rondelli a encontrou sentada nos degraus da varanda de sua casa, no Parque Minuano, os mesmos degraus onde a vira pela primeira vez, na noite do assassinato de Vanderlei. Não tomava chimarrão, não lia jornal, não fazia nada. Sentou-se, apenas, e lá ficou. O pequeno jardim já exibia os efeitos de alguns poucos dias de descuido. Rondelli a cumprimentou do portão, sem ousar invadir seu território. Ela levantou a cabeça. Fitou-o com olhos inexpressivos.

– Bom dia. Tudo bem? – disse ele, e já se arrependeu do cumprimento. Como poderia estar tudo bem para ela?

– Bom dia – respondeu Meriam mecanicamente, sem se levantar.

Rondelli vacilou por alguns instantes. O fotógrafo postou-se ao lado dele, a grande bolsa com o equipamento a tiracolo, a máquina Nikon pendurada ao pescoço. Rondelli temeu que ele tentasse fotografá-la agora. Em alguns casos, era melhor trabalhar sem fotógrafo. A parafernália de máquina e filme e bolsa assusta as pessoas. O motorista observava a cena de dentro do carro, estacionado junto ao meio-fio.

Rondelli cogitou que talvez Meriam estivesse com raiva dele por causa da matéria. As pessoas nunca calculam a repercussão que dá uma publicação dessas. É uma avalanche que elas só vão entender no dia seguinte, quando o jornal estiver nas ruas e a cidade inteira vier abordá-las. Meriam havia acusado o próprio pai de assassinato. Sua vida certamente fora virada do avesso depois daquilo. Rondelli sempre se sentia culpado quando publicava esses textos que mergulhavam seus protagonistas na polêmica. Parecia estar se aproveitando deles. Decidiu ser cauteloso.

– A senhora lembra de mim? – continuou. – Régis Rondelli. Da *Tribuna*.

– Lembro – não havia nenhuma inflexão de ressentimento ou censura na voz dela. Tampouco de alegria ou agradecimento.

Rondelli pousou a mão direita no portão.

– An... Posso entrar?

Meriam acenou com a cabeça. Rondelli e o fotógrafo entraram.

– Nos informaram que sua casa foi arrombada – disse ele.

– Foi – Meriam levantou-se devagar, como se fosse uma anciã. Devagar, caminhou em direção à porta de entrada da casa. Abriu-a e ficou esperando na soleira, segurando o trinco. Rondelli avançou, hesitante. O fotógrafo atrás.

Rondelli chegou a se assustar quando entrou na sala. Aquilo não fora obra de ladrões, e sim de vândalos. A casa havia sido quase destruída pelos assaltantes. O caos era absoluto. Nada estava no lugar. As estantes tinham sido jogadas no chão, as gavetas esvaziadas, os sofás, as cadeiras e as poltronas jaziam com os forros retalhados, os quadros estavam rasgados, as molduras despedaçadas, nada restara inteiro.

— Meu Deus! — exclamou Rondelli.

— Puxa! — disse o fotógrafo, acionando sua máquina. Clic, clic, clic. Rondelli achou que Meriam ia protestar, mas ela não se manifestou.

— Quando isso aconteceu? — Rondelli virou-se para Meriam.

— Ontem à tardinha. Minha mãe passou aqui. Levou-me para dar uma volta. Queria me distrair. Os assaltantes se aproveitaram da minha ausência.

Rondelli coçou a cabeça.

— Será que estavam de campana, esperando que a senhora saísse?

— Parece.

— O que eles levaram?

— Ainda não sei. Esperei a polícia para mexer nas coisas. Depois que a polícia se foi, dei uma olhada, mas ainda não tive ânimo para arrumar tudo. Dei uma olhada... Dei uma olhada... — Meriam girou a cabeça de um lado para outro, desanimada. Rondelli receou que ela estivesse prestes a desatar o choro. Mas, não. Continuou falando com a mesma voz monocórdia. Como se aquilo não lhe dissesse respeito. — Dei uma olhada... — repetiu. Virou-se para Rondelli. Pela primeira vez, enviou um olhar direto e firme a seus olhos. — Não levaram nada de importante. Na verdade, não sei se levaram alguma coisa.

O fotógrafo continuava zanzando pela sala, a máquina diante do olho, clic, clic, clic. Foi ele quem falou:

— Estavam procurando algo.

Rondelli olhou para ele, admirado. Até que esse fotógrafo não era burro. Dirigiu-se a Meriam:

— A senhora sabe o que eles procuravam?

— Não faço idéia.

— Estranho.

— Muito estranho — concordou o fotógrafo, clicando sem parar.

— A senhora saiu com sua mãe. E o seu pai? Tem falado com ele?

Meriam esboçou um sorriso triste. E então falou. Mais do que todo o tempo que falara até aquele momento:

– Ele tem me procurado. Me procurou várias vezes. Disse que me perdoa por tê-lo acusado. Que não se importa com as investigações da polícia. De ter que depor várias horas na delegacia, como depôs. Que pouco liga para o assédio da imprensa. Disse que só se importa comigo... Engraçado... Sabe que até tenho pena dele?

36

Rondelli e o fotógrafo entraram no carro do jornal em silêncio. A tristeza de Meriam pairava entre eles.

– Vamos embora – disse Rondelli para o motorista.

Partiram. Então, ao chegarem à esquina, Rondelli viu aquele carro. Um carro branco, importado, Rondelli não conseguiu distinguir qual era a marca. Dentro, três homens, os três de óculos escuros, mal-encarados. Rondelli sentiu de imediato um arrepio eletrizar-lhe a espinha. Eles o observavam. Os três pares de olhos dos homens no carro branco acompanharam a passagem do carro do jornal.

– Viu aqueles caras? – perguntou Rondelli, aflito, para o fotógrafo. – Viu?

– Que caras?

– Na esquina. Dentro do carro branco.

– Não vi nada.

– Eu vi – disse o motorista. – Ficaram nos olhando.

– Isso mesmo! Ficaram nos olhando! Muito estranho, aquilo. Será que não são os homens que assaltaram a casa da Meriam?

– Ah, eles não estariam aqui ainda – desdenhou o fotógrafo.

– Talvez estejam observando a casa! Talvez queiram descobrir quem vai lá, para ver se alguém traz ou vem buscar o que eles estão procurando!

– Você está vendo muito filme policial.

– Mas este é um caso policial! Acho que devemos fazer alguma coisa. Chamar a polícia!

– E dizer o quê? Que tem três caras parados numa esquina?

– Três suspeitos!

– Suspeitos de quê? A polícia tem mais o que fazer.

Rondelli desistiu da idéia de chamar a polícia, mas continuou agitado, no banco de trás. Prosseguiram em silêncio o restante do trajeto. Quando desciam do carro, em frente ao prédio do jornal, ele viu os três homens outra vez. Passaram no carro branco, os três virados para ele, observando-o. Rondelli estacou na calçada, o coração batendo forte no peito, num misto de medo e excitação. Sentia que havia algo de maligno naquele carro, naqueles três desconhecidos. Sentia-se em perigo iminente. Olhou para os lados, procurando ajuda ou uma testemunha. Mas o carro do jornal já partira e o fotógrafo sumira no corredor do prédio. Ficou ainda dois minutos parado na calçada, depois se foi.

Rondelli entrou no prédio da redação com o coração apertado. Com o que estava lidando? Aquele tipo de situação não fazia parte da sua vida. Sua vida era uma vida normal, de dramas comezinhos durante o dia, no trabalho, e comédias à noite, nos bares. Os crimes, os assassinatos, as falcatruas, a violência, ele apenas *escrevia* sobre isso, isso não fazia parte do seu universo. Ingressar como personagem ativo no lado sombrio do mundo não estava em seus planos. Não tinha nada a ver com ele.

Abriu a porta da redação angustiado. O grande salão estava febril. Uma colméia. Aproximava-se a hora do fechamento da edição. Alguns jornalistas andavam de um lado para outro, com papéis na mão. Um grupo de seis ou sete conversava a um canto. Os outros todos permaneciam sentados fitando as telas de seus computadores, compenetrados, escrevendo. Rondelli procurou uma mesa para se instalar. Como era *free-lancer*, não tinha mesa fixa. Ajeitava-se como dava, onde não havia ninguém. Olhou para Leti lá adiante, na editoria de Variedades. Vê-la lhe fez bem. Porque já não sentia mais nada por ela. Tudo para ele agora era Vivian. Vivian, Vivian, Vivian.

A lembrança de Vivian fez com que esquecesse um pouco da visão daqueles três homens. Vivian era sua vida; a violência, não. Talvez estivesse se preocupando à toa, talvez eles apenas estivessem passando por perto da casa de Meriam e, por coincidência, o carro do jornal seguiu pelo mesmo caminho deles. Era isso, claro que era isso. A idéia o tranqüilizou.

Rondelli olhou em volta da redação, procurando um lugar vago. Havia uma mesa sem ninguém, na fronteira da Editoria de Polícia com a de Geral. Instalou-se nela. Leonardo Oliveira, um dos repórteres de polícia, esticou o pescoço, de trás do seu terminal.

– Ei, Régis! – chamou.

Rondelli olhou para ele.

– O gerente do seu banco ligou para você. Umas três vezes. Pediu para você ligar de volta. Você tem o número?

– Tenho, tenho, pode deixar que ligo, obrigado.

Não tinha nenhuma intenção de ligar, claro.

O gerente do banco. Bastava um cheque sem cobertura para o cara ligar. Lembrou-se de uma frase do Guerrinha, do *Diário Gaúcho*:

– Quando tenho dinheiro na conta o gerente nunca me liga!

Riu da blague. Mas, em seguida, a angústia voltou a tomar conta de seu peito. Precisava arranjar 1.500 reais! Mas onde, Cristo? Rondelli olhou para os lados, como se pudesse encontrar um financiador na redação. Encontrou apenas o Manique, que gesticulava, nervoso:

– Precisamos da matéria logo, porra!

Rondelli se aborreceu:

– Nem almocei ainda, poxa. Além disso, tenho que falar com o delegado sobre o arrombamento na casa da mulher do professor.

— Deixa o delegado pra lá. Já temos gente falando com ele. Concentre-se na matéria do arrombamento.

Rondelli respirou fundo. Olhou para o lado. De Cordes, Lessa e Marlon Brando cercavam uma estagiária feito hienas em volta de um filhote de antílope. Era jovem, no máximo uns dezoito anos. Tinha brilhantes olhos negros que combinavam com seus cabelos também negros. Vestia uma calça justa que delineava suas pernas torneadas. O *piercing* do umbigo aparecia sob a blusinha leve como a sua consciência. Os três salivavam.

— Não acredito nisso – dizia De Cordes, alisando a barriga que saía pela camisa aberta até o último botão e se debruçava sobre o cinto das calças. E repetia: – Não acredito!

— No que você não acredita? – quis saber Rondelli.

De Cordes respondeu sem tirar os olhos gulosos da garota:

— Ela estava me contando que já foi gordinha.

— Gordinha, não – protestou a menina. – Balofa! Eu tinha uns setenta quilos!

— Setenta... – a voz de De Cordes lambia-a, despudorada.

— Não é possível – acrescentou o Lessa, quase arfando. – Você é tão... Tão...

— Perfeita! – gemeu Marlon Brando.

Todos se voltaram para ele. O olhar de Marlon Brando era de devoção. Se ela mandasse, ele rolaria e se faria de morto ali mesmo.

— Régis! – Era Leonardo Oliveira quem chamava. – Telefone para você!

Rondelli arregalou os olhos. Só podia ser o gerente do banco. Levantou o braço. Fez um sinal com a mão pedindo que Leonardo esperasse um momento. Depois perguntou baixinho, marcando bem as sílabas para que o outro entendesse:

— Quem é?

Leonardo tapou o bocal com a palma da mão. Sussurrou:

— Um tal de Aníbal.

Rondelli sorriu, aliviado.

– Tudo bem. Já vou atender.

Tomou o fone das mãos de Leonardo. Agradeceu.

– Alô?

– Alô, repórter Régis Rondelli, autor do grande furo sobre o professor assassinado – a voz de Aníbal estava animadíssima do outro lado da linha. Rondelli ficou excitado: será que ele conseguira algo com a mulher do Peçanha?

– Comissário Aníbal! Soube que você se deu muito bem ontem à noite.

– Não posso me queixar.

– A mulher do Peçanha!

– Hein?

– A moça com quem você estava ontem. É mulher de um amigo nosso. Bem, ex-mulher.

– Ah. É uma mulher especial. Uma deslumbrante, sem dúvida.

– Se é!

– Estou ligando para marcarmos um chopinho. Pode ser hoje?

– Claro, combinei com o Nico de irmos ao Lilliput. Está bem para você?

– Perfeito. Que horas?

– Umas dez. Pode ser?

– Maravilha.

– Aí você vai contar tudo. Mas tudo mesmo, hein?

Aníbal riu.

– Nos vemos às dez – disse, encerrando a conversa.

– Até lá.

Rondelli sorriu ao desligar. Será que aquele cara tinha passado a noite com a mulher do Peçanha? Era um feito e tanto. Teriam muito que conversar no Lilliput. Mas agora ele precisava se concentrar na matéria do arrombamento. Haveria de ser um texto compassivo como a pobre Meriam. Algo que emocionasse as pessoas. Rondelli baixou a cabeça e fitou o teclado do computador com a determinação de um zagueiro argentino. Pousou os dedos entre o a e o cedilha. Respirou fundo. Os leitores da *Tribuna* que se preparassem: aí vinha mais um clássico de Régis Rondelli, o repórter!

37

Régis Rondelli, um fugitivo. Um perseguido pela polícia. Um fora-da-lei. Passara um cheque sem fundos, essa que era a verdade. Estelionato. Presídio Central. Ia ser currado por toda uma galeria da penitenciária, depois viraria mulherzinha de um crioulo com um pênis de 23 centímetros de comprimento e oito de bitola. Desgraça, desgraça, desgraça.

Tivera de pedir abrigo ao seu amigo Nico. Não queria voltar para casa nos próximos dias, quando poderia encontrar Arabela Schultz furiosa, com seu cheque lhe congelando as mãos.

Precisava de algumas coisas, agora. Precisava passar algumas horas no apartamento do Nico, tomar um banho, descansar um pouco, para depois sair, beber um chopinho reconfortante no Lilliput. Precisava de um chope mais do que de ar, precisava mesmo. Merecia, até. Tantas atribulações. Bem. Pelo menos tinha um fim de semana inteiro para conseguir o dinheiro de que necessitava. Segunda-feira pela manhã, sem falta, estaria reabastecendo sua conta, dizendo ao gerente que fora um lapso, um terrível engano, que confundira suas contas bancárias e depositara dinheiro em outra, algo do gênero. Até segunda pensaria numa explicação plausível. No momento, tinha de relaxar. Suspirou. Acomodou-se melhor no sofá da sala de Nico. O amigo estava tomando banho. Rondelli tinha algum tempo para ficar sozinho e refletir. Era bom refletir, pensar na vida. As pessoas pensam pouco, hoje em dia. Ação, ação, ação. Elas só querem saber de ação. Olhou para a estante de livros na parede em frente. Um título chamou sua atenção: *A mulher que trai*. Levantou-se. Tirou o livro da estante. Pequeno, umas 150 páginas. Capa vermelha. Rondelli abriu o livro e começou a ler:

"Milena sofria de furor uterino. Terrível mal. Os ataques podiam se dar em qualquer lugar, a qualquer hora. Ocorriam com maior assiduidade e violência, porém, se estivesse na praia, sob os ardores do verão."

Fechou o volume, balançando a cabeça. As coisas que seu amigo lia...

– Uma cervejinha, meu? – a voz de Nico veio detrás do sofá. Estava com o cabelo molhado, calça jeans, camiseta e chinelos.

Rondelli sorriu:

– Vou aceitar.

Nico foi até a cozinha e de lá voltou com duas garrafinhas.

– Vamos beber ali na sacada? – propôs, alcançando-lhe uma garrafa.

Rondelli pegou a garrafa e se levantou. Foram até a sacada, onde havia uma mesinha de ferro redonda e quatro cadeiras. Sentaram-se. Nico havia colocado um CD para rodar. Paulinho da Viola. Rondelli ouviu aquela voz macia, aquela música triste, e pensou em Vivian. Paulinho cantava como quem faz uma carícia:

"...meu amor eu não me esqueço,
Não se esqueça, por favor,
Que eu voltarei depressa,
Tão logo a noite acabe,
Tão logo esse tempo passe,
Para beijar você."

Rondelli respirou fundo. Olhou para a noite. Amanhã, à essa mesma hora, estaria com Vivian. Vivian, Vivian, Vivian.

Nico riu:

– Se emocionou com a música do Paulinho?

Rondelli como que despertou.

– É uma música bonita – disse, com uma ponta de vergonha. – Para quem será que ele fez?

– Para uma velhinha – respondeu Nico, bebericando da sua cerveja.

Rondelli o encarou com ar de incredulidade.

– Está brincando.

– Não estou, não. Essa música se chama "Para um amor no Recife". É que, durante a repressão, o Paulinho foi perseguido. Saiu clandestinamente do Rio, escondeu-se em Pernambuco e essa senhora lhe deu abrigo. Por isso é que ele diz: "Que eu voltarei depressa, tão logo a noite acabe, tão logo esse tempo passe, para beijar você". A noite a que ele se refere é a ditadura.

Rondelli balançou a cabeça.

– Puxa – balbuciou.

– Você é muito romântico – caçoou Nico.

Rondelli não respondeu. Olhou para o amigo. Um tipo bonitão, aquele Nico. Alto, ágil. Tudo parecia fácil para ele. Inteligente. Culto. Até no futebol ele se dava bem. Era bom de bola. Rondelli e Nico faziam parte de uma turma que jogava futebol sete aos sábados. Antes do jogo, os dois goleiros escolhiam os times. Nico era sempre o primeiro escolhido. Todos queriam o Nico no seu time. Todos gostavam de Nico. Tinha uma dezena de amigos. E mulheres, havia dúzias ansiosas para transar com ele. Vivia uma vida boa, aquele Nico. Descompromissado, com algum dinheiro na conta bancária. Aproveitava a existência. Rondelli bem queria ser assim. Pelo menos um pouco assim. Mas, ao mesmo tempo, não acreditava que aquilo pudesse ser verdadeiro. Toda aquela autoconfiança do Nico. Aquela vida perfeita, sem cobranças, sem responsabilidades com mulher ou filhos ou parentes. Mas também solitária. Porque Rondelli duvidava que toda a agitação fosse suficiente para preencher a vida de Nico. Como ele podia viver sem ter alguém? Não apenas um amigo ou vários amigos, mas alguém que estivesse sempre junto, uma mulher com quem ele pudesse contar, que o ouvisse e que se orgulhasse dele? Não era o que todos queriam? Não era o que dava à vida um maldito sentido, afinal? Rondelli achava que queria aquilo.

Que queria ter uma mulher e filhos e formar uma família. Mas não tinha certeza. Onde estavam as malditas certezas? Gostaria de ter o bolso cheio delas.

Rondelli pensou em Vivian. Será que Nico estaria querendo algo com ela? Será que o Nico queria pegar *as duas*, Vivian e Carol? Um *ménage à trois*? Vivian e Carol topariam uma coisa daquelas? Não pareciam esse tipo, mas, hoje em dia, nunca se sabe... Que droga, por que Nico, sempre tão cheio de mulheres, podendo escolher a que bem entendesse, ia querer justamente uma por quem Rondelli achava estar se apaixonando? Ou será que Rondelli estava fantasiando, que Nico não queria nada com a Vivian, que estava interessado apenas em Carol?

Jesus, nenhuma certeza.

Olhou para o amigo. Resolveu fazer um teste:

– O que você acha da Vivian? – tentou parecer casual.

Nico o encarou sem nenhuma expressão.

– Nada – respondeu.

Nada? Nada?? A resposta deixou Rondelli ainda mais aflito. Por que "nada"? Como "nada"? Era uma resposta dissimulada, certamente. Não podia ser sincera. Como alguém podia achar "nada" de uma mulher como Vivian? Preparou-se para protestar, mas Nico falou antes:

– Vou lhe dizer uma coisa – Nico pousou a garrafinha na mesa: – Sexo com amor é nojento.

Rondelli arregalou os olhos.

– Nojento – prosseguiu Nico. – Lembra da Leandra?

– Se lembro.

– Pois é. Linda. Todos desejavam a Leandra. Lembra da bunda que aquela mulher tinha? Lembra?

Rondelli fez um sinal positivo com a cabeça, enquanto levava a garrafinha à boca. Lembrava muito bem da bunda da Leandra, como lembrava! Quem visse a bunda da Leandra um dia, jamais esqueceria.

– Uma bunda perfeita! – Nico agarrou a garrafinha de cerveja outra vez. – Era isso aqui, a bunda da Leandra – bateu com os nós da mão no tampo de ferro da mesa. – Isso aqui! Durinha. Um sujeito poderia quebrar os dedos, se desse um tapa na bunda da Leandra. E redonda. E empinada. Que bunda tinha a Leandra! Não é?

Rondelli apertou os lábios e balançou a cabeça. Verdade, verdade.

– Pois eu a tive – prosseguiu o Nico. – Namorei com ela e com sua bunda. Certo. Mas depois de uns dois anos de namoro, lá estávamos nós, na cama. Eu. Sabe como eu estava?

Rondelli levantou as sobrancelhas, encorajando-o a continuar.

– De pijama, Régis! De pijama! Eu, na cama com uma mulher, de pijama. E ela, sabe como ela estava?

Sobrancelhas levantadas novamente.

– De pijama! Cara, se tem uma coisa que eu odeio é mulher de pijama. Elas botam aqueles pijaminhas de seda e acham que estão maravilhosas. Puá! É repugnante! Uma mulher de pijama é uma irmãzinha, não é uma mulher. Pior que mulher de pijama, só mulher de abrigo.

– E coque – falou Rondelli, enfim.

Nico pensou um momento. Depois acedeu:

– É. Coque é de matar. Mas lá estávamos nós dois de pijama e começamos a nos acariciar e tal, tudo com a maior ternura. Mais um pouco e eu a penetrei ternamente. Tudo muito terno. Aí, no meio da transa, sabe o que ela me disse? Sabe o quê?? – Nico se debruçou sobre a mesa, olhava nos olhos de Rondelli, esperando a resposta. Rondelli bebeu um gole da cerveja. Pensou no que Leandra poderia ter dito de tão ofensivo. Algum pedido estranho? Falou em casamento? Rondelli sabia que Nico odiava falar em casamento.

– O que ela te disse? – perguntou.

Nico voltou a se recostar no assento de metal.

– Que me amava! – Gritou, enfim. – Ela disse: "Eu te amo"! No meio do sexo, eu concentradíssimo, e ela vem dizer eu te amo!! E o pior: disse isso sorrindo! Meu Deus!!! Tem cabimento uma coisa dessas?

Rondelli imaginou se Vivian lhe diria eu te amo sorrindo enquanto fizessem sexo. Gostou da idéia. Tudo o que queria agora era Vivian sussurrando que o amava depois de terem se regalado na cama por duas horas seguidas.

– Qual é o problema do sexo com amor? – perguntou.

Nico se levantou. Rondelli sabia que agora o fogo da retórica o consumia. Os próximos minutos seriam de discurso candente:

– Qual é o problema? Pelamordedeus, Régis! Estávamos fazendo sexo, entende? Sexo tem de ser selvagem, animalesco, tem de ter dominação, posse, até um pouco de violência tem de ter o sexo! Nunca essa melequice de amor! O amor conspurca o sexo, Régis! A mulher está sendo possuída, entende? Como se fosse uma escrava. Ela tem de consentir sem aceitar moralmente. De que serviu todo o esforço da igreja? Por que morreram todos os nossos mártires cristãos e judeus? Foi tudo em vão? – Nico havia se levantado outra vez. Rondelli sabia que essa era a hora da prédica. Já havia visto o amigo várias vezes nessas situações. Nico falaria como se estivesse discursando num átrio de igreja. E lá estava ele, dedo em riste, pregando: – O sexo precisa ser pecaminoso, Régis! Pense em Santo Agostinho! O atormentado Santo Agostinho, que passou metade da sua vida nas bacanais mais licenciosas de Cartago, até finalmente ceder à virtude e converter-se em santo. Que homem notável! Sabia viver. As grandes festas do quarto século, as grandes orgias, as grandes mulheres da época passaram pelas mãos ávidas de Santo Agostinho. Até que ele decidiu mudar. Optou pela vida religiosa. Só que aos poucos. Aí, já resolvido a ingressar no mundo alvo da religião, porém ainda imerso na vida sombria de pecado, Agostinho se repoltreava com lindas mulheres, duas ou três ao mesmo tempo, na mesma cama, e orava: "Senhor, dai-me a castidade. Mas não agora! Não agora!" Por ter usufruído dos prazeres da carne e ter se besuntado com a luz líquida e imaculada do Espírito Santo, por ter vivido o melhor de dois mundos, Agostinho brindou os homens do futuro com o pecado. Graças em grande parte a ele, aos seus textos moralizantes, o sexo tornou-se um ato escuso, quase clandestino, um ato proibido. E por isso tão bom! Quer dizer: o santo passa por todo esse trabalho, a igreja queima mulheres em fogueiras, os sacerdotes se penitenciam com o cilício, todo esse esforço da humanidade em favor do pecado, e agora eu faço sexo sorrindo e ouço da mulher que ela me ama? Sexo sem culpa? Sexo sem pecado? Meu Deus!

Nico terminou o discurso com os dois braços levantados, fitando o céu escuro como se realmente falasse com o Criador. Rondelli o observava da cadeira, em silêncio. Depois de alguns segundos, Nico olhou para ele, mais calmo:

– Outra cerveja? – propôs.

– Boa.

Nico entrou na sala. Rondelli refletiu por alguns instantes. Depois gritou:

– Foi por isso que você terminou com a Leandra? Por ela sorrir e dizer eu te amo durante o sexo?

Nico retornou com uma garrafinha em cada mão.

– Aquilo foi a conseqüência. Não a causa. A causa é o próprio casamento, Régis – pelo tom, Rondelli adivinhou que viria outra preleção. – O matrimônio é antinatural. Porque exige a monogamia, que é mais antinatural ainda. Se fosse natural, não precisaria haver tantas normas para regulá-la. As pessoas casam-se por medo da solidão. Quer dizer: os homens casam por medo da solidão; as mulheres casam para procriar. Só que antes tudo isso é mascarado pela paixão e pelo sexo. Pelo prazer, enfim! – Nico falava em tom professoral, como se estivesse diante de um auditório, não apenas com um amigo, bebendo cerveja na sacada de seu apartamento, no começo da noite de uma sexta-feira. – Mas, quando a mulher se torna esposa, ela se torna parente. A relação sai do âmbito do prazer e vira obrigação. O homem tem que sair com ela, tem que estar sempre junto dela, tem que fazer sexo com ela. Então acontece o mais deprimente. O sexo deixa de ser sexo. Toda aquela intimidade causada pela monogamia e pela convivência se transforma em amizade, em afeto, em carinho ou, pior, em amor – Nico cessou de falar um instante. Lançou a Rondelli um olhar pesaroso. Disse, enfim, com alguma dificuldade: – Eu amava a Leandra. Sabia que ela me amava também e isso só aumentava minha afeição por ela. – Disso Rondelli sabia: Nico jamais repudiava amor, mesmo de quem não gostava, imagina de quem gostava, como Leandra. Ficou atento. O amigo estava se abrindo, o que era difícil em se tratando de Nico. Primeiro o Jota Campos, agora o Nico. Aquele era um dia de confissões. – Levei meses para concluir que não podia mais agüentar aquilo. Às vezes eu pensava em me estabilizar, que a vida é assim mesmo, que o sexo é passageiro e o amor duradouro, que esse tipo de existência também tem suas vantagens, que é preciso amadurecer, ter filhos, família, essas coisas todas. Pensava – Nico jogou para a noite um suspiro profundo. Fitou o céu azul-escuro pontilhado de estrelas. Bebericou mais um gole. – Pensava que tinha de optar: ou a vida madura, adulta, honesta, séria e produtiva, ou o sexo. – Então olhou para Rondelli. Debruçou-se sobre a mesa. Seus olhos faiscavam. O grito que deu a seguir chegou a assustar o amigo: – Então fiquei com o sexo! O sexo, entende? Não ia me recolher a uma vida modorrenta, sentado diante da TV aos domingos à tarde, vendo o Faustão! Não ia me limitar a ser tratado como um gato castrado que fica deitado ronronando no sofá da sala! Não! Optei pelo sexo! Um brinde ao sexo! – Ergueu vitoriosamente a garrafinha de cerveja. Rondelli ergueu a sua também. Tocaram os gargalos. – Viva o sexo! Viva a sexta-feira! – gritou Nico.

E beberam suas cervejas.

38

Rondelli olhava para os lados, atento como um perdigueiro. Procurava por Vivian. Às vezes tinha a impressão de vê-la sentada a uma mesinha, rindo, bebendo, conversando com sua amiga Carol. Ilusão. Triste ilusão que se repetia a cada dupla de loira e morena aboletada numa mesinha. Ele e Nico já estavam na Calçada da Fama, serpenteando entre as mesas, caminhando em direção ao Lilliput. Vivian lhe dissera ao telefone que não sairia aquela noite.

– Às vezes é bom ficar um pouco em casa. Você não acha? – ela havia perguntado, do outro lado da linha, e Rondelli se apressou em concordar:

– Acho, sim, claro que acho.

Era bom concordar com ela.

– Você é caseiro?

A resposta correta podia valer-lhe pontos. Ele, mais do que depressa:

– Sou muito caseiro, gosto muito de ficar em casa. Lendo, sabe. Bebendo um vinho. Ouvindo uma musiquinha. Adoro isso de ficar em casa.

– Ahn...

Rondelli não tinha certeza se aquele "ahn" fora de aprovação ou de censura. Ela não tinha dito que era bom ficar um pouco em casa? Então! Se bem que... ela dissera "um pouco". Talvez ele houvesse exagerado, tivesse dado a impressão de que só gostava de ficar em casa, que era um banana anti-social. Droga, também não era assim! Por que as mulheres não são mais diretas? Em todo caso, estava confirmada a saída para o sábado. Ele e ela, Carol e Nico. Dois casais. Perfeito.

– Essas loiras... – Nico falava caminhando e olhando para os lados. – Olha só pra todas essas loiras. Estava precisando de uma loira hoje. Uma loira bem gostosa, de dedos compridos e olhos claros. Carne branca. O que eu preciso é de carne branca.

Rondelli ficou angustiado. Por que Nico estava falando aquilo? Loiras? Vivian era loira. Era de Vivian que falava? Não podia ser. Claro que não. Nico era seu amigo. Seu melhor amigo. Tentou descontrair:

– Se você vir a Vivian, fique longe dela!

– Mulher de amigo meu, pra mim... Você sabe.

– Sei...

– Verdade. Lealdade – Nico espetou o dedo no ar. – Não há nada mais importante do que a lealdade. Além disso, as mulheres passam, os amigos ficam.

– Sei...

Chegaram ao Lilliput. Rondelli decidiu que suas suspeitas eram idiotas. Nico era amigo. Um ótimo amigo. O melhor. Além do mais, ele parecia sincero ao falar aquilo de lealdade.

O garçom Freitas os cumprimentou com um sorriso.

– Por enquanto só temos mesa lá dentro – avisou.

– Que fazer? – lamentou Nico.

– Ei, repórter! – a voz vinha do meio das mesas. Um homem havia se levantado e gesticulava para eles.

– Comissário Aníbal! – abanou Rondelli.

– Venham pra cá – chamou Aníbal.

– Que sorte – Rondelli disse a Nico –, ele conseguiu uma mesinha na rua.

Rondelli e Nico sentaram-se à mesa de Aníbal. Tudo bem? Tudo bom. Chopes. Rondelli tinha fome e estava sem dinheiro. Mas, já que ia ter de cobrir a cratera aberta em sua conta no banco na segunda-feira, não custava nada passar mais alguns cheques e viver bem no fim de semana.

– Vou pedir um filé à portuguesa – anunciou, espetando o indicador no ar.

– Vou nessa também – respondeu Nico.

– Vai alguma coisa, comissário? – perguntou Rondelli.

– Hoje estou só para os líquidos – brincou, mostrando o copo de chope.

Pediram. Enquanto aguardavam, Nico avisou:

– Amanhã o jogo vai ser futebol de campo. No campo lá do IAPI, o Alim Pedro.

– Está louco? – Rondelli jogou as costas para trás. – Não tenho fôlego para jogar uma partida de futebol de campo.

– Claro que tem. A partida foi marcada pelo Serginho Villar, do Esporte da *Zero Hora*. É contra um time lá do IAPI mesmo.

– Aiaiai... Devem ser uns loucos assassinos.

— Deixa de ser cagão, Régis! O problema é que nem sei se vamos conseguir onze... Você joga? – virou-se para Aníbal.

— Sou um zagueiro razoável.

— Com esse tamanho, só podia ser zagueiro. Que tal jogar conosco amanhã, então?

— Pode ser...

— O jogo é às quatro. Conhece o campo do Alim Pedro?

— Conheço.

— Pode estar lá às três?

— Posso.

— Combinado.

Brindaram. Beberam. Nico engoliu o chope com gosto. Depois levantou uma sobrancelha para Rondelli, num sinal evidente de que alguma sacanagem se formava em seu cérebro. Nico desviou o olhar para Aníbal. E disse:

— Agora você pode contar tudo.

Aníbal piscou.

— Hein?

— Eu sei o que você fez – disse Nico, sério.

Aníbal franziu a testa. Sorriu sem jeito:

— Como?

— Sou testemunha. Vi tudo!

Aníbal agora não sorria mais. Ficou olhando para Nico em silêncio.

— Ontem à noite – explicou Nico.

Aníbal pareceu sentir-se aliviado.

— Ontem?

— Vi com quem você estava.

— Ah... – Aníbal sorriu.

— A mulher do Peçanha! – Nico lhe deu um tapa amistoso no ombro.

— Mulher de quem?

— Aquele amigo nosso de quem lhe falei ao telefone – esclareceu Rondelli.

— Conta tudo! – pediu Nico.

Aníbal riu, satisfeito.

– Bom... Estávamos juntos até aquela hora que liguei para você – disse para Rondelli.

– Meu Deus! – Rondelli se espantou.

– Uma noite de loucuras, hein! – Nico lhe deu outro tapa no ombro.

– Vou dizer uma coisa muito séria. – Aníbal tomou outro gole de chope antes de falar. Rondelli e Nico ficaram mudos, em expectativa. – Foi a melhor noite da minha vida.

Aníbal disse aquela frase com alguma solenidade. Rondelli e Nico beberam o resto de seus chopes. Mantiveram-se em silêncio reverente. O homem diante deles passara a noite com a mulher do Peçanha.

Nico decidiu mudar de assunto. Falar sobre a mulher do Peçanha com o homem que estava se refocilando com a mulher do Peçanha era demais para ele.

– Você é gremista ou colorado?

– Colorado, claro – respondeu Aníbal.

– Blé – disse Nico.

– Blé – disse Rondelli.

– Pelo visto, vocês são do timinho da Azenha.

– O glorioso campeão do mundo! – Nico apontou o indicador para o céu azul-escuro.

– Mas quem manda no Rio Grande é o vermelho!

– Esse debate vai longe... – suspirou Rondelli, e a discussão esportiva murchou.

Dois garçons se acercaram da mesa. Os filés chegaram, junto com nova rodada de chopes.

– Beleza, Renatinho – Nico esfregou as mãos e riu para o garçom que trazia a travessa de filés. Freitas, o outro garçom, distribuiu os chopes. – Já te disse que tu és uma mãe pra mim, Renatinho?

Renatinho sorriu de volta e começou a cortar os filés na travessa, usando uma colher. Aníbal, Rondelli e Nico assistiam com fome no olhar.

– Esse truque de cortar o filé com colher – disse Nico, apontando para a travessa com a cabeça. – Não acredito nesse truque.

O garçom sorriu. Rondelli não perguntou nada, continuou concentrado no filé. Aníbal perguntou, para contentamento do Nico, que começou:

– É marketing. Eles querem dizer que os filés são tão macios que podem ser cortados com colher. Não é verdade. As colheres deles são afiadíssimas. Com essa colher, você corta um pescoço até a jugular como se fosse feito de manteiga. Essa colher decapitaria a Maria Antonieta de um só golpe!

Aníbal e o garçom riram. Rondelli continuava fitando o filé. Colocou algumas batatas no prato, salivando.

– Li em algum lugar que a Europa só conheceu a batata depois do descobrimento da América. Como eles viveram tantos anos sem batata?

– E sem tomate – acrescentou Nico. – O tomate também é nosso.

– Agora tudo que eles cozinham tem tomate e batata.

– O bacalhau é que vai acabar – disse Aníbal. – Está em extinção. Existem bem poucos lá no Mar da Noruega.

Nico pensou um segundo, mastigando um naco do filé. Observou, com algum pesar:

– Não quero viver num mundo sem bacalhau.

– Olha que loira! – Aníbal apontou com o copo.

Rondelli e Nico olharam. Uma loira vestindo uma minissaia minúscula passou ondulando pela calçada e se foi em direção à esquina.

– Preciso de uma loira hoje – suspirou Nico. – Preciso!

– Como é que está o caso do tal professor de arquitetura? – Aníbal usou um tom casual ao fazer a pergunta para Rondelli.

– Pobre da moça – Rondelli pescou uma batata da travessa. – Agora a casa dela foi arrombada. Reviraram tudo. Botaram a casa abaixo.

– Assalto, é?

– Aí é que está o estranho da coisa. Aparentemente, não roubaram nada. Acho que estavam procurando algo.

– Estranho.

— Muito.

— Já pensou se o pai não tem nada a ver com a história? — foi Nico quem falou, enquanto se servia de mais arroz.

Rondelli levantou uma sobrancelha. Aníbal retesou-se na cadeira.

— Até já pensei nisso — disse Rondelli. — Mas descartei a idéia.

— Como assim? — quis saber Aníbal.

— Se ela está enganada — explicou Nico. — Se o cara foi assassinado por outro motivo.

— Pois foi o que imaginei — observou Rondelli. — Calculei que aquele Péricles Lopes podia ser o culpado pela coisa toda. Sei lá, um homem envolvido com tanto dinheiro e poder. Você sabe: o poder corrompe. E o dinheiro atrai dinheiro, e onde há dinheiro demais há burla da lei, essas coisas todas. Lembra do que o Lula disse? "Não há nada pior do que o dinheiro fácil". Mas essa solução, isso de o Péricles Lopes culpado, isso seria simples demais. Fácil demais. Além disso, uma filha não ia se enganar assim.

— Os filhos e os pais vivem se enganando.

— Bom. Isso só vai ser descoberto quando pegarem o assassino de aluguel.

Aníbal limpou a garganta. Perguntou:

— A polícia tem alguma pista? Algum suspeito?

— Tem a descrição que a Meriam fez de um tipo que lhe fez perguntas durante a tarde. Só.

— Hmm...

— Coitada da moça. Ela está destruída. Hoje, depois que saí da casa dela, me aconteceu algo estranho.

Aníbal e Nico o encararam. Rondelli prosseguiu:

— Tinha uns sujeitos na esquina, dentro de um carro branco. Ficaram nos olhando. Acho que estavam de campana, observando a casa da Meriam. Depois, não tenho certeza, mas acho que me seguiram. Vi quando o carro deles passou na frente do jornal.

Nico retesou-se na cadeira. Tinha um olhar preocupado:

— Cuidado, Régis. De repente, é melhor se afastar desse caso. Passar pra outro. Não vale a pena se arriscar.

— É melhor ter cuidado mesmo — concordou Aníbal, falando lentamente, escandindo as sílabas.

Rondelli olhou para ele, apreensivo. Mas decidiu não pensar mais no assunto. Queria afastar os maus pensamentos.

39

Continuaram comendo em silêncio. Aníbal bebia seu chope com o olhar fixo em Rondelli. Quando terminaram, Atílio, o gerente do bar, puxou uma cadeira e sentou-se à mesa. Era bem-vindo. Magro, a barba por fazer, uma garrafa de água mineral à mão, Atílio conhecia os fregueses pelo nome e se tornara amigo de alguns deles. Nico e Rondelli incluíam-se nessa confraria. Aníbal era mais discreto. Atílio sabia quem ele era, mas nunca haviam conversado.

— Bela noite hoje, hein? — comentou Atílio.

— Belas mulheres — acrescentou Aníbal.

— Preciso de uma loira, Atílio — disse Nico. — Uma loira já!

— Daqui a pouco você arranja uma, disso tenho certeza.

— Ah, se as mulheres soubessem tudo que a gente faz por elas — Nico suspirou. — Todos os sacrifícios. Uma vez corri quatro quadras atrás de um ônibus só para me encontrar casualmente com uma morena espetacular de quem eu estava a fim. Além disso, o que é que a gente faz aqui, hein? Falamos delas! O tempo todo. E tudo que a gente faz, tudo, o trabalho, o estudo, o dinheiro que a gente ganha, tudo é para as mulheres. Tudo! Mas elas não nos entendem. Por causa da maldita menstruação.

Atílio tirou o gargalo da garrafinha de mineral dos lábios. Perguntou, depois de engolir:

— Menstruação?

– Exatamente – Nico empostou a voz. – A menstruação faz com que elas compreendam a vida de uma forma diferente da gente. É como se elas tivessem um relógio dentro delas. Os ciclos! As mulheres compreendem os ciclos da vida. Compreendem que tudo nasce, cresce, chega ao auge e morre. Elas enfrentam esse ciclo todos os meses. Num dia, estão prontas para fecundar, como um fruto maduro. No outro, estão murchas. Então elas compreendem a finitude da vida.

Rondelli riu. Nunca tinha ouvido alguém falar finitude numa mesa de bar. Nico foi em frente:

– Elas sabem que não são imortais. Nós, não. Nós achamos que a vida vai continuar febril e colorida para sempre. Achamos que vai haver uma aventura em cada final de semana, em cada esquina. Nós nos iludimos com poder, fama e sexo. Elas, não! Elas estão firmemente enraizadas na realidade. Elas sabem que a vida é curta. Sabem que vão morrer! Por isso são práticas. Por isso escolhem um homem e ficam com ele.

– Isso é verdade: elas é que escolhem – disse Aníbal.

Nico não prestou atenção na interrupção. Prosseguiu:

– Uma mulher olha para um tipinho como o Régis – apontou com o copo de chope para o amigo. Rondelli apontou para o próprio peito com o indicador e protestou:

– Eu?

Aníbal e Atílio riram. Nico continuou:

– Olhem para ele – todos olharam. – A gente vê que ele vai engordar depois dos quarenta.

– Pô! – reclamou Rondelli.

Aníbal e Atílio riram de novo.

– Vai ficar gordo, talvez careca. É – Nico observou o alto da cabeça do amigo. – Tem todo o jeito de quem vai ficar careca. Está até com umas entradas.

Rondelli levou a mão à testa. Nico:

– Não duvido que ele inclusive deixe crescer o bigode. Vocês sabem: o bigode já teve o seu prestígio, hoje é considerado ridículo. As mulheres detestam caras de bigode. Preferem o aspecto selvagem de uma barba malfeita, como a do Atílio.

Atílio sorriu, contente.

– Mas o Régis é um distraído pra essas coisas. Então, ele vai casar com alguma mulher, digamos essa loira com quem ele vai sair amanhã, a Vivian.

Rondelli adorou a referência a Vivian e a idéia de que se casariam. Bastava a menção ao nome dela para tornar o mundo colorido. Vivian, Vivian, Vivian.

– Eles vão se casar – Nico foi em frente. – Vão ter um ano e meio de sexo e camaradagem. Depois o Régis vai engordar, vai ficar careca, vai deixar o bigode crescer, vai andar pela casa de pijama, vai peidar enquanto dorme. – Aníbal e Atílio riam, divertidos. Rondelli franziu a testa. – Mas vocês acham que a Vivian vai se importar com isso? Claro que não! Ela sabe que se trocar o Régis por outro vai trocar apenas os defeitos, sabe que não existe mágica no mundo, que as histórias se repetem, que o que importa é o pequeno mundo que ela vai construir, ela, uma fêmea parideira, atenta aos cuidados dos filhotes. É isso que interessa para as mulheres. Mas nós, homens? Ah! Nós achamos que vamos esbarrar numa aventura louca a cada noite! Nós nos apaixonamos. Nós nos iludimos. Nós somos românticos, as mulheres são práticas!

Atílio balançou a cabeça.

– Verdade, isso. Verdade – concordou.

Nico ficou satisfeito com o impacto que causou. Serviu de estímulo:

– É por isso que, quando elas se separam, elas ficam bem e nós ficamos arrasados.

– Por que exatamente? – agora era Aníbal quem parecia interessado.

– Porque elas já construíram o mundinho delas. Ficam com a casa, com os filhos, com o cachorro, com a TV e o aparelho de som. Elas têm referências! E nós, ahn? Nós vamos para pensões ou hotéis, ficamos sem chão. Nosso mundo desabou. Aí o homem rasteja, implora para voltar, ou arranja outra e casa em seis meses, ou pendura um lençol numa porta e se enforca miseravelmente. Porque elas mantiveram o mundo sólido e racional, enquanto nós ficamos nas nuvens. Nos sonhos! Nós nos incomodamos com a falta de gosto do sexo e da vida, queremos arranjar uma mulher nova e uma vida nova. Elas, não.

– O brabo é que quando estou com uma mulher, quero estar sem. E quando estou sem, quero estar com – refletiu Aníbal.

– É que quando a gente está com uma mulher, ela nos dá segurança emocional – disse Atílio.

– Aí fica até mais fácil de conseguir outras mulheres – acrescentou Aníbal. – A gente não fica tão ansioso.

– Elas percebem a nossa ansiedade – disse Nico.

– Percebem mesmo – concordou Rondelli.

– O ideal seria ter uma fixa e vários casos em volta – Aníbal gesticulou para o garçom, pedindo nova rodada.

– Como era antes – emendou Nico. – O antigo arranjo é que era perfeito: uma esposa e uma amante. Você tem de tudo: a segurança do lar e a aventura do sexo. Os antigos é que estavam certos!

Rondelli pensou em Vivian. Ela lhe bastava. Não precisava de amante. Só queria que ela gostasse dele. Pensou sobre tudo o que fora dito e deu seu palpite:

– Acho que a gente quer ser importante pra alguém. E esse alguém tem de ser uma pessoa que a gente admire. Porque aí a admiração que a gente sente volta pra gente.

Aníbal sorriu:

– Não entendi.

– A gente admira uma pessoa – Rondelli formulava a idéia enquanto falava, como se as palavras fossem se cristalizando na sua frente. – Admira uma mulher. Essa mulher gosta da gente. Quer dizer: ela nos admira também. Então a gente se sente bem. Porque a gente quer ser valorizado por quem a gente acha que tem valor – Rondelli falava olhando para o vazio. Ao concluir, olhou para Aníbal, com o cenho franzido.

– Será que deu pra entender?

– Um filósofo – disse Aníbal.

– Você tem razão – disse Nico.

Por alguns instantes, todos ficaram em silêncio reflexivo. Depois se ouviu a voz entusiasmada de Nico:

– Olha ali!

Olharam. Quatro mulheres saíram de um carro e pararam à margem da calçada, procurando onde sentar.

– Que maravilha! – exclamou Aníbal. – De onde elas vêm? Pra onde elas vão?

– De que se alimentam? – emendou Nico.

– São lindas mesmo – reconheceu Atílio.

Rondelli achou que uma delas se parecia com Vivian. Outra se parecia com uma menina que conhecera em Cachoeira.

– A morena parece com uma gorda que conheci – informou à roda.

– Gorda? – o tom de voz de Atílio era de censura. – Ela é linda!

– Mas a gorda também era. Quer dizer, antes ela era gorda. Foi o seguinte: sabe essas gordas de rosto bonito? Pois é. Essa era. Rosto muito bonito, o da gorda. Muito conhecida lá em Cachoeira, porque tocava bem violão. Ia nesses encontros de jovens da igreja e tocava violão. Aquela música do Roberto Carlos – Rondelli cantarolou: – Eu tenho tantoooo pra te falaaaar, mas com palavraaaas não sei dizeeeeer...

– Tá, tá, chega, Régis, todo mundo conhece a música – abreviou Nico.

Rondelli apertou os lábios, contrariado, mas seguiu em frente:

– Bom. Essa gorda era muito gorda. Uns 130 quilos, acho. E era tarada. Cara, aquela gorda era louca por sexo. Só que ninguém queria saber de transar com a gorda. Quer dizer: ninguém, não. Só alguns transavam com a gorda, mas os que ela queria, os bonitões da cidade, esses nem olhavam pra gorda. Aí um dia ela fez uma promessa. Um juramento sagrado. Tipo a Vivian Leigh esfarelando a terra vermelha de Tara com um sol rubro de fundo em *E o vento levou*. Ela prometeu, e revelou a promessa ao mundo: "Vou emagrecer, vou ficar bonita. Aí, quando todos quiserem transar comigo, só vou dar praqueles que transam comigo hoje." Cara, aquela gorda levou o juramento a sério. Começou um regime violento, só comia alface e iogurte, alface e iogurte. Nada de carboidratos à noite. Carboidrato à noite é um veneno. E malhava. Malhava, malhava, malhava. Em seis meses, ou oito, não sei bem, ela ficou magra. Ficou gostosa. Ficou linda. Todos queriam transar com ela. Aí, sabe o que ela fez? Sabe?

Os três olharam para ele, curiosos.

– Só transou com os caras que transavam com ela quando era gorda? – arriscou o Atílio.

– Não! – Rondelli adorou poder desfechar a história dessa forma. – Ela só transou com os bonitões. Só com os caras que nunca tinham dado bola pra ela antes. E os outros, os que transavam com ela mesmo gorda, esses ela desprezou. A cachorra.

Todos riram. Menos Nico, que acrescentou, grave:

– Elas não são de confiança.

– E você? – perguntou o Atílio. – Quando você transou com ela?

Rondelli enrubesceu. Os amigos começaram a rir.

– Não! – gritou o Atílio. – Transou quando ela era gorda?

Rondelli baixou a cabeça:

– Eu era guri...

– Não! – gritou Nico, segurando no braço do amigo, rindo.

– Acreditei na promessa dela...

As cadeirinhas de madeira trepidavam na calçada, de tanto que os outros três riam. Passados alguns segundos, Nico admitiu, talvez para se solidarizar com Rondelli:

– Passei a noite com uma gordinha, uma vez. Não tão gorda quanto essa do Régis, claro. Cheinha, só. Redondinha. Acho que elas são mais fogosas mesmo.

– As gostosas não são tão boas de cama – Aníbal falou em tom professoral. – Não precisam se esforçar tanto quanto as médias.

— Cada uma tem seu jeito — disse Atílio.

— É — concordou Nico. — Umas gozam fácil. Outras demoram horas. Tive uma namorada que, em dois anos de namoro, acho que só consegui fazer a mulher gozar umas três vezes. Chegou uma hora que eu não me importava mais. Se ela não queria gozar, azar o dela. Eu ia me divertir e pronto!

— Tenho um sonho — suspirou Aníbal, levantando lentamente o copo de chope e deixando-o suspenso enquanto falava. — Queria descobrir uma forma de fazer as mulheres gozarem pelo ouvido. Dizem que as mulheres se excitam com o que ouvem. Que os homens se excitam pelos olhos e as mulheres pelos ouvidos.

— Isso é verdade — interrompeu Nico. Mas Aníbal continuou:

— Pois eu queria descobrir uma forma de fazer uma mulher, qualquer mulher, gozar só com o que eu lhe falasse ao ouvido. Algo que fosse irresistível, que ela não conseguisse controlar. Digamos que agora mesmo eu levantasse e me aproximasse daquela gata ali — apontou para uma mesa próxima. Todos olharam. Viram uma morena clara, de olhos verdes e leitosos ombros desnudos. — Eu chegaria por trás dela, lhe seguraria nos ombros como se fosse lhe fazer uma massagem, me debruçaria e começaria a falar coladinho em sua orelha. Antes que ela pudesse reagir, antes que pudesse chamar o Atílio para me expulsar do bar, eu começaria a dizer coisas que tocassem em algum botão da alma dela. Algum ponto escuro ficaria claro de repente e ela quereria escutar. Eu ia falar de um jeito murmurado, com uma voz rouca e quente, ela começaria a se retorcer na cadeira, sentiria as virilhas formigando, o desejo tomando conta de seu corpo, lhe endurecendo os bicos dos seios, lhe arrepiando os cabelinhos diáfanos da nuca, lhe deixando molhada e ofegante. E ela ia arfar, ia querer que eu saísse dali, mas, ao mesmo tempo, ia querer que eu continuasse, ia gemer baixinho, depois cada vez mais alto, cada vez mais alto, cada vez mais, até que escorregasse na cadeira e tivesse ali mesmo o melhor orgasmo da vida dela. Isso só com o que eu falasse. Esse é meu sonho.

– Uau! – Rondelli se empolgou com a cena descrita por Aníbal.

– Eu prefiro fazê-las gozar pelo método ortodoxo – brincou Nico.

Aníbal tomou o último gole de chope do copo.

– Seguinte – anunciou, levando a mão ao bolso e sacando de lá uma nota de cinqüenta –: vou ter que sair mais cedo. Ela me espera.

Deu ênfase à palavra "ela".

– A mulher do Peçanha! – exclamaram Rondelli e Nico em coro, com um acento de admiração numa vogal e de inveja em outra.

– Ele está com a mulher do Peçanha? – Atílio apontou com o polegar para Aníbal, e em sua voz também havia admiração.

– Está – Nico balançou a cabeça. – Agora veja.

Aníbal atirou a nota de cinqüenta na mesa. Rondelli a contemplou com satisfação. Aquilo pagaria boa parte da conta. Se bem que, numa altura daquelas, ele pouco se importava com o valor da conta. Tinha seu talão de cheques, isso é que interessava. Ele só precisaria evitar o seu apartamento durante o final de semana e arranjar dinheiro para cobrir o negativo no banco na segunda-feira. Só isso. Apesar de repetir para si mesmo, só isso, só isso, uma certa angústia lhe espetou o peito quando ele mais uma vez pensou em suas vicissitudes financeiras.

– Está certo o jogo amanhã, então? – perguntou Nico, enquanto Aníbal levantava.

– Certíssimo. Podem contar com um zagueiro central viril – confirmou Aníbal, e saiu, sorrindo.

– Cara sortudo – comentou Atílio.

– Nem me fala – Nico bebeu mais um pouco de seu chope.

– E boa gente – acrescentou Rondelli.

40

Uma cueca! A suprema humilhação! Rondelli teve de pedir uma cueca emprestada a Nico. Que fez uma careta:

– Emprestada, não. Vou lhe dar uma de presente! Não precisa devolver, não, viu?

Rondelli tomou a cueca das mãos do amigo, constrangido. Era o fim. Ele não tinha nem mais sua própria cueca. O fim! Algum dia aquela situação teria de acabar. De preferência segunda-feira, antes que o gerente do banco colocasse a polícia em seu encalço. Bem, pensaria naquilo outra hora. O negócio agora era o jogo de futebol.

– Não estou gostando dessa história de jogar contra um time do IAPI – lamentou-se.

– Deixa de ser covarde – disse Nico. – São conhecidos do Serginho. E é um amistoso, não vai ser nenhuma guerra.

– Não existe amistoso em jogo de vila.

Nico suspirou:

– Vamos?

Rondelli vacilou:

– Vamos.

Saíram. Cada um levava uma pequena bolsa com o material de jogo. Nico havia emprestado tudo a Rondelli: chuteiras, meias, calções, camiseta, toalha. Menos a cueca. A cueca era dada.

Quando chegaram ao campo do Alim Pedro, Aníbal já estava esperando por eles, encostado em um pedestal sem estátua. Tinha um sorriso nos lábios e a bolsa com o material esportivo às costas, apoiada no ombro, segurada displicentemente pela mão direita.

– Olá – gritou, ao ver Nico e Rondelli descendo do carro.

– Olá – respondeu Rondelli.

– Esse pedestal onde você está encostado – apontou Nico. – Um dia houve uma estátua de discóbolo em cima dele. Pois acredita que roubaram a estátua?

– Nossa – admirou-se Aníbal, erguendo-se e fitando o pedestal vazio.

– Sempre fico imaginando uns quatro ou cinco caras caminhando pelo bairro com um enorme discóbolo de bronze debaixo do braço. Que cena deve ter sido!

– Acho melhor nós estacionarmos os carros lá atrás do vestiário – sugeriu Rondelli, indicando com o queixo a rua que ficava atrás de uma das goleiras do estádio.

– Boa, os vestiários ficam para aquele lado – acedeu Nico. E, virando-se para Aníbal: – Vamos até lá?

Aníbal concordou. Em cinco minutos, o time todo estava reunido no vestiário, que nada mais era do que um galpão de madeira situado no fundo do campo. O Alim Pedro é chamado de estádio, o que é quase verdade. É um campo de futebol cercado de telas de arame. Está engastado no coração do IAPI, em frente à avenida dos Industriários. O IAPI, conjunto residencial criado nos anos 40 pelo presidente Getúlio Vargas, tem apartamentos bons, amplos, sólidos, foram vendidos a preços irrisórios para operários. Mais tarde o IAPI foi chamado de vila, o que revoltava alguns moradores. Eles pichavam nas paredes alaranjadas dos prédios: "Vila, não: bairro!".

A cantora Elis Regina nasceu e se criou nesse bairro, bem pertinho do estádio do Alim Pedro. Uma linha lateral do estádio corre paralela com a avenida, a outra margeia um morro de onde os moradores assistem às partidas e fumam cigarros pouco convencionais. Atrás de uma das goleiras fica o vestiário no qual Nico, Aníbal e Rondelli entraram. Cumprimentaram os demais jogadores. Nico apresentou Aníbal aos outros.

– Esse é o nosso zagueirão, pessoal. O homem trabalha na polícia. O atacante que se fresquear com ele vai em cana!

O adversário, o famoso Huracán, do IAPI, já estava em campo, batendo bola. Os amigos os observavam das janelinhas do vestiário. Os adversários vestiam camisetas listradas de branco, verde e laranja, quase o uniforme do Fluminense. Só que os calções eram pretos e as meias, brancas.

– Parecem grandes – comentou Rondelli.

— Alguns são mesmo – disse Serginho, o auto-eleito capitão, enquanto distribuía as camisetas. Eram amarelas e pretas, do Criciúma, de Santa Catarina. Todos haviam sido avisados para vir de calção branco.

— Como é o nome desse nosso time? – perguntou Rondelli.

— "A. A. A. A." – disse Nico.

— Alcoólicos Anônimos?

— Associação Atlética Alegria do Adversário.

Todos riram. Serginho remexeu no saco em que estavam amontoadas as camisetas.

— Quero a dez! – pediu Nico.

Nico era canhoto e jogava na meia-esquerda. Serginho atirou a número dez para ele, que a vestiu com um sorriso de orgulho. Rondelli apertou os lábios:

— Exibido!

— Você pode pegar na lateral-direita? – Serginho perguntou.

— Tudo bem.

— Se bem que ele tem nome de zagueiro – disse Aníbal. – O Deus da Raça do Flamengo.

— Aquele era Rondinelli. Eu sou Rondelli.

— Rondinelli? Tem certeza?

— Absoluta. Jogava no time do Zico.

Rondelli ganhou a camisa dois. Aníbal vestiu a quatro. Saíram do vestiário, as travas das chuteiras fazendo ruído na calçada, toc, toc, toc. Assim fardados, de chuteiras com travas, meiões até os joelhos e caneleiras como se fossem grevas, pareciam gladiadores entrando na arena. Ou pelo menos era assim que Rondelli se sentia. Estavam indo para a luta de vida ou morte. Tudo, a glória, a tragédia, a fama ou a desgraça, tudo iria se decidir naquele momento. Então, o companheirismo entre os homens se acendrava. Eles se olhavam nos olhos, sorriam, faziam gracejos mostrando que encaravam o perigo com bom humor. Eram colegas, eram amigos, eram irmãos prontos para lutar a mesma luta, para combater o bom combate, para defender uns aos outros como devem fazer os irmãos. Uma onda de ternura invadiu o peito de Rondelli. Aquele era o verdadeiro mundo masculino, um mundo de guerras, de sacrifício, de abnegação, mas também de companheirismo, de amizade e de bravura. Respirou fundo. Ergueu o queixo. Pisou com mais confiança, ouvindo as traves se chocando contra o cimento, toc, toc, toc.

– Cacete! Quem é aquele lá? – a voz de Nico saiu esganiçada. Rondelli notou que ele parecia assustado, de olhos arregalados, segurando o braço de Serginho. Que informou:

– É o Cabral, zagueiro do time deles.

– Cacete! – repetiu Nico. – Cacete! Cacete! Cacete!

Rondelli se aproximou:

– Que houve? Você o conhece?

– Se conheço! Tive um caso com a mulher dele!

– Não! – Serginho estacou. – Com a mulher desse cara?

– Pois é – ganiu Nico.

– Esse cara é o maior assassino do futebol de várzea de Porto Alegre – alarmou-se o Serginho. – Só eu já devo ter visto o Cabral quebrar umas três pernas.

– Eu sei, eu sei – Nico gemia baixinho.

Rondelli olhou para o Cabral. Não era muito alto, mas era bem forte. Retaco, ombros largos, braços do tamanho das coxas de Rondelli. E bigode. O cara usava bigode. Há que se respeitar um zagueiro que usa bigode.

Pelo jeito, Cabral já reconhecera Nico. Encarava-o com as mãos à cintura, os olhos faiscando e um sorriso homicida debaixo da grande taturana que era seu bigode.

– Cacete! – gemia Nico. – Cacete! Cacete! Cacete!

Rondelli engoliu em seco. Não queria enfrentar aquela fera. Ainda bem que o haviam colocado na lateral. Ia ficar a pelo menos vinte metros de distância do monstro. Mas, e seu amigo Nico? O que o Nico ia fazer? Como salvá-lo?

Quando entraram em campo, Cabral se aproximou devagar. Rondelli cochichou ao ouvido de Aníbal:

– O Nico teve um caso com a mulher desse sujeito aí.

– Desse? – Aníbal apontou para Cabral com o polegar.
– Esse mesmo.
– Meu Deus!
– Pois é.

Aníbal e Rondelli ouviram quando Cabral rosnou para Nico:

– Vou quebrar a tua perna!

Nico ficou pálido. Rondelli cogitou se não era o caso de irem embora imediatamente. Desistir, pronto. Afinal, aquilo não passava de uma pelada, um joguinho sem conseqüências. Para que se arriscar a uma fratura ou a algo mais grave por causa de um amistoso? Mas logo em seguida percebeu que essa era uma saída impossível. Não havia como deixar todos os outros vinte jogadores na mão. Eles estavam lá para jogar, e isso era sério. Iam ter que jogar. Era uma espécie de compromisso sagrado entre os homens. Fugir agora seria a suprema vergonha, a humilhação, o opróbrio eterno. Além disso, dezenas de moradores locais já se amontoavam em volta do gramado. Queriam ver o jogo. Não sairiam dali sem ver o jogo. Provavelmente, se Rondelli, Nico e Aníbal abdicassem da partida, seriam linchados sem dó, virariam uma pasta disforme de carne e sangue e ossos partidos no meio da grande área. Oh, Deus.

A bola rolou. O meia do Huracán dominou com o pé direito na intermediária de defesa. Levantou a cabeça.

– Toca, David! – pediu o ponta-direita, um magricela cabeludo.

– Pra ti, Barnabé – gritou David. E fez o lançamento. Um lançamento perfeito, Rondelli teve de admitir. A bola viajou pelo ar por uns cinqüenta metros, sobre as cabeças de todos os jogadores, e foi dormir no lado de dentro da chuteira direita do tal ponta Barnabé. Que disparou rumo à linha de fundo sem que nenhum adversário conseguisse emparelhar com ele. Rápido, esse Barnabé, admirou-se Rondelli. Do fundo do campo, Barnabé cruzou para trás. Um sujeito de cabelos lisos e pretos veio da meia-lua e mandou um canhotaço na bola. Beng! Na trave. Quase gol do Huracán.

– Valeu, Cavalo! – gritou um lá de trás.

Cavalo, Barnabé. Contra quem eles foram se meter.

A bola não aparecia pelos lados de Rondelli. O que, para ele, era um alívio. Tudo o que ele queria era sair dali com a dignidade e os ossos inteiros. Se não desse com a dignidade, pelo menos com os ossos.

Mais alguns minutos e a bola caiu no seu setor. O ponta-esquerda deles, um negrinho magro e pequeno, matou-a com o pé esquerdo e avançou. Rondelli sorriu. Aquele pontinha certamente era o menor de todos os jogadores do Huracán. O mais baixinho, o mais magrinho, sem dúvida o menos capacitado de todos. Seria uma moleza. Rondelli foi para cima dele, pronto para desarmá-lo. Mas, quando chegou junto, cadê o neguinho? O cara tinha sumido, zum!, estava lá na linha de fundo, mandando a bola para a área. Aníbal subiu para dar um testaço nela e atirá-la para a intermediária. Pô, o neguinho era rápido mesmo. Talvez mais rápido que o tal Barnabé lá na ponta direita. Rondelli ia ter que ficar atento.

Na jogada seguinte, a bola veio entre Rondelli e o neguinho, mais para Rondelli. Que cerrou os dentes e foi. E foi e foi e foi. Estava decidido, sim, senhor. Ia chegar antes, ia mandar aquela bola para longe do sagrado campo de defesa de seu time, ia fazer sua parte, ah, claro que ia. Pois foi. Foi, foi, foi, foifoifoifoi! Só que o neguinho, zzzzzás!, chegou antes na desgranida, voou com ela área adentro, fez um salseiro, deu paninho pra cá, pra lá, dançou na frente do Aníbal, fez que ia para um lado, foi para o outro, deixou o Aníbal no chão, quebrado, quebradinho e, CATAPLÁS!, mandou um míssil por cima do gol.

Jesus Cristo amado, como é que Rondelli ia parar aquele neguinho? Mas, se ele estava tendo problemas lá atrás, imagina Nico na frente, encarando o ogro. Rondelli notou que o Nico tentava fugir do assassino, que o perseguia por todo o campo, rosnando. Nico, um fominha célebre, não aparecia para o jogo. Quando a bola vinha, ele tocava de primeira, uma encostadinha só, sem se comprometer, sem dar tempo para o Cabral chegar junto.

Mas aquela estratégia não daria certo para sempre. Uma hora, eles iam se encontrar. Aconteceu. Tinha de acontecer. Foi na intermediária de defesa do Huracán, perto do grande círculo. Nico recuara para fugir de Cabral. Cabral saíra da área bufando e fora atrás. A bola veio macia para Nico. Antes de recebê-la, ele olhou para os lados, tentando antecipar o passe. Mas todos os seus companheiros estavam marcados. A bola rolou até a perna canhota de Nico, Cabral veio de dentes rilhados. Nico pressentiu o golpe, firmou o corpo na perna direita, levantou um pouco a esquerda. Quando Cabral deu o bote, Nico, tic, deu um toquinho na bola com o bico da chuteira, uma batidinha sutil, suficiente para fazer a bola deslizar na grama irregular do Alim Pedro por entre as possantes pernas do furibundo Cabral. Uma janelinha! Uma humilhante janelinha! Nossa, esse homem ficou louco. Emitiu um guincho desumano que congelou a espinha de Rondelli, lá atrás, na lateral. Rondelli temeu pela integridade física de Nico, mas o amigo já havia se livrado da bola e agora se homiziava no lado do campo. Cabral não tirava os olhos faiscantes de cima dele. Aquilo não podia acabar bem.

41

Um minuto depois, a bola voltou para o lado de Rondelli. Lá vinha o desgraçado do neguinho com ela dominada. Vinha que vinha rindo, antecipando o drible. Rondelli recuou, em pânico, andando para trás. Olhou para os lados, pedindo um socorro mudo e comovente. Ninguém atendeu. O neguinho estava a um passo dele. Parou. Rondelli parou também. Todos pararam. O tempo parou. A bola entre eles, colada à chuteira esquerda do neguinho. Rondelli de olhos grudados na bola, o neguinho olhando cinicamente para ele, em deboche, em desafio. Rondelli angustiado e indeciso. Se levantasse o pé para tirar a bola dele, o drible seria inevitável. O neguinho era muito ligeiro. Se ficasse ali parado, o neguinho ia voar pelo lado. O que fazer? Quem sabe dar uma porrada nele? Isso! É o que faria! Entrar no meio do abusado, sair sobranceiro com a bola nos pés. Que o juiz marcasse falta, sem problemas, pelo menos sua honra estaria intacta. Pensou em atirar-se sobre o neguinho, mas o miserável antecipou sua decisão, deu uma quebrada na cintura, a parte de cima do corpo foi para um lado, as pernas para outro, Rondelli não sabia para onde ir. Para a esquerda? Para a direita? O neguinho investiu, ele trançou as pernas e desabou. O neguinho se foi com a bola nos pés, rindo, e Rondelli restou desmontado no chão, parecendo o Recruta Zero depois de ter levado uma surra do Sargento Tainha.

A coisa não ia bem. A coisa não ia nada bem.

Bola pra cá, bola pra lá. Mais um tanto e lá estava a peronha no bico da área do Huracán. No pé de quem? De Nico, o camisa dez. Diante dele, o monstrengo Cabral rosnando atrás de seu bigode. Rondelli compreendeu que aquele era um lance decisivo. Cabral não ia deixar Nico sair ileso daquela jogada. Cabral partiu para cima do Nico, aos urros. Rondelli estremeceu. O sujeito era um bárbaro, um huno! Nico abriu bem os olhos, enfiou o pé sob a bola e, quando Cabral estava pertinho, levantou-a com uma puxada. A bola subiu à altura da testa do Cabral e lhe roçou o cabelo carapinhado. Antevendo a humilhação, Cabral se esticou todo para tocar nela com a cabeça. Esticou o pescoço, arregalou os olhos, ergueu as sobrancelhas, gemeu:

– Hmmmmmmmmmna!

Não adiantou. A bola o encobriu mansamente e Nico a apanhou do outro lado, vitorioso e sorridente. Rondelli aplaudiu ao longe:

– Urru!

Nico já ia entrando na área, já engatilhava a perna para o chute, quando Cabral se recuperou e, com um salto espantosamente ágil para seu tamanho, aplicou uma tesoura nas pernas do Nico, que desabou com um grito de dor. Rondelli e Aníbal correram para ver como Nico estava. O juiz poderia ter marcado pênalti, mas, numa atitude saudável, assinalou falta a um palmo da risca da área. Nico se levantou com dificuldade, mas aparentemente inteiro. Cabral o encarava com um sorriso furioso debaixo da taturana. Nico espanou com as mãos a poeira do uniforme. Lançou um olhar de raiva para Cabral. E disse, baixinho, porém perfeitamente audível:

– Corno.

O jogo acabou naquele instante. Cabral não hesitou: saiu correndo atrás do Nico, pronto para transformar a cara dele em xis-búrguer. Nico também não hesitou: disparou em direção ao meio do campo. Os outros jogadores do Huracán, da mesma forma, não hesitaram: partiram atrás de Nico. E Nico contou com a solidariedade dos colegas de time: todos correram juntos. Era evidente que a pauleira ia comer entre os dois times. Seria uma briga generalizada, daquelas que acabam em facada, polícia, às vezes cemitério. Correram todos, com todo o empenho. Pior: a torcida começou a se movimentar nos lados do campo. Tinham a evidente intenção de se divertir batendo no time de Rondelli. Aquilo devia ser rotina no IAPI. Como os jogadores do time de Rondelli estavam mais próximos da saída, conseguiram se refugiar no vestiário. Trancaram a porta e se amontoaram lá dentro, apavorados, ouvindo os gritos de ameaça que os celerados do Huracán berravam lá de fora.

– Estamos mortos! – choramingou o Serginho.

– Por que você tinha de chamar o louco de corno? – lamuriou-se outro para Nico.

Nico não respondeu. Segurava o trinco da porta, que tremia com as batidas dos furiosos jogadores do Huracán, do lado de fora.

– Abram, cagões! – gritavam eles. – Abram!

– Vamos tocar fogo no vestiário – berrou outro.

– Boa idéia! Vamos buscar gasolina! Gasolina!

E o vozerio alucinado:

– Gasolina! Gasolina!

A voz roufenha do Cabral se distinguia no tumulto:

– Vou te matar, desgraçado! Vou te matar!

Nico fez uma careta de horror. Cristo, será que eles iam ser assados vivos no vestiário?

— Vamos chamar a polícia! – sugeriu Rondelli. E, virando-se para o grupo: – Alguém tem celular aí?

— Não vai dar tempo – ganiu o Serginho. – Eles vão tocar fogo nesse troço e nos trucidar antes de a polícia conseguir chegar!

— Não é preciso! – foi Aníbal quem falou, e havia segurança em sua voz. Todos olharam para ele, que tirou uma pochete da bolsa do material esportivo. – Deixem comigo.

Aníbal sacou uma pistola da pochete. Os jogadores olharam para ele com respeito.

— Estamos salvos – a voz do Serginho saiu trêmula de emoção. – Salvos!

— Ele é da polícia – Rondelli apontou para Aníbal, orgulhoso por ser amigo dele. – Da polícia!

— Abram a porta – ordenou Aníbal.

Nico obedeceu. Girou a chave na fechadura. Abriu a porta. Ouviu-se um rumor de fúria e satisfação do lado de fora. Aníbal deu um passo. Posicionou-se sob a soleira da porta, com a arma em riste, apontando para o céu.

— Caiam fora, cambada de vagabundos! – gritou Aníbal, a voz reboando de autoridade.

Os jogadores do Huracán vacilaram um instante. Recuaram um passo. Como ninguém se decidisse a ir embora, Aníbal premeu o gatilho. O som do tiro fez Rondelli se sobressaltar.

— Minha nossa! – exclamou.

— Dispersem, vagabundos! – mandou Aníbal. E não foi preciso mandar outra vez. Os jogadores do Huracán e os torcedores todos já se espalhavam rapidamente, correndo por entre os prédios do bairro. Em dez segundos, o terreno estava livre. Rondelli e os amigos se esgueiraram desconfiados para fora do vestiário. Correram até os carros.

— Vamos agora para o Kripton! – propôs Nico, antes de entrarem nos carros. – Vamos festejar!

Minutos depois, estavam no Kripton, um bar à beira da avenida Goethe, com mesinhas na calçada. O time inteiro brindava a Aníbal, o herói do dia. Cada um contava sua versão dos fatos, todos riam, ainda nervosos, repetiam seus pontos de vista, especulavam o que poderia ter ocorrido se Aníbal não estivesse lá. Só Aníbal não falava nem contava vantagem. Bebia, brindava quando propunham brinde e, com olhos frios, olhos de caçador, observava o grupo em geral e Rondelli em particular. Seu olho treinado de policial notava e registrava cada gesto de Rondelli. Notava e registrava também a presença de um carro branco, estacionado na rua, tripulado por três homens. O mesmo carro que havia chegado ao campo de futebol no encalço de Nico e Rondelli, horas antes, o mesmo carro que ficou parado em cima do morro durante o jogo, e o mesmo carro, Aníbal tinha certeza, que estivera nas cercanias da casa de Meriam, como o repórter tinha contado. Aníbal bebia e observava, quieto.

– Vamos sair com nossas gurias hoje! – propôs Nico a Aníbal e Rondelli. – Todos juntos. Eu e a Carol, o Régis e a Vivian, Aníbal e a mulher do Peçanha! Um brinde à mulher do Peçanha! Que ela vire mulher do nosso amigo Aníbal! Um brinde ao Aníbal!

Brindaram todos, excitados e felizes. Todos rindo. Menos Aníbal. Aníbal não ria.

42

– O importante é olhar para a mãe dela! – A aventura do jogo no IAPI havia deixado Nico ainda mais excitado do que de costume. Fazia meia hora que ele não parava de falar. Sempre o mesmo assunto: mulheres. Ele e Rondelli já haviam tomado banho, já haviam se arrumado, estavam prontos para sair. Rondelli vestia uma vistosa camisa que Nico lhe emprestara. Olhou-se no espelho. Achou que estava muito bem com a camisa do amigo. Rondelli experimentava um misto de alegre expectativa e angústia. Angústia porque pensava em suas dívidas, no dinheiro que teria de arrumar até segunda-feira, nos cheques sem cobertura que ia lançar aos céus durante o resto do fim de semana, na infelicidade de não poder voltar ao seu apartamento por medo dos credores e finalmente no carro que o seguira quando ele fora entrevistar Meriam. Alegria porque ia se encontrar com Vivian. Vivian não saía de sua cabeça. Vivian e as dívidas. Vivian, Vivian, Vivian. Dívidas, dívidas, dívidas.

– Essa Vivian – disse Nico, como se tivesse lido seu pensamento. – Você já viu a mãe dela?

– Não...

– Erro! – Nico estava entusiasmado mesmo. Às vezes as explosões verborrágicas do amigo o cansavam, mas agora Rondelli estava disposto a ouvir. – É preciso ver como as mães delas são. – prosseguiu Nico. – É assim que elas vão ficar. Se a mãe é gorda, vão ficar gordas. Um perigo namorar uma mulher que tem mãe gorda.

Saíram do apartamento. Entraram no elevador. Nico rodava o chaveiro no indicador e cantarolava algo. Rondelli se admirava no espelho da parede.

– Se você fosse uma mulher, você daria pra mim hoje? – brincou.

– Faria loucuras com você! – Nico entrou na brincadeira. – Faríamos sexo selvagem, animalesco, enlouquecido e melequento até o raiar do sol. Vou lhe dizer uma coisa – e espanou com o dedo alguma sujeirinha do ombro do amigo. – Queria ter uma irmã pra te entregar hoje! Diria a ela: faça tudo com o Régis. Tudo, maninha!

Rondelli riu.

– Tem uma coisa que você não pode fazer hoje, se quiser conquistar aquela loira – acrescentou Nico.

Rondelli ficou interessado.

– O quê? – perguntou.

– Não elogie os olhos dela.

– Os olhos? – Rondelli se surpreendeu. – Mas é o que ela tem de mais bonito!

– Justamente! São olhos claros, luminosos, chamam a atenção. Então, todo mundo elogia os olhos dela. Pode acreditar: ela já ouviu um zilhão de vezes que tem olhos lindos, que são dois faróis de milha, que eles iluminam a noite, todo esse tipo de besteira. Alguém já deve até ter declamado aquela poesia do Gonçalves Dias pra ela. Manja a poesia do Gonçalves Dias?

– Que poesia?

Nico empostou a voz. Estufou o peito. Declamou:

"São uns olhos verdes, verdes, uns olhos verdes-mar.
Quando o tempo vai bonança
Uns olhos cor de esperança,
Uns olhos por que morri
Que, ai de mim!
Nem sei qual fiquei sendo
Depois que os vi!"

Em seguida, sorriu para Rondelli:

– Gostou?

– Bonito. Queria dizer isso para ela.

– Nunca! Você não vai falar dos olhos dela. Você é diferente. Você vai tecer loas aos lábios carnudos dela, aos dentes perfeitos que fazem suspirar os ortodontistas, aos cabelos cascateantes, às sobrancelhas, aos cotovelos, às gengivas dela, tudo, menos aos olhos! Esqueça daqueles olhos quando for fazer elogios àquela loira! Não seja óbvio! Mulheres detestam homens óbvios.

Rondelli decidiu que mais tarde ia copiar a poesia do Gonçalves Dias para declamá-la para Vivian.

Entraram no carro. Nico deu a partida. Engatou a ré. Começou a manobrar para saírem da garagem.

– Vou falar sobre as mulheres – anunciou Nico.

Rondelli sorriu:

– Que surpresa!

– Você sabe o que elas querem? Sabe? Você sabe o que as mulheres querem, meu amigo?
– O quê?
– Autoridade!
– Autoridade?
– Autoridade. As mulheres querem um homem que as domine, que lhes diga o que fazer, que escolha o vinho no restaurante, um homem no qual elas possam se aninhar à noite e ronronar como gatinhas, elas querem dizer – Nico fez voz de falsete –: "Você é meu homem" – retornou à voz normal. – Elas querem um homem pra chamar de seu. Não um coitadinho. Há coisas que você jamais deve fazer, companheiro. Jamais!

– Elogiar o que elas têm de mais bonito – brincou Rondelli.

– Você jamais deve sentar no colo delas – prosseguiu Nico, como se não tivesse ouvido. – Isso é coisa pra menininhos. Um homem de verdade não senta no colo da mulher. Nunca! É o homem que deve submetê-la, dominá-la e tratar com ela como se ela fosse uma menininha. O homem, entende?

– Isso soa meio machista.

– Mas não é. Olhe para as mulheres mais independentes, mais autoritárias e mais orgulhosas. Sabe pelo que elas anseiam?

– O quê?

– Um homem que se mostre melhor do que elas! Mais inteligente, mais seguro, mais dominador. Elas querem um homem de verdade, a quem possam se entregar. Nunca um banana. Jamais seja um banana, Régis!

– Jamais!

O carro rodava rumo à casa de Vivian, onde ela e Carol os esperavam. Fazia uma bela noite azul-escura, fresca, de lua cheia. Rondelli agora se sentia completamente bem. Quase esquecera por completo as dívidas. Tinha vontade de cantar. O problema é que Nico tinha vontade de falar:

— Agora: é preciso prestar atenção. Elas são muito ardilosas, essas mulheres. Às vezes, elas se fazem de coitadinhas. Fazem todo aquele dengo, fazem com que você pense que elas são frágeis. Nada disso. São umas feras, são sólidas e consistentes, sabem o que querem. As mulheres passam o tempo todo nos testando. Algumas tentam nos seduzir e, quando caímos na rede, vão embora. Nos deixam ali, babando, dominados, destruídos, e se vão, contentes porque comprovaram que o poder delas funciona.

— Que exagero...

— É assim mesmo. E, depois de casado, você pensa: "Agora ela vai descansar, não vai mais ficar me testando e cobrando coisas". Ilusão. Elas continuam vigilantes. Uma mulher jamais descansa.

Rondelli suspirou. Uma mulher jamais descansava. Olhou para a avenida à frente. Estavam na Ipiranga, parados diante de um sinal.

— Não sei como você consegue isso — falou, enfim.

— Isso o quê? — quis saber Nico.

— Você está sempre envolvido com um monte de mulheres, mas não constrói nada com nenhuma. Fica tudo muito raso. Meio sem sentido. Ao menos é o que me parece. Não sei se eu agüentaria isso. Agora mesmo. Hoje. Fico ansioso. Queria ter uma mulher minha, uma namorada, sei lá. Sinto falta. Você não se sente solitário às vezes?

— Às vezes — Nico baixou o tom de voz. — Mas isso é uma opção. Prefiro me sentir solitário às vezes do que me sentir preso sempre. Prefiro abdicar de alguns prazeres domésticos e da segurança emocional e levar a vida exatamente como acho que tem de ser levada. Pode ser individualismo, mas não é egoísmo. Egoísmo é manter a mulher como um porto seguro e ter outras na rua. Considero minha opção o contrário do egoísmo. Egoísmo, muitas vezes, é ter alguém. Porque, na verdade, as pessoas querem ficar com as outras pessoas, namorar, casar, essas coisas, só para ter uma testemunha, uma pessoa que acompanhe suas vidas, que aprove o que elas fa-

zem. É isso: as pessoas precisam saber que o que elas fazem é o certo. As pessoas passam a vida inseguras, tentando saber se estão vivendo a vida certa, se não estão desperdiçando seu tempo. Por isso os psicanalistas estão enriquecendo, por isso os livros de auto-ajuda, por isso há líderes. Os líderes nada mais são do que pessoas que dizem às outras pessoas como viver – o carro parou num sinal, o sinal abriu, mas Nico manteve o carro parado. Olhava para Rondelli e seu olhar flamejava.
– As pessoas precisam de alguém que, supostamente, lhes dê amor incondicional. O que não existe, claro. Mas elas pensam que existe. Elas anseiam por aquela parceria, porque viver sozinho, sem ter ninguém com quem compartilhar as coisas, isso é como não viver. O verbo, sabe? Aquilo que está na Bíblia, no Evangelho de João: "No princípio, tudo era o verbo, e Deus era o verbo, e o verbo pairava sobre as águas". É esse o princípio da psicanálise. Foi isso que Freud fez: fez as pessoas falarem. Quando você fala, o seu sentimento e o seu pensamento se tornam reais. Se cristalizam na sua frente. Aí você entende. Aí se cura.

Rondelli coçou a cabeça.

– O que tem a psicanálise a ver com isso?

– Nada. Só estou mostrando que só o que existe é o verbo, como diz a Bíblia. A única coisa que existe é o que falamos, é o que comunicamos às outras pessoas, o que é compartilhado. O que existe só dentro de nós, isso não existe. A gente mesmo, às vezes, duvida da existência de algo que só nós testemunhamos. O seu próprio passado, se não há alguém que viva junto, se você não registra num diário, há situações que você passa a duvidar que aconteceram mesmo. Então, a psicanálise nos faz falar. Você fala, fala, e aquilo se transforma em realidade, você passa a entender o que sente, você toca no seu sentimento, e resolve o seu problema, quase sempre. E é também por isso que a pessoa precisa conviver com outra pessoa: para ter alguém que acompanhe sua vida, alguém que vibre com suas pequenas conquistas, com suas vitórias comezinhas, alguém que se enterneça com suas tragédias de arrabalde, que sorria das comédias caseiras da sua vida, mas sobretudo alguém que esteja lá, vendo, assistindo, participando, tornando a vida real!

Rondelli balançou a cabeça, pensativo. Um carro buzinou atrás deles. Nico apertou no pedal do acelerador. Foram em frente.

– Vou fazer uma pergunta que você vai achar frescura – advertiu Rondelli. – Você não acredita no amor?

– Claro que não acho frescura. Eu acredito no amor. Isso que descrevi há pouco é o amor. Você ter alguém com quem compartilhar sua vida. Essa pessoa só pode ser uma pessoa que você admire e que o admire também. Você mesmo disse isso no Lilliput. Um casal decide passar a vida junto e assistir à jornada um do outro nesse planeta. Isso é o amor. É uma decisão. É cerebral, é intelectual, é prático. O desejo e o sexo não têm nada a ver com isso. A paixão não tem nada a ver com isso. Eles são só as chamas que acendem a possibilidade do amor. Só isso. Nada mais. É uma opção. É a civilização. A civilização nos obriga a fazer coisas que jamais faríamos se seguíssemos apenas nossos instintos. Donde o mal-estar na civilização. Freud de novo. Leu o *Mal-estar na civilização*?

– Não...

– Devia. A civilização nos obriga a fazer coisas contra os nossos instintos, como ser monogâmico. E por que as pessoas fazem esse sacrifício? Por quê?

– Você vai me dizer...

– Porque são egoístas! Porque querem que outra pessoa as admire e ame e as acompanhe em suas vidas mesquinhas! Mas, eu! Eu, não! Eu renunciei ao egoísmo do casamento. Renunciei à hipocrisia. Sou um abnegado da liberdade. Um sacerdote, é isso que sou!

Rondelli encarou o amigo.

– Você já fez análise? – perguntou.

– Uns dois anos. Mas achei uma perda de tempo.

– Pra quem fala tanto em Freud...

– Freud não tem nada a ver com esses analistas arrogantes

e ignorantes de hoje, assim como Cristo não tem nada a ver com o cristianismo e Buda nada a ver com o budismo.

Rondelli achava que entendia. Não concordava plenamente com as teses do Nico, mas entendia. Ainda suspeitava que seu amigo não lhe dizia tudo, que em algum escaninho da sua alma havia a dor de não ter ninguém. Porque todos querem ter alguém. Todos querem repartir a vida com outra pessoa. Rondelli acreditava naquele bordão do Tom Jobim de que é impossível ser feliz sozinho. Seria maravilhoso não depender disso, seria perfeito poder viver sozinho, satisfazendo-se apenas com o sexo, as farras, a companhia dos amigos, o trabalho e a diversão. Seria muito confortável se um homem como o Nico se apresentava fosse real. Mas Rondelli sabia que não era desse jeito que funcionava. Não conhecia ninguém que conseguisse ser assim, independente, livre, solitário e, o principal, satisfeito com essa condição. Ele bem que havia tentado. Queria ser um Nico; só conseguia ser Rondelli. Pelo menos isso aprendeu: que precisava dessa fórmula ortodoxa de felicidade, essa coisa meio brega e pegajosa que desde a fundação da civilização era tema de quase todas as músicas, de quase todos os filmes, de quase todos os livros, que emocionava os intelectuais mais sofisticados e os motoristas de caminhão. Mas que droga: Rondelli era uma pessoa comum.

43

Rondelli apreciava a argumentação do seu amigo Nico. Queria ter tanta cultura quanto ele. Bem, Nico era mais velho. Dez anos de diferença. Talvez quando chegasse à sua idade já tivesse lido tantos livros quanto ele leu. Rondelli precisava ler mais. Urgentemente. Havia homens que diziam ter lido cinco mil, dez mil livros. O senador Paulo Brossard. Rondelli assistiu a uma reportagem que contava que o senador leu vinte mil livros. Vinte mil! Como era possível?

Um dia, Rondelli decidiu ler um livro por semana. Seriam quatro por mês, cinqüenta por ano. Em dez anos, quinhentos. Para chegar aos cinco mil precisaria viver cem anos alfabetizados. Maldição: estava atrasadíssimo. Além do mais, não conseguiu alcançar aquela meta de um livro por semana. Quantos livros lia por mês? Um? É... Um ele lia. A não ser que fosse um cartapácio, como *Crime e castigo*. Resolveu enfrentar *Crime e castigo* depois de ler uma matéria na *Zero Hora* sobre o jornalista José Antônio Pinheiro Machado, que dizia: "Minha vida se divide entre antes e depois de *Crime e castigo*". Uau! Então, *Crime e castigo*. Rondelli sorveu cada substantivo de Dostoiévski como se fosse um muçulmano lendo o Corão, mas, embora tenha gostado da história, não teve sua vida mudada. Havia algo de errado com ele, definitivamente. Mesmo assim, vez em quando repetia numa roda: "Minha vida se divide entre antes e depois de *Crime e castigo*". Sempre dava certo, as pessoas consideravam essa frase com muita gravidade.

Outro livrão que ele tentou encarar foi *Ulisses*, de James Joyce. Nico vivia falando desse *Ulisses*. "Um divisor de águas", dizia Nico. Rondelli comprou um exemplar. Caro. Um livrão desse tamanho. Em casa, abriu-o cheio de satisfação intelectual.

Foi derrotado miseravelmente. Não entendeu nada. Não conseguia passar da centésima página. Desistiu, frustrado.

Não, não era sempre que ele lia um livro por mês, era preciso admitir. Sabe como é: muito trabalho, as saídas com os amigos, a necessidade de dormir. Rondelli dormia demais... Um livro por mês, doze livros por ano, 120 livros em dez anos, seiscentos livros em cinqüenta anos. Era muito pouco! Precisava aumentar sua média urgentemente. Como precisava fazer coisas: ler um livro por semana, fazer pelo menos cem abdominais e cem flexões por dia, correr pelo menos três vezes por semana, controlar a alimentação, ver os filmes que não tinha visto e ouvir as músicas que não tinha ouvido. Precisava entrar num curso de inglês, tirar carteira de motorista, aprender a nadar e a tocar um instrumento, qualquer instrumento, as mulheres adoram caras que tocam instrumentos, precisava escovar os dentes depois de todas as refeições, inclusive depois das dezenas de cafezinhos que tomava por dia, precisava ir ao dentista, Deus do céu, seus dentes estavam cheios de tártaro, precisava acordar mais cedo e dormir mais cedo, precisava ir ao supermercado, ao barbeiro, precisava cortar as unhas, mas só cortava de dia, porque à noite, sua mãe sempre dizia, à noite, se a gente corta as unhas, fica desprotegido contra os maus espíritos, e ainda que não acreditasse em maus espíritos, porque era um racional, um livre-pensador, um intelectual, um jornalista frio e cético, ainda que fosse tudo isso, e ele era, ainda assim ele não queria de jeito algum ficar desprotegido contra os maus espíritos, tinha muito medo dos maus espíritos.

Rondelli suspirou. O mundo exigia muito dele.

Chegaram ao prédio de Vivian.

Vivian e Carol já estavam esperando no saguão. Rondelli sentiu o peito se apertar quando a viu. A pele dourada. Como as loiras de Porto Alegre conseguiam ficar bronzeadas o ano todo? Os cabelos caindo em cascatas por aqueles ombros redondos, ombros expostos por uma blusa leve, de alcinha. Os seios dela dançavam com fresca liberdade dentro daquela blusa, Rondelli quase podia vê-los a balançar com firmeza e jovialidade. E a minissaia que ela vestia, oh, Cristo!, uma minissaia pequeninha, bem pequeninha, as longas pernas de Vivian ficavam à disposição de todos os olhares do mundo dentro daquela minissaia. Rondelli tinha vontade de chorar, de se jogar aos pés delicados dela e pedir que ela o amasse e prometer que a amaria para sempre, que a trataria como uma princesa, uma rainha, uma dona, porque era isso que ela era, ela era a dona de seu coração, de seu espírito, de sua mente, dele todo.

Rondelli e Nico receberam Vivian e Carol na calçada, ao lado do carro.

– Oi, rapazes! – gritou Carol, sorrindo.

– Olá, donzelas! – respondeu Nico.

Rondelli riu, nervoso. Com o canto do olho, viu que Nico observava as duas garotas. As duas, não apenas Carol. Ele devia olhar só para a Carol. O que havia com o Nico?

Espantou a irritação com uma sacudida de cabeça. Seu amigo era assim mesmo, o que fazer? Levou a mão ao bolso. Sentiu nos dedos o volume do retângulo de papel amarelo de 13,5 por 6,5 centímetros. Sabia que de um lado estava impressa a representação da República, com uma coroa de louros e os olhos vazios. Do outro, o mico-leão-dourado. Sabia que aquele era todo o numerário que possuía no mundo. Vinte reais. Mas sabia também que, no bolso de trás de suas calças jeans, levava um talão de cheques com pelo menos dez lâminas. Dez! O mundo era dele, com dez lâminas. Pelo menos até segunda-feira. Segunda-feira, sem falta, ele teria de resolver aquele probleminha de fundos financeiros.

Vivian e Carol se aboletaram no carro. Carol na frente, com Nico. Vivian atrás, com Rondelli. Os quatro amigos de sempre. Os dois casais. Estava tudo certo no mundo, sim, senhor.

– Onde vamos? – perguntou Carol. – Hoje estou com vontade de dançar.

– Combinamos com um casal de amigos nossos de ir ao Girasole – disse Nico. – Algum problema? Se houver, a gente desmarca. Ligamos agora para o celular dele.

– Problema nenhum – respondeu Carol.

– Por mim, tudo bem. Gosto do Gira – concordou Vivian.

O carro arrancou. Rondelli olhou para Vivian, no banco de trás. Como era linda. Olhava para frente, distraída. Rondelli queria lhe dizer que era a mulher mais maravilhosa que já vira, mas ficou com vergonha de falar na presença de Carol e Nico. Queria dizer algo espirituoso, algo que a fizesse admirá-lo. Se pudesse encaixar a frase sobre *Crime e castigo*...

– Que vocês fizeram durante esse belo dia de hoje? – perguntou, tentando pingar um acento gracioso na voz.

Esperava que Vivian respondesse, mas quem falou foi Carol, do banco da frente:

— Passamos a tarde na piscina da casa de uma amiga.

— Uma tarde de fofoca — brincou Vivian, para júbilo de Rondelli: ele puxara um assunto que a interessara. Além do mais, se conduzisse a conversa com habilidade, poderia arrumar um gancho para a frase sobre Dostoiévski.

— É bom de ler na piscina, não? Eu, pelo menos, gosto muito de ler quando vou a piscinas.

— Não é bom ler com o sol batendo nas páginas — disse Carol. — Não faz bem para os olhos.

Rondelli se preparou para dizer que o último livro que lera na piscina havia sido *Crime e castigo*, que fora um marco divisor em sua vida, mas, antes que abrisse a boca, Nico atalhou:

— Estou pensando em fazer aquela operação para corrigir a miopia.

— Você usa óculos? — interessou-se Vivian, o que deixou Rondelli aflito. Por que tanto interesse no Nico?

— Lentes — disse Nico. — Tenho oito graus de miopia.

— Eu também uso lentes — observou Carol.

— Eu uso óculos de descanso — informou Vivian.

Começou então uma agastante conversa sobre deficiências visuais da qual Rondelli, com seus malditos olhos perfeitos, ficou excluído.

44

Lá estava ela. A mulher do Peçanha em toda a sua glória. Por mais que Rondelli estivesse apaixonado, por mais que admirasse a beleza sofisticada de Vivian, tinha de admitir: a mulher do Peçanha era a mulher mais vistosa do lugar. O Girasole era um bar pequeno e escuro. Tinha um balcão ao fundo, um palco de dois por dois de um lado e mesas encostadas à parede. No centro, o espaço vazio era ocupado por gente que bebia de pé ou dançava. O proprietário, o Alemão, era quem atendia atrás do balcão. Um ou dois garçons circulavam entre a freguesia. O Alemão era um loiro alto e magro, usava o cabelo arrepiado e sorria sempre.

Quando os dois casais entraram no Girasole, o Alemão já acenou para Nico e Rondelli, detrás do balcão. Os dois amigos esperaram que Carol e Vivian se acomodassem. Rondelli apresentou-as a Aníbal e à mulher do Peçanha. Em seguida, Nico e Rondelli foram até o balcão. O Alemão os cumprimentou, baixou a cabeça e sussurrou:

– Com todo o respeito, mas que mulherão, ali com vocês, hein!

– Resolvemos trazê-la pra prestigiar o teu bar – brincou o Nico.

– A partir de hoje a freqüência aqui vai aumentar – admirou-se o Alemão, olhando para a mulher do Peçanha. – Será que ela deixa eu tirar umas fotos dela e colocar no site?

– Se deixar, faz um *book*, pelo amor de Deus – gemeu Nico.

– O Aníbal é um homem feliz – comentou Rondelli, olhando para a mesa em que estavam sentadas as três mulheres e um sorridente Aníbal.

– Ô – concordou Nico.

– Ô – concordou o Alemão.

De volta à mesa, Rondelli e Nico sentaram-se ao lado de Vivian e Carol. Nico sugeriu vivamente:

– Que tal um sanduíche aberto?

– O bolinho de queijo aqui é ótimo – acrescentou Rondelli.

– Prefiro bolinho – disse Carol. – Uma vez comi sanduíche aberto e passei a noite com um fiapinho de salame italiano preso entre os dentes. Aquilo destruiu a minha noite.

– Lá em Cachoeira aconteceu algo parecido – disse Rondelli, satisfeito por Carol ter aceitado sua sugestão. – Um colega de aula, o Odone, chegou ao colégio com uma enorme casca de feijão preto grudada bem nos dentes da frente. Todo mundo viu aquilo, todos riam dele, mas ninguém o avisou. As pessoas riam para o Odone e ele ria de volta, achando que os colegas estavam sendo simpáticos com ele. Assim passou a tarde inteira. Ele foi para casa sem saber que tinha aquele feijãozão colado nos dentes. Deve ter visto em casa, porque não foi à aula nos três dias seguintes. Desde então ele passou a ser conhecido na cidade como Odone Feijão.

Todos riram. Vivian comentou:

– Coitadinho do Odone Feijão.

Rondelli olhou para ela enternecido, pensando: como ela tem bons sentimentos...

E Carol:

– Que nojo.

– Hoje quem vai tocar aqui é o Serginho Moah – informou o Nico, enquanto o garçom baixava na mesa um baldinho cheio de gelo e cervejas.

– Adoro o Serginho Moah – comemorou Carol.

Com o canto do olho, Nico viu que Aníbal pousou a mão esquerda na coxa da mulher do Peçanha. A formidável coxa da mulher do Peçanha! Rondelli percebeu que Nico estava perturbado com a presença da mulher do Peçanha na mesa. Normal, qualquer homem se perturbaria com a proximidade daquela mulher. Menos ele. Ele só pensava em Vivian. Vivian, Vivian, Vivian.

– Você gosta do Serginho Moah? – Rondelli perguntou a ela.

Ela sorriu, e fez-se a luz com aquele sorriso. *Fiat lux*!, pensou Rondelli, emocionado.

– Muito. Adoro a voz rouca dele.

Ela é que tem uma voz maviosa, uma voz apessegada, uma voz de rouxinol de concurso, pensou Rondelli.

– Que vocês acham dessa história de o príncipe Charles casar com a Camila? – Era Carol, jogando o assunto na roda.

– Coitado – desdenhou Aníbal. – Aquele bagulho.

Vivian fez uma careta. Não havia gostado do comentário de Aníbal. Rondelli achou que seria de bom-tom se defendesse o príncipe e Camila de alguma forma. Abriu a boca, ainda indeciso sobre o que falar, mas Nico foi mais rápido:

– Esse Charles, ele é uma vítima.

Parou para estudar o impacto que sua afirmação causara. Funcionou: todos prestavam atenção nele.

– Vítima? – fisgou Carol.

– Uma vítima. Começou com a Diana: ela o traía com o motorista, com o bilionário egípcio, com todo mundo. Mas o criticado era o Charles. Por quê? Porque o homem sempre é o culpado.

– Essa é boa – ironizou Carol.

– Verdade! Olha só: quando um homem trai uma mulher, o que se diz dele? Que é um cafajeste, um canalha, que está desprezando o amor que a pobrezinha lhe dá. Na verdade, esse homem, se ele tem outra mulher mesmo, ele é um pobre coitado. Ele passa a vida desconfiado, com medo do toque do telefone, de sair com uma e encontrar a outra na rua, ou uma amiga da outra, ou um parente da outra. Ele vive sob tensão, ele jamais descansa.

– Coitadinho – caçoou Vivian.

Rondelli admirou-se do tom sarcástico dela.

– Você está debochando, mas essa é a verdade – prosseguiu Nico. – Agora, quando uma mulher trai um homem, o que se diz dele? Que é um banana, um trouxa, um corno! Todos dizem que ele não fez jus ao amor que a mulher dedicava a ele, que ele passava mais tempo na rua, com os amigos, do que com ela, que ele não a satisfazia. Quer dizer: se o homem trai, ele é o culpado; se ele é traído, ele é o culpado também. O homem sempre é o culpado! Foi o que aconteceu com o Charles. A Diana o traía, mas ele é que era o culpado.

– Mas ele a traía com a Camila! – argumentou Carol.

– Não. Ele amava Camila, essa a diferença. Havia verdadeiro amor entre eles, e há ainda. Tanto que continuam juntos e vão casar. Esse Charles, ele é um romântico. Poderia ter as mulheres que quisesse, as mais lindas do mundo, poderia levar uma vida de *playboy*, mas, não. Ele ama a gasta e feia Camila e quer ficar com ela mesmo contra todo o reino, contra todo o mundo. Isso é amor!

Vivian emitiu uma risadinha encantadora. Rondelli se enterneceu com a risadinha dela. Aníbal comentou, enquanto bebia um gole de cerveja:

– Muito romântico.

Serginho Moah começou a se instalar no palco, a dedilhar o violão.

– Adoro esse cara – disse Vivian.

– Eu também – apressou-se a concordar Rondelli.

Aníbal olhou para ele e perguntou, em tom casual:

– Como está o caso do professor assassinado?

Rondelli notou que Carol e Vivian retesaram-se à menção ao professor.

– Já contei que a casa da mulher dele foi arrombada?

– Já, já.

– Pobrezinha – suspirou Carol. – Eu a conheci. Tão querida, tão meiga.

– O que será que eles procuravam? – cogitou Rondelli.

Então, os dedos finos de Vivian envolveram seu braço. Foi uma emoção difícil de conter. Será que Rondelli deveria agarrar a mãozinha dela? Ela olhava para o nada. Pensava. Disse, enfim:

– Sabe... Tenho uma coisa comigo, e essa coisa está me incomodando desde o dia que o Vanderlei morreu.

– Que coisa? – interessou-se Aníbal.

Todos olhavam para ela. Que continuava com a mão sobre o braço de Rondelli, fitando algum ponto neutro da parede à sua frente. Rondelli estava paralisado. A sensação da mão fria de Vivian em seu braço fazia com que ouvisse fanfarras e badalar de sinos. Não moveria aquele braço mesmo que um terremoto botasse o bar abaixo.

– Há dias que venho pensando nisso. O Vanderlei me pediu sigilo total, me pediu pra não contar isso pra ninguém, mas com a morte dele tudo mudou, claro – ela ainda parecia vacilar. – Não sabia o que fazer, não sabia se podia confiar em vocês – olhou para Rondelli, e Rondelli compreendeu que ela estava dizendo que ele conquistara sua confiança. – Foi algo muito estranho.

– O que foi? – insistiu Aníbal.

– Acho que posso confiar em vocês – ela repetiu. Olhou para Aníbal. – Até porque temos um policial no grupo, isso pode simplificar as coisas, pode resolver tudo. É o seguinte: ele pediu pra eu guardar uma fita pra ele.

– Uma fita? – espantou-se Rondelli, com o braço duro.

– Uma fita cassete – confirmou ela.

– Ele pediu que você guardasse lá no Departamento de Arquitetura? – perguntou Aníbal, interessadíssimo. O que Rondelli considerou natural: era o instinto do policial se manifestando.

– Não. Disse que eu não poderia guardar no Departamento. Pediu que eu levasse pra casa.

– Mas então era isso que os assaltantes estavam procurando! – concluiu Nico.

– Por que você acha isso? – perguntou Carol.

– Claro! Ele não quis levar para a casa dele e não quis deixar no departamento. Sabia que alguém ia procurar por essa fita.

– Verdade – concordou Rondelli, levemente entristecido porque Vivian retirara a mão do braço dele. A mãozinha voou como uma pequena borboleta branca e foi segurar a ponta do delicado queixo dela. Queixo lindo, pensou Rondelli.

– Será? – especulou Vivian. – Você é policial – virou-se para Aníbal. – O que acha?

– Acho que essa fita pode ser algo perigoso – Aníbal falou em grave tom profissional. – Onde você a colocou?

– Está na casa dos meus pais. No cofre do meu pai.

– Vamos pegá-la agora! – gritou Rondelli. – Vamos ouvi-la e desvendar o crime! Meu Deus, que furação vai ser!

Rondelli sentiu a excitação profissional tomar conta de seu peito. Aquela seria a matéria do ano, ele ganharia o Prêmio ARI, quiçá o Prêmio Esso, ficaria famoso como o homem que desvendou o mistério do assassinato do professor de arquitetura, Câncio Castro o chamaria para trabalhar na *Zero Hora* e lhe proporia um salário nababesco, o Mário Marcos pediria sua contratação para o Esporte. Tudo daria certo. Tudo, tudo! Ele e Vivian formavam mesmo um casal sensacional. O casal vinte!

— O problema é que a fita está dentro do cofre do meu pai e ele está em Punta del Este — lamentou Vivian.

Rondelli deixou cair os ombros, decepcionado.

— Quando ele volta? — quis saber Aníbal.

— Segunda de manhã. Às oito ele já está aqui.

— Bem, vou dar um conselho profissional — disse Aníbal. — Essa fita parece realmente importante. E perigosa. Talvez ele tenha sido assassinado por causa dessa fita.

— Mas será que não foi o pai dela? — surpreendeu-se Carol.

— Eu sabia! — Nico socou a própria mão.

— Que coisa... — Rondelli fitava o vazio, pensativo. — Se não foi o pai dela... Podia ter sido até coisa do chefe de vocês — olhou para Vivian —, o Péricles Lopes. Ele é um vereador, é rico, é poderoso, certamente está metido em todo tipo de negociatas. O professor pode ter descoberto algo, algo que estava gravado na fita, e o Péricles decretou a eliminação dele — Rondelli olhou para Nico, empolgado. — Já pensou? Que caso extraordinário!

— Duvido que o Péricles fizesse algo assim — interrompeu Vivian. — Ele pode ser um tipo até meio ganancioso, mas não chegaria a tanto. É um homem requintado, que tem uma posição na sociedade. Não ia se envolver numa história lamacenta dessas.

— Também duvido — concordou Carol. — O Péricles está bem acima disso.

Rondelli murchou. Não queria por nada no mundo discordar de Vivian.

— Se vocês dizem, acredito — emendou. — Vocês conhecem bem o homem, trabalham com ele. Mas acho que não há dúvida que a solução do caso está na fita.

— Quem pode saber o que há na fita? Só mesmo ouvindo. Não adianta a gente ficar aqui especulando, discutindo, elucubrando. Não vamos chegar a nenhuma conclusão – Aníbal assumiu definitivamente a coordenação da conversa, o que deixou Rondelli um pouco frustrado. – O certo é que isso é muito grave. Vou propor algo a vocês: segunda-feira de manhã bem cedo nós vamos pegar essa fita.

– Nós quem? – interrompeu Rondelli, temendo ser alijado do caso.

– Todos nós. Menos a minha querida aqui – pousou a mão mais uma vez na coxa da mulher do Peçanha. Nico se mexeu na cadeira. – Ela não tem nada a ver com esse caso, não tem por que se arriscar.

– Eu também não tenho nada a ver com isso – emendou Carol, rapidamente.

– Mas você é secretária do departamento também – argumentou Aníbal.

– E daí? Ninguém me deu fita nenhuma, não sou repórter, nem policial. Eu não vou – Carol parecia decidida.

– Tudo bem – Aníbal parecia frustrado.

– Eu também não vou – anunciou o Nico. – Essa matéria é do Rondelli. Se eu for, vou ter que fazer matéria para a *Zero Hora*. Não vou tirar o furo do meu amigo aqui – bateu no ombro de Rondelli. – E, além disso, é matéria de uma editoria que nem é a minha. Não quero nem saber o que está acontecendo, porque, se souber, vou ter que fazer a matéria. Façam de conta que nunca ouvi essa conversa. Não vou.

Aníbal suspirou, definitivamente frustrado. Rondelli sorriu para o amigo. Imaginou que, se Câncio Castro soubesse daquilo, iria demiti-lo. Nico era um bom amigo mesmo. Ou estaria sendo apenas preguiçoso? Em todo caso, jamais contaria a qualquer pessoa que Nico sabia da fita. Jamais.

– Vamos fazer assim – sugeriu Aníbal, um pouco decepcionado com a deserção de Nico e Carol. – Segunda-feira de manhã vou até a casa dela – apontou para Vivian. – Pegamos a fita, depois passamos na sua casa – olhou para Rondelli, que estufou o peito, satisfeito. – De lá tocamos para a minha casa, onde poderemos ouvir a fita com tranqüilidade. Ouvimos o que há para ouvir, você faz as anotações para o jornal, a Vivian serve de testemunha. Depois, vamos os três até a polícia. Entrego o caso para um delegado de confiança, um amigo meu. Assim vocês ficam protegidos. Não vão ficar à mercê desses bandidos que assaltaram a casa da moça.

– Parece um bom plano – Rondelli balançou a cabeça.

– Combinado, então – concordou Vivian. – Vou até ficar aliviada de não estar com essa coisa lá em casa. A que horas você passa lá?

– Vou estar na casa do Nico, no Menino Deus – informou Rondelli.

– Sem problemas. Pego a Vivian bem cedo, assim que ela estiver com a fita. Depois passo na sua casa. Às oito e meia já devemos ter escutado toda a fita. Às nove estaremos na polícia. Feito?

– Feito.

– Feito.

Rondelli sorriu para Vivian. Vivian sorriu para Rondelli. Aníbal alisou a coxa voluptuosa da mulher do Peçanha. Nico viu e gemeu baixinho.

45

Faltavam poucos minutos para a meia-noite quando Aníbal trancou-se à chave no banheiro do Girasole. Dentro do cubículo quase não se ouvia a voz rouca de Serginho Moah, os acordes do violão ou a algaravia dos freqüentadores do bar. Aníbal sacou o celular do bolso do casaco. Premeu os botões: nove, nove, oito, nove, meia, quatro, quatro, meia. Levou o aparelho ao ouvido. Depois de quatro chamadas, uma voz de homem atendeu:

– Alô?

– Sei onde está e com quem está a fita – disse Aníbal, secamente.

O homem permaneceu em silêncio alguns segundos.

– Você não devia ligar para esse número.
– Eu disse que sei onde está a fita e com quem ela está.
Mais alguns segundos de hesitação.
– Com quem?
Aníbal riu:
– Informação é poder. Essa informação é minha.
– Você tem o poder.
– Eu tenho o poder.
– Você pode pegar a fita?
– Posso.
– Quero-a já. Agora.
– Calma... Não é tão simples assim. Primeiro, vamos negociar.
– Preciso saber de tudo. Com quem está. Onde. Preciso ter segurança. Você precisa eliminar qualquer pessoa que souber dessa fita. Muita gente pode se dar mal se essa fita for divulgada.
– Calma... Primeiro, vamos negociar, já disse.
– Alguém sabe dessa fita? Alguém ouviu?
Aníbal refletiu um instante.
– Vou pegá-la com duas pessoas. Um casal.
– Você precisa acabar com eles!
– Vou acabar com eles, sim. Isso é certo. Comigo não tem vacilo. Mas tudo a seu tempo. Ainda não é chegado o tempo. Você é um homem culto, já deve ter lido o Eclesiastes – Aníbal impostou a voz. Aquilo estava ficando divertido. Declamou:
– "Para tudo há um tempo, para cada coisa há um momento debaixo dos céus. Há tempo para nascer e tempo para morrer. Tempo para plantar e tempo para arrancar o que foi plantado. Tempo para matar e tempo para sarar. Tempo..."
– Chega! Não estou interessado em nenhum provérbio bíblico!
– Não são provérbios. É o Eclesiastes.
– Chega de brincadeira – o homem estava enfurecido. – Preciso da fita e da eliminação dessa gente.
– Certo. Mas não agora. Agora não posso.

– Quando, então? – a voz do homem não continha a aflição.

– Amanhã.

– Amanhã de manhã bem cedo, então.

– Não. Amanhã à tarde.

– Por que não de manhã?

– Vou estar ocupado – Aníbal pensou na mulher do Peçanha e sorriu.

– O que pode ser mais importante do que isso? – a voz tremia de irritação.

– Calma... – Aníbal esticou os *as* do "calma" com o objetivo de irritar ainda mais o sujeito. Aníbal se irritava quando alguém dizia caaalmaaaa para ele. Repetiu: – Caaaalmaaaa...

– Você está me irritando!

Aníbal sorriu. Sempre funcionava.

– Amanhã à tarde nós nos encontramos.

– Preciso dessa fita o quanto antes!

– À tarde. Até porque só vou conseguir a fita na segunda-feira.

– Segunda-feira?!?

– Exatamente. Então, amanhã vamos nos encontrar à tarde, na avenida Beira-Rio. Vou estar sentado num daqueles bancos em frente ao Anfiteatro Pôr-do-Sol.

– A que horas? – rosnou o outro.

– Quatro da tarde está bom.

– Quatro?!?

– Quatro. Esteja lá. Ah, e se prepare para fazer uma grande movimentação de dinheiro nas próximas horas.

– Estamos no final de semana!

– Mas eu sei que você é criativo. Amanhã. Quatro da tarde. Tchau.

– Olha aqui, eu...

– Tchau!

Aníbal desligou e se espreguiçou, contente como um gato de madame.

Ao abrir a porta do banheiro, deparou com uma fila mal-humorada de homens esperando para entrar. Passou por eles sorrindo, divisando sua namorada gostosérrima no fundo do bar e pensando que tudo estava certo, sim, senhor, tudo estava certo.

Rondelli abriu os olhos e enxergou um teto estranho e paredes estranhas e viu que estava deitado numa cama estranha. Foi tomado pela angústia. Que lugar era aquele? Não era o seu quarto na casa da mãe, em Cachoeira do Sul. Não era o seu apartamentinho na Zona Norte de Porto Alegre. Não era... Ah, o apartamento do Nico! Estava deitado na cama de solteiro na qual se instalara desde a sexta-feira. Espreguiçou-se. Alguns ossos estalaram. Não se sentia satisfeito. Na verdade, não agüentava mais ficar ali. Não que algo estivesse errado, nem que Nico reclamasse da sua presença, mas sabia que invadia a tão cara privacidade do amigo. Na noite anterior mesmo, a situação fora um pouco constrangedora. Nico, Carol e Rondelli chegaram juntos ao apartamento. Rondelli escovou os dentes rapidamente e deslizou para o quarto que Nico lhe reservara. Nico e Carol ficaram na sala, aboletados no sofá. Rondelli ouvia os sons dos beijos, os suspiros, os gemidos, uma gemeção, uma gemeção, e cada vez mais alto, cada vez mais intenso, Cristo!, por que eles não iam gemer no quarto? Rondelli tapou a cabeça e os ouvidos com o travesseiro, enfiou-se debaixo dos lençóis, tentou não ouvir, mas era impossível, Carol agora gania de prazer e repetia ai, Nico, ai, Nico, ai, Nico. Rondelli queria bater com a cabeça na parede, mas pelo menos estava contente com a atuação do amigo: grande, Nico!

Nico e Carol bem que insistiram com Vivian para que ela viesse com eles, para que os quatro bebessem algo juntos no apartamento. Vivian preferiu ir para casa. Rondelli já estava considerando isso uma derrota inapelável, quando, ao se despedir, ela perguntou:

– Quer passear no Brique da Redenção amanhã?

A euforia pulsou nas orelhas de Rondelli, que balançou a cabeça, contente como um labrador que ganhou o osso.

– Quero, claro.

– Que tal, então, nos encontrarmos às onze, em frente à Igreja Santa Terezinha?

– Combinado!

– Depois podemos almoçar juntos. Um lombinho com queijo no Barranco, que tal?

– Combinado, combinado!

Uma mulher que gostava de lombinho com queijo! Ali estava uma raridade, ali estava uma pedra preciosa!

– Então, até amanhã.

Vivian se despediu dele com um beijo rápido na face. Em um segundo, desapareceu no portão de casa. Rondelli ficou na calçada, sorrindo, sonhando com o belo domingo que passariam no parque. Só despertou do devaneio quando Nico gritou do carro:

– Quer ser assaltado aí, dando bobeira? Vamos embora!

Rondelli pulou de volta para o carro.

Agora, a lembrança do convite de Vivian no final da noite fez com que sorrisse outra vez e que a angústia de momentos atrás se dissipasse. As coisas começavam a acontecer: ia sair mais uma vez com Vivian. E por iniciativa dela! E, na segunda-feira, graças a Vivian, ia pegar a fita que desvendaria o crime do professor e o consagraria como maior repórter de polícia da cidade. Quem sabe do estado. Quem sabe do país! Obrigado, Senhor! A vida é boa.

Rondelli consultou o relógio de pulso: dez horas. Precisava correr.

46

Jeans e camiseta branca. Básico. Simples. Uma roupa que qualquer pessoa usaria em qualquer parte do mundo. As modelos, quando não estão desfilando, adoram se vestir com jeans e camiseta branca. A singeleza da roupa realça a beleza natural delas. Foi justamente o que aconteceu com Vivian.

Quando Rondelli pisou na calçada em frente à Igreja Santa Terezinha, lá estava ela, de jeans e camiseta branca. A garganta de Rondelli se fechou de amor. Como ela era linda! Não se conteve. Balbuciou, antes mesmo de dizer bom dia:

– Você está linda.

Ela sorriu:

– Bobalhão. Vamos dar um passeio?

Saíram a caminhar pelo Brique, uma espécie de mercado de pulgas. O Brique funciona aos domingos na José Bonifácio, rua que margeia todo um lado do maior parque da cidade, o chamado Parque da Redenção. São barraquinhas que vendem de tudo, de antigüidades a filhotes de cães e gatos, de discos de vinil a livros usados, de bijuterias a quindins.

Rondelli e Vivian passeavam entre as barraquinhas. Vivian volta e meia se encantava com um filhotinho e o tomava entre as mãos e dizia que amor e olhava para Rondelli a sorrir. Rondelli anotou mentalmente mais aquela importante informação: ela gostava de animais. Bem, era uma área na qual ele possuía alguma experiência. Afinal, vivera boa parte da vida no interior, com espaço para bichos pequenos e grandes. Lembrou-se de seu tio Mauro. Achou que era uma boa idéia contar sobre seu tio Mauro.

– Meu tio Mauro tem oitenta gatos, lá em Cachoeira – disse.

– Oitenta? – Vivian olhou para ele, surpresa.

– Oitenta. Ele mora num sítio. Cada um dos gatos tem o nome de um jogador do Grêmio.

Vivian riu:

– É mesmo?

– É. Jogadores de todos os tempos do Grêmio. O mais velhinho se chama Eurico Lara. Tem o Foguinho, o Luís Carvalho, o Portaluppi, o Tarciso, o Jardel. E tem o Rodrigo Gral. Esse Rodrigo Gral perdia muito gol, quando jogava no Grêmio. Então meu tio Mauro colocou o nome de Rodrigo Gral num gato que ele detesta. Todos os dias ele dá um chute no Rodrigo Gral.

– Que horror!

– Tio Mauro é assim. A mulher dele, minha tia Helena, ela tinha uma porca, a Chica, que atendia pelo nome.

– Não me diz – Vivian riu.

– Atendia. Minha tia gritava, da varanda da casa: "Chiiiiiica!" – Rondelli imitou a voz da tia. – A porca vinha correndo. Uma coisa.

– Que maravilha.

– É. Mas um dia a tia matou a Chica.

– Matou?!?

– Matou. A Chica, coitada, virou toucinho e costelinha assada e feijoada.

– Meu Deus!

– Pois é.

Enquanto conversava, Rondelli caminhava lentamente, orgulhoso por estar ao lado daquela mulher deslumbrante e alegre, uma mulher que dava sentido ao mundo, que tornava a vida colorida, que fazia o sol brilhar amarelo e azul. Por que será que ela estava ali com ele? Uma mulher daquelas poderia escolher qualquer homem. Mas ela estava com ele. Ela o convidara para passear no Brique. Rondelli nem acreditava. Será que ela gostava dele? E se declarasse seu amor? Não, não... Não devia ir tão depressa. Ali estava uma mulher sofisticada, uma mulher que sabia das coisas, sabia o que queria. Rondelli devia ser cauteloso e só avançar quando houvesse sinal.

Vivian apontou para um cachorrinho.

– Como eu queria ter um labrador! – disse ela, num miado que transformou o coração de Rondelli em patê. – Queria um pretinho. Adoro os pretinhos.

Rondelli caminhava com as mãos nos bolsos da calça jeans.

– Já notou como há raças diferentes de cachorros? – perguntou ele.

– Como de pessoas.

– Não é a mesma coisa. A raça humana é mais ou menos homogênea. Há alguma variedade de cor de pele, tipos de cabelo e tamanho, mas não é nada absurdo. Uma pigméia pode se casar com um alemão de dois metros de altura, por exemplo. Não existe tanta diferença entre eles. Agora, com os cachorros isso não acontece. Olha para aquela coisinha ali – Rondelli apontou para um cachorro que bem caberia na palma da mão. – Parece um rato. Na verdade, não é maior do que um rato. Ele poderia cruzar com aquele fila que vai lá adiante? Ou com um *dobermann*? Ou um pastor alemão? De jeito nenhum!

Vivian riu:

– É verdade. Seria um crime.

– Pois é. Os cachorros são muito variados, existem muitos tipos deles, e tipos que não têm nada a ver um com outro. Alguns nem parecem cachorro. É o único bicho que é assim. Gato é tudo gato, gente é tudo gente, mas cachorro não. Cachorro é um bicho complexo.

– Sabe que você tem razão? – havia uma vírgula de admiração na voz de Vivian. – Nunca havia pensado nisso.

Rondelli sorriu. Havia dito algo inteligente. Ela estava refletindo a respeito da sua teoria sobre os cachorros, decerto agora pensava: esse é um cara especial. Foi muito bom ele ter dito aquilo dos cachorros. E foi meio de improviso. Rondelli era um gênio.

– Vamos dar uma caminhada pelo parque? – sugeriu ela.

Rondelli topou. Toparia se atirar no laguinho, se ela propusesse.

Entraram no amplo passeio que divide o parque, com bancos de madeira alinhados em toda a sua extensão.

– Sabe o que é que eu mais gosto de fazer aqui? – havia um acento maroto na voz de Vivian.

Rondelli olhou interessadíssimo para ela. Ele queria saber tudo sobre ela, tudo de que ela gostava, tudo de que não gostava.

– O quê?

– Gosto de passear devagar, em silêncio, bem quietinha, como se estivesse invisível. Assim, ouço trechos de conversas das pessoas que passam por mim ou que estão sentadas nos bancos. É muito divertido. São pedaços de histórias que me deixam intrigada. Fico imaginando o desfecho. Gostaria de saber o que aconteceu com alguns deles. Quer experimentar?

– Quero! – Rondelli estava exultante por poder partilhar com Vivian um naco tão íntimo de sua vida.

Diminuíram o passo. Puseram-se a ouvir.

– É uma dor fininha, Almerinda – dizia uma senhora gordinha, de cabelos grisalhos, para outra que a encarava gravemente. Estavam sentadas lado a lado num banco de madeira, ambas com as mãos unidas no colo. – Bem fininha – repetiu. – Fininha, fininha, fininha... É como se enfiassem uma agulha no meu ouvido, Almerinda. E a dor se espalha pela cabeça, pela cabeça toda, e começa a latejar, e aí desce. Desce, desce, desce, desce, Almerinda. Toma conta de todo o corpo, Almerinda. É a dor da morte, Almerinda. Acho que o que eu sinto é a dor da morte.

Rondelli e Vivian se entreolharam, divertidos.

– Nossa! – sussurrou Rondelli.

Vivian riu baixinho. Caminharam mais alguns metros sem conseguir distinguir as conversas nas rodas.

– O ideal é quando há só duas pessoas conversando – disse Vivian.

Mais adiante, duas garotas pareciam trocar confidências. Falavam de pé. Uma delas, ruiva, magra, de saia azul-escura até os joelhos, segurava uma coleira que prendia um cachorro distraído, talvez do tipo que Vivian gostaria de ter. Rondelli e Vivian se aproximaram delas. A dois metros de distância, puderam ouvir claramente o que dizia a morena, aliás uma bela morena de pele luzidia e olhos vivos:

– Aí, acordei nua, numa cama estranha. Por Deus, Lu, não conheço aquele quarto, aquele apartamento, nada. Nem faço idéia de quem possa morar lá. Só sei que estava nua. Nuinha. Levantei e comecei a procurar minhas roupas. Meu Deus, Lu, não achava a calcinha. Estava tudo espalhado por toda parte. O sutiã no banheiro, a blusa na sala. Fui achar a calcinha sabe onde?

– Onde?

– Na geladeira!

– Dentro da geladeira??

– Não. Na porta. Presa por um daqueles ímãs, sabe? Um ímã de patinho. Minha calcinha estava presa na geladeira por um ímã de patinho. O que minha calcinha fazia ali? Quem colocou? Será que fui eu? Bom. Me vesti e fui embora. Ainda não sei o que aconteceu, Lu. Que vergonha.

Rondelli ficou imaginando aquela morena nua, numa cama estranha. Muito excitante. Rondelli bem que gostaria de encontrá-la nua em sua cama. Vivian sorria para ele. Teria adivinhado os pensamentos libidinosos de Rondelli em relação à morena? Era inteligente, aquela Vivian. Não se podia vacilar com ela.

Quando se afastaram alguns metros, Rondelli decidiu ousar. Fez a pergunta que havia muito queria fazer:

– Vivian...

– Quê?

– Por que nós estamos juntos agora?

Ela sorriu.

– Como assim?

– Por que você está saindo comigo? Por que me convidou para vir aqui hoje?

Séria, agora:

– Vou dizer a verdade. Saí com você a primeira vez por causa da sua matéria com a mulher do Vanderlei.

– Já imaginava algo assim – interrompeu Rondelli.

– Calma. Deixa eu terminar – ela o censurou. Ele achou melhor ficar quieto, ouvindo.

– Eu recebi aquela fita dele e não sabia o que fazer com ela – prosseguiu Vivian, olhando fixamente para Rondelli, falando bem próximo do rosto dele, a ponto de ele sentir seu hálito de maçã verde. – Quando li as matérias sobre a morte do Vanderlei, vi que você tinha mais informações que os outros jornalistas. Aí o Nico ligou nos convidando para sair. Ele disse que você era o autor da reportagem. Pensei que você talvez pudesse me dar mais algumas informações ou talvez pudesse me dizer o que fazer com a fita, sei lá. Então, saí com você para ver que tipo você era, se podia confiar em você. Essa é a verdade – ela não piscava, não hesitava, olhava fundo nos olhos de Rondelli, que sentia os ossos se transformando em maionese ante aquele olhar. Nunca fora olhado assim. – Mas depois fui simpatizando com você – continuou a loira. – Porque você é uma pessoa boa, e acho que não existe nada mais importante do que ser uma pessoa boa.

Rondelli desviou o olhar do azul dos olhos dela. Pensou por um momento, fitando o horizonte. Não era a primeira vez que ouvia aquilo. Sorriu. Uma pessoa boa. Gostou. Olhou para Vivian outra vez.

– Você está com fome? – perguntou.

– A gente podia ir comer aquele lombinho no Barranco.

– Li um dia que o famoso pintor Ivan Pinheiro Machado disse sobre o Barranco: "É um lugar perfeito para amigos da casa e forasteiros com sorte".

– Talvez tenhamos sorte.

– Talvez!

Enquanto iam para o Barranco, Rondelli apalpou o salvador talão de cheques no bolso de trás das calças e pensou, com satisfação: uma mulher que gosta de lombinho, que raridade!

47

Aníbal atrasou-se de propósito. Por dois motivos. Um: queria deixar claro que aquela negociação não lhe causava a menor ansiedade. Dois: estava adorando atazanar o homem. Porque o sujeito se achava muito importante, realmente. Toda aquela pose. Toda aquela arrogância. Rá! Pois agora ele estava na sua mão. Aníbal podia fazer o que quisesse com ele. Podia exigir o que bem entendesse. E Aníbal exigiria! Ah, exigiria. Sem problemas, o homem podia pagar. Aníbal sabia: não se pode pedir para uma pessoa algo que ela não tem para dar. Mas aquele dinheiro o homem tinha, Aníbal se informara direitinho. O homem ficaria sem um centavo, mas a liberdade, todos dizem, não tem preço.

A uns cem metros de distância, do outro lado da rua, Aníbal já o avistou. Andava de um lado para outro, nervoso. Aos domingos, o trânsito é interrompido na avenida Beira-Rio. As pessoas aproveitam o espaço para correr, andar de bicicleta, de *skate* ou até de patins. Os namorados passeiam de mãos dadas, os amigos assistem ao sol se deitando atrás do rio Guaíba enquanto tomam chimarrão. Os habitantes de Porto Alegre se orgulham do pôr-do-sol no Guaíba. Juram que é o mais lindo do mundo. Certa feita, um poeta de fora do Estado, em visita à cidade, comentou:

– Eles não têm do que se gabar, então se gabam do pôr-do-sol. Como se o sol não se pusesse em todas as cidades do mundo.

Uma verdade irrefutável, mas não reconhecida pelos porto-alegrenses. Para os porto-alegrenses, o pôr-do-sol no Guaíba sempre será o mais fascinante do planeta. Foi justamente do que Aníbal falou, ao se encontrar com o homem. Consultou o relógio de pulso e comentou, casualmente:

– Ainda falta uma hora e meia para o sol se pôr...
– Por favor! – reclamou o outro. – Vamos parar com isso e ir direto ao assunto. Mas não aqui. Há muita gente aqui. Que idéia a sua de nos encontrarmos nesse lugar! Sou um homem conhecido, vão nos ver juntos.

– Não tem problema. Vamos atravessar a rua. Conversaremos dentro do meu Mégane negro como as asas da graúna.

O homem emitiu um grunhido de impaciência e seguiu Aníbal. Cruzaram a avenida em silêncio. Aníbal apertou um botão da chave do carro e a porta destravou. Entraram. Aníbal sentou-se no banco do motorista.

– Vamos aos negócios – anunciou.
– O que você tem para mim?
– Tudo o que você quer. Tudo.

– Tudo o quê?

– Tenho como pegar a fita e tenho como eliminar as pessoas que estão com a fita.

– Quem são elas? É o repórter, não é? Aquele da *Tribuna*, com o nome do ex-jogador do Flamengo.

Aníbal sorriu.

– Caaaalmaaa... Primeiro é você quem vai ter que me dar algumas informações.

O homem rosnou:

– Que informações?

– Em primeiro lugar: o que há na fita?

– Não é o tipo de informação que você deva saber.

Aníbal suspirou. Ergueu uma sobrancelha. Começou, carregado de ironia:

– Meu caro vereador, arquiteto e diretor do Departamento de Arquitetura Péricles Lopes. Esqueci algum título? É possível. São tantos... Pois bem: meu caro Péricles Lopes, o senhor é mandante de um assassinato. O senhor pagou. Eu matei. Nossa relação é de total intimidade, portanto. Não existe relação mais íntima do que a nossa. Nem marido e mulher comungam de tantos e tão graves segredos quanto nós. Fiz um trabalho arriscado: eliminei um professor universitário, um colega seu, um homem da classe média da cidade, algo que chamou a atenção da imprensa e da polícia. Tem um repórter rondando o caso desde o início. Vou ter que resolver isso também, o que é perigoso, arriscado e desgastante. Talvez até tenha sido um erro eu aceitar essa encomenda do professorzinho.

Aníbal parou de falar por um instante. Olhou pelo retrovisor e depois através do pára-brisa. Levou as duas mãos ao volante. Péricles o fitava com o rosto contraído de tensão, em expectativa. Aníbal prosseguiu:

– Esse segundo serviço é ainda mais arriscado do que o primeiro. Vou ter que sumir da cidade para sempre. Vai custar caro em dinheiro e informação. Então, vamos começar falando em informação: o que há na fita? Conte tudo. Até porque posso escutá-la depois que ela estiver em meu poder. Aliás, já lhe comunico: vou escutá-la.

Péricles respirou fundo.

– Está bem. É razoável. Tem a ver com a aprovação de projetos na Câmara.

– Eu suspeitava de algo assim.

– Esse rio – Péricles indicou o Guaíba com a cabeça. – A orla do rio passou a ser muito valorizada. A cidade está crescendo para cá. As empresas de construção têm o máximo interesse em investir em empreendimentos às margens do Guaíba. A vista para o rio é muito cobiçada. É o futuro: arranha-céus de vinte, trinta, talvez quarenta andares por toda a orla, daqui até a Zona Sul, quilômetros e quilômetros – Péricles parecia agora um sonhador. Estava visualizando o futuro ali, dentro do Mégane negro como as asas da graúna. – O problema é que o plano diretor da cidade não permite a construção de prédios altos na beira do rio. Os ambientalistas alegam que os prédios vão se constituir num muro que bloqueará as correntes de ar que vêm do Guaíba e arejam a cidade.

Aníbal retesou-se no banco do carro:

– Bom... Mas acho que isso é verdade.

– Claro que é. Mas tudo tem seu preço, ora. Esses prédios vão embelezar a cidade, vão valorizá-la e vão trazer progresso e empregos. Vão trazer dinheiro para a cidade!

– E o que o professor tinha a ver com isso?

Péricles soltou o ar dos pulmões:

– Bom... As empresas de construção me encarregaram de convencer os vereadores a aprovar algumas mudanças no plano diretor. Dei um jeito nisso.

– Com alguns milhões, claro.

– Nada é feito sem dinheiro. Essas empresas vão ganhar muito dinheiro com isso, era justo que repartissem um pouco com quem tornaria o projeto possível.

– Muito justo.

– Tínhamos vereadores em número suficiente para a aprovação do projeto. Temos, ainda. Estava tudo certo. Até que surgiu essa fita.

– O que há na fita?

— A gravação de uma de nossas reuniões.
— As ofertas de suborno?
— As ofertas, a barganha, o acerto, tudo. Está tudo lá, eu estou lá, os outros vereadores também, tudo.
— Quem gravou essa fita?
— Não sei! Esse é um dos grandes problemas. Todo mundo grava tudo nesse país. Não se pode confiar em mais ninguém, em todo lugar há um microfone ou uma câmera escondida. E ninguém nunca descobre quem gravou as coisas. Esses enxeridos ficam impunes! Muita gente poderia ter feito isso comigo. Muita gente. Só sei que a fita parou nas mãos do professor Vanderlei.
— Mas como?
— Era lógico: Vanderlei elaborou uma proposta de plano diretor exatamente para a orla do Guaíba. Ele e os alunos dele. Fizeram um projeto e repassaram para a Câmara. Natural, esse tipo de trabalho é bem comum em faculdades de arquitetura. O projeto é muito bom, recebeu louvores da Câmara e da Prefeitura. O Vanderlei passou a atuar muito nesse setor do plano diretor, ficou conhecido nesse meio. Algum assessor metido deve ter gravado a reunião e, conhecendo o trabalho do Vanderlei, passou-lhe a fita. É a minha suspeita, ao menos.
— Você não tem medo que o assessor tenha outra fita?
— É um risco — a idéia ensombreceu ainda mais o rosto de Péricles. — Claro que tenho medo disso, e isso está atrapalhando demais nossos negócios. Ainda precisamos descobrir quem foi o desgraçado que gravou essa fita. Talvez tenha sido coisa do próprio Vanderlei... Se bem que ele era ingênuo demais para fazer algo tão ousado. Não sei. Ele mesmo veio falar comigo sobre a fita. Disse que o homem que lhe deu tinha muito medo de nós, de mim, dos empresários. O sujeito que lhe passou a fita disse-lhe que era a única prova e que ele queria se ver livre dela. Tinha medo...
— Será verdade?
— Não sei... Acho que o Vanderlei não seria capaz de inventar isso.

– E por que o Vanderlei lhe contou toda essa história?

– Ele queria que eu mudasse a decisão da Câmara e convencesse os vereadores a aprovar o projeto dele. Disse que se eu não fizesse isso levaria a fita à polícia. Ele realmente não sabia com quem estava se metendo.

– Foi aí que eu entrei.

– Exatamente.

– Mas por que você não contratou gente para arrombar a casa e pegar a fita, como tentou fazer depois?

– Eu precisava eliminar o Vanderlei. Ele era testemunha, pode-se dizer. Além do mais, era um idealista idiota. Era suficientemente maluco para levar o assunto à frente, procurar a imprensa e tal. E ele andava nervoso. Nos últimos dias, veio me pressionar e me dizer que estava pensando em contar tudo à polícia de qualquer forma. Pô! Não dava mais para confiar nele! Tive que apelar para você.

– Fez muito bem.

– Agora é a sua vez. Quem está com a fita?

– Você acertou. Está com o repórter. Rondelli. Mas o nome do ex-zagueiro do Flamengo é Rondinelli.

– Eu sabia! Se a mulher do Vanderlei só contou a ele sobre a suspeita que tinha, de que o pai dela havia sido o mandante, era bem provável que tivesse dado a fita a ele. Eu sabia!

– Por isso você mandou aqueles três sujeitos seguirem o repórter?

– Lógico. A fita não estava na casa dela. Pedi pra eles ficarem vigiando. Aí o repórter apareceu, entrou, ficaram conversando. Calculei que estivesse com ele. Estava certo!

– Estava errado.

Péricles fitou Aníbal, surpreso.

– Errado?

– Erradíssimo. A fita não estava com a viúva, mesmo. Ela provavelmente nunca soube da existência dessa fita. O professorzinho entregou a fita para uma estudante que trabalha com você, na secretaria do Departamento de Arquitetura.

Péricles arregalou os olhos:

– Quem?
– Uma loira. Vivian.
– A Vivian?!?
– Essa.
– Cacete!
– Pois é.
– Mas você falou no repórter.
– Bom, agora eles andam saindo juntos...
– Mas que merda! Você precisa dar cabo dos dois, entendeu? Dos dois!
– Deixe comigo. Segunda-feira você terá a fita e os dois estarão eliminados. Mas não vai sair barato.
– Quanto?
– Um milhão.
– Quê?!?
– Uma milha.
– Você está louco!
– Estou muito bem informado, isso sim. Sei que você pode arranjar essa quantia. Escute bem: vou ter que fazer o trabalho e desaparecer. Preciso da grana na manhã de segunda-feira. Como os bancos abrem no meio da manhã, vou lhe dar um tempinho: quero sem falta, ao meio-dia, um milhão inteirinho, em dinheiro vivo. Compreendido?

Péricles suava.

– Meu Deus.
– Compreendido?
– Compreendido – disse, num murmúrio.
– Então, até segunda-feira. Você não vai se arrepender. Quando faço um trabalho, faço perfeito. Ah, outra coisa: afasta aqueles três babacas bandeirosos da história. Os três idiotas que assaltaram a casa da Meriam e estão seguindo o repórter. Eles são imbecis e podem estragar tudo. Entendeu?

Péricles fechou os olhos. Jogou a cabeça para trás, apoiou-a no encosto do banco. Abriu os olhos, enfim. Disse "certo" em meio a um suspiro. Levou a mão ao trinco da porta do carro e a abriu. Sussurrou, antes de sair:

– Até segunda-feira.

48

Segunda-feira, segunda-feira, segunda-feira. A maioria das pessoas odeia segundas-feiras. O gato Garfield odeia segundas-feiras. Rondelli, não. Rondelli podia ser incluído entre os homens que se sentiam renovados ao amanhecer de uma segunda-feira. Era a vida que recomeçava. E, nessa segunda-feira em especial, ele pressentia que sua vida ia ingressar em um novo rumo. Todos os indícios apontavam para isso. O domingo com Vivian fora um dos melhores dias da sua curta existência de um quarto de século. Para sua própria surpresa, fora intensamente feliz mesmo sem sexo. Ele e Vivian mal se tocaram durante as horas que passaram juntos. Apenas trocaram olhares significativos. Bem, ao menos para Rondelli eles pareceram significativos. Contaram suas vidas, passearam pela cidade, conheceram-se. Rondelli ansiava por saber cada minúcia que tivesse relação com ela. Queria desvendá-la, queria entendê-la, queria ser parte integrante de sua vida. E, de alguma forma, ele se sentiu assim naquele domingo – parte da vida de Vivian. Tudo isso sem sexo. Bom, claro, havia, de certa maneira, a sugestão, a promessa velada de sexo, mas sexo, sexo mesmo, isso não houve. E houve felicidade.

Ela gostava de animais. À noite, no apartamento de Nico, Rondelli correu para o computador e acessou a internet. Queria encontrar um poema de Pablo Neruda sobre o gato. Achava lindo aquele poema e queria dá-lo de presente a Vivian ainda na segunda-feira. Printou a poesia. Releu um trecho:

> Os animais foram feitos
> imperfeitos,
> compridos de rabo, tristes
> de cabeça...

O poema seguia, perfeita definição de um gato. Rondelli dobrou o papel, sorrindo. Como um sujeito podia escrever tão bem? Pablo Neruda devia gostar de gato, ter dezenas deles em casa, decerto. Talvez tantos quanto o seu tio Mauro. Até o fim do dia daria o poema a Vivian. Ela ficaria impressionada com a sua cultura.

Que dia os esperava. Desvendariam o crime do professor juntos, como um casal de detetives do cinema. Formavam uma bela parceria, ele e Vivian. Combinavam, sim, senhor. O arranjo com Aníbal fora perfeito. Aquele Aníbal viera a calhar. Eles não podiam ouvir a fita na casa de Vivian. Não com os pais dela lá, ela não queria comprometer os pais em um assunto tão perigoso. Também não podiam ir ao apartamento de Rondelli. Rondelli jurou a si mesmo que arranjaria dinheiro de qualquer forma até o final da manhã, pagaria todas as dívidas e retornaria ao seu apartamento. Achava que, tendo a solução do caso do professor nas mãos, poderia barganhar um empréstimo com o editor da *Tribuna*. Talvez até ameaçasse de vender a matéria para a *Zero Hora*, se Jota Campos não aceitasse suas condições. Então, a idéia de ouvirem a fita no apartamento de Aníbal era ideal. Depois, o próprio Aníbal, como ex-policial, faria contato com um delegado de confiança e estaria tudo resolvido. Perfeito. Tudo certo. A vida é boa.

Rondelli estava tão excitado com a idéia de resolver todas essas importantes questões, que acordou antes mesmo de o sol nascer. Ficou na cama, de olhos abertos, fitando a estante de livros na parede do quarto, imaginando as suaves aventuras que teria com Vivian, suas dívidas quitadas, seu novo emprego na *Zero Hora*. Sim, porque depois do furo que daria nessa segunda-feira o Câncio Castro imploraria para que ele fosse para a *Zero Hora*.

Pouco depois das oito, Vivian ligou, como o combinado:

– Já peguei a fita. O Aníbal está esperando aqui em frente. Daqui a pouco estamos aí.

Rondelli se vestiu rapidamente e desceu para esperá-los. Em minutos, o Mégane negro de Aníbal parou diante do edifício. Rondelli entrou no carro, acomodou-se no banco de trás.

– Olá – cumprimentou-os.

– Bom dia – respondeu Aníbal.

Vivian, sentada no banco do carona, virou a cabeça e o fitou com seus olhos claros:

– Passou bem a noite?

– Muito bem – Rondelli adorou ser motivo da preocupação dela.

– Vamos lá – disse Aníbal. E deu a partida no carro.

Saíram da Getúlio Vargas e entraram na Ipiranga, uma avenida de grande fluxo de carros. O dia estava bonito, ensolarado e fresco. Uma manhã clara, como geralmente são as manhãs de verão em Porto Alegre. A meteorologia anunciava muito calor para a tarde e possibilidade de chuva à noite. Apesar do trânsito intenso, não havia engarrafamento. Em dez minutos, entraram em outra avenida, a Princesa Isabel, para se dirigir à Zona Norte da cidade, em direção à casa de Aníbal.

Concentrado na direção do carro, Aníbal pouco falava. Comentou algo sobre a seca que prejudicava a agricultura, especulou sobre as chances de Grêmio e Inter no campeonato, nada mais do que isso. Rondelli só olhava para o cabelo loiro de Vivian, no banco da frente. Queria estender a mão e afagá-lo. Chegou a levantar o braço, mas desistiu no meio do caminho. Vivian, quieta, segurava a bolsa pousada no colo. A bolsa onde estava a fita que mudaria suas vidas.

49

Chegaram ao prédio de Aníbal, enfim. Não havia elevador. Subiram até o terceiro andar pelas escadas. Aníbal abriu a porta. Entraram. Primeiro Vivian, depois Rondelli. Aníbal fechou a porta à chave. A sala era pequena, mobiliada com um sofá, uma poltrona, a mesinha de centro e uma estante onde a TV reinava.

– Sentem-se aqui – Aníbal apontou o sofá.

Rondelli e Vivian sentaram-se lado a lado. Aníbal estendeu a mão:

— A fita.

Vivian olhou para ele. Um brilho de desconfiança relampeou em seu olhar. Rondelli ficou intrigado. Por que ela não passava logo a fita para Aníbal? Estavam lá para isso, afinal. Vivian continuava segurando a bolsa com ambas as mãos, indecisa. Enfim, falou, hesitante:

— O Vanderlei me confiou essa fita...

— Todos nós sabemos disso — havia um tom de impaciência na voz de Aníbal.

— Não sei se a gente devia ouvir — Vivian ainda vacilava.

Aníbal suspirou com irritação. Girou os olhos nas órbitas. Levou a mão às costas, à altura do cinto. Rondelli percebeu que algo estava errado. Levantou-se, nervoso.

— Espera aí — começou a dizer.

Antes que completasse a frase, o cano negro de uma pistola estava apontado para o seu nariz.

— Senta! — ordenou a voz rascante de Aníbal.

Rondelli não teve nenhuma dúvida de que deveria obedecer. Sentou-se.

— Meu Deus! — exclamou Vivian quando Aníbal arrancou a bolsa de suas mãos.

— Fiquem quietos os dois! — ordenou Aníbal outra vez, segurando a bolsa com a mão esquerda. A arma continuava firme na direita. Ele sabia comandar. Rondelli e Vivian se calaram.

— Vamos ter uma conversinha inocente — anunciou Aníbal, com alguma ironia. — Primeiro, tirem a roupa.

— O quê? — indignou-se Vivian.

— Mandei tirar a roupa! — gritou Aníbal, brandindo o revólver.

Vivian começou a choramingar.

— O que você vai fazer? — a voz de Rondelli saiu trêmula da garganta. O que ele odiou. Não queria parecer um covarde para Vivian.

— Já disse: só vamos ter uma conversa inocente. Tirem a roupa.

Rondelli olhou para Vivian. Ela levou a mão ao tornozelo. Começou a desafivelar a sandália. Rondelli a imitou. Desfez o laço que amarrava sua botina. Aníbal assistia ao *striptease* com um sorriso de satisfação. Besuntava Vivian com um olhar guloso. Rondelli tinha vontade de chorar. O que aquele sujeito pretendia? Certamente queria a fita para ele, talvez para chantagear alguém, ou para ficar com todos os méritos da descoberta do crime e recuperar seu posto na polícia. Afinal, Rondelli não sabia por que ele tinha saído da polícia. Podia ser corrupção, ou algo pior...

Ou talvez quisesse violentar Vivian. Cristo! Isso ele não permitiria. O que devia fazer? Atirar-se sobre ele, lutar pela posse da arma? Olhou para Aníbal. Um tipo forte, cheio de músculos. E parecia saber o que fazer com uma arma na mão. Lutar com ele era suicídio, sem dúvida. Uma bola de angústia se acumulou na garganta de Rondelli.

– Vamos lá, vamos lá – Aníbal os apressou. Prendeu a bolsa sob a axila do braço que empunhava o revólver e, com a mão esquerda, a vasculhou. Os pertences de Vivian desabaram no parquê. Batom, cadernetinha de endereços, lenços de papel, estojo de óculos, potes de creme e de maquiagem, uma caneta com pompom rosa na ponta. Rondelli se enterneceu ao ver a caneta com pompom rosa, sentiu uma imensa pena de Vivian, queria saltar na caneta e devolvê-la àquela loira ao seu lado, que, afinal, não passava de uma menina, como todas as mulheres do mundo.

Aníbal continuou espalhando os pertences de Vivian pelo chão, até que, finalmente, encontrou a fita. Brandiu-a, vitorioso:

– Arrá!

A essa altura, Rondelli depositou as calças no chão. Olhou para elas. O papel com o poema de Neruda estava guardado no bolso traseiro. Droga, não ia poder mostrá-lo a Vivian. Ficou só de cuecas. As cuecas cedidas pelo amigo Nico. Ainda bem que não eram daquelas cuecas frouxas. Vivian ficou de calcinha. Aníbal a admirou dos pés a cabeça. Salivou:

– Mas que gostosa!
Olhou para Rondelli com um sorriso:
– Parabéns, amigão.
Rondelli não conseguia falar. Queria dar uma resposta altiva. Mas o nervosismo o impedia de abrir a boca.
– Vamos lá! – impacientou-se Aníbal. – Todo mundo pelado!

Rondelli levou a mão ao elástico das cuecas. Maldição, seu pênis devia estar todo encolhido numa hora dessas. Bem que ele queria ter pelo menos mais uns três centímetros de pênis. Oh, a falta que fazem três centímetros. A história do mundo pode mudar por causa de três centímetros a mais ou a menos. Se Napoleão tivesse três centímetros a mais talvez não fosse recalcado e a história do mundo seria outra, se Marta Rocha tivesse três centímetros a menos seria miss universo, se Rondelli tivesse mais três centímetros de pênis seria o rei da cidade. Ia tirando as cuecas, quando a voz de Vivian ecoou na sala, decidida:
– Não!
Aníbal a encarou, surpreso:
– Quê?
– Não vou tirar a calcinha! – o brilho santo da ira faiscava nos olhos dela. Rondelli tirou a mão das cuecas. – Vou ficar assim! – resolveu Vivian, muito ereta, as mãos na cintura, os seios apontando para Aníbal, ameaçadores.
Aníbal riu:
– Que valente. Então, tudo bem. Fiquem assim. – E virando-se para Rondelli: – Azar o seu, amigão.

Vivian cobriu os seios com os braços. O olhar dela chispava de fúria. Rondelli se encheu de respeito por ela. Naquele momento crucial, ela não sentia medo: sentia raiva. Como podia ser tão corajosa? Rondelli mal se mantinha de pé em cima daquelas suas pernas bambas, amolecidas pelo pavor. Porque era isso que ele sentia: pavor. Quase pânico. Só mesmo a presença de Vivian o impedia de se rojar aos pés do bandido e implorar por sua vida.

— Vamos para o quarto – mandou Aníbal. – Você na frente – apontou com o revólver para Rondelli. – Ela atrás.

Seguiram em fila indiana pelo corredor curto até o quarto, no final do apartamento. Enquanto caminhava, Rondelli sabia que Aníbal estava admirando as nádegas rijas e redondas de Vivian. Podia ouvir a respiração pesada do tarado. Desgraçado! O que ele pretendia? Rondelli tentava achar uma saída. E se corresse e se trancasse no banheiro? Não, não. Não poderia deixar Vivian sozinha com ele. E se saltasse da janela? Não: estavam no terceiro andar. E se lutasse com ele? Ele iria vencê-lo e matá-lo.

Chegaram ao quarto. Aníbal premeu o interruptor e acendeu a luz.

— Vão para lá – apontou com o revólver para um guarda-roupas grande, encostado à parede.

Vivian e Rondelli obedeceram, em silêncio, Vivian ainda cobrindo os seios com as mãos. Rondelli olhou para baixo, para o próprio corpo. Arrependeu-se de não ter feito aqueles abdominais. Puxou um pouco o ar para diminuir o volume da barriga. Aníbal postou-se a uns três metros de distância. Não tirava os olhos de Vivian. Balançou a cabeça.

— Uma gostosa mesmo – disse.

— O que você quer? – Vivian gritou, furiosa.

— Caaaaalmaaaa...

Rondelli percebeu que aquele caaaaalma irritou Vivian ainda mais.

— Agora eu vou falar – anunciou Aníbal, ainda mantendo-os sob mira. – É o seguinte: fui pago, e muito bem pago, para apanhar essa fita – brandiu a fita novamente – e para matá-los.

Rondelli quase desfaleceu. Tinha vontade de chorar, mas a postura indignada de Vivian dava-lhe coragem.

— Essa arma – Aníbal sacudiu a mão com o revólver. – Essa arma me dá o poder. Olhem bem – sacudiu a arma de novo. – Com essa arma eu posso tudo. Nesse momento, eu sou o dono do mundo. É assim que se sentem esses assaltantezinhos que roubam, estupram e matam. Sabem por que eles cometem crueldades? Porque podem. Eles têm o poder. É uma sensação única, acreditem... – Aníbal olhou para o revólver e parou alguns segundos de falar, como se estivesse refletindo. Depois olhou de novo para suas vítimas. Sorriu: – Chega de filosofia.O que eu estou dizendo é que podia fazer o que quisesse agora. Podia matar o Rondelli e depois violentar essa gostosa aí. Podia também amarrar o Rondelli e transar com ela sob suas vistas – enquanto falava, Aníbal apontava o revólver ora para Rondelli, ora para Vivian. Rondelli quase desmaiava quando entrava na mira da arma. – Ou trancar o Rondelli no banheiro e transar com ela o resto do dia. Tudo isso podia fazer. Mas não vou fazer nada disso. Também podia matar vocês dois e ir embora. Também não vou fazer isso.

Rondelli suspirou de alívio.

– Vou até fazer uma confissão – Aníbal sorriu. – Ia matar vocês, sim. Na verdade, cheguei a ter a idéia de matar todo mundo: vocês dois, mais o Nico e a Carol. Só que aquele idiota incompetente do Nico não quis essa história para o jornal dele. É muita incompetência. Espero que seja demitido. E a outra é uma teimosa, teve medo de se envolver. Então, eu também não poderia liquidar vocês dois – apontou de Rondelli para Vivian com o cano da arma. – Sobrariam muitas testemunhas, eles sabem que estamos juntos aqui, eu seria procurado por assassinato. Era muita gente sabendo da fita. Muita gente. Vocês tiveram sorte – sorriu outra vez.

Rondelli ficou pensando se tinham sorte mesmo. Aquilo era sorte? Estar sob a mira de um ex-policial bandido? Era?

– Eu também tive sorte – acrescentou Aníbal. – Não queria cometer uma chacina. Seria muito complicado matar quatro pessoas da classe de vocês. Dois jornalistas, duas dondocas. Mesmo que matasse só vocês dois – a arma de um para o outro de novo. – A imprensa ia pressionar, a polícia ia fazer de tudo para descobrir os crimes e, acreditem, a polícia sempre descobre quando quer. Vocês podem ter toda a confiança no trabalho da polícia. A polícia é honesta. A polícia funciona.

O que vou fazer é o seguinte – Aníbal parou um momento, certamente para aumentar o impacto do que ia dizer. Um artista, aquele Aníbal. Rondelli prendeu a respiração. Notou que a coragem de Vivian começava a se esvair. Ela se aproximou dele. Colou seu ombro no ombro dele. Rondelli teve vontade de abraçá-la, mas se conteve.

50

– O que vou fazer – retomou Aníbal. – É trancar vocês dois nesse armário aí.

Rondelli olhou para o armário às suas costas, surpreso.

– Prestem atenção: não vou matá-los porque me pegariam. E também porque gosto de vocês, puxa. Não sou má pessoa. E vocês são boa gente. Não aprovo isso de matar boa gente. Deixei-os sem roupa para dificultar a movimentação de vocês, caso consigam arrombar o armário. Também porque queria ver essa gostosa pelada, confesso. A gente tem de se divertir na vida – Aníbal riu de novo. – Mas o principal motivo foi causar problemas a vocês, se conseguissem arrombar o armário. Mas acho que não vão conseguir arrebentar essa porta, o armário é bem pesado. Limpei o apartamento. Aqui não tem nenhum telefone, nada. Se vocês quiserem conseguir socorro, vão ter que sair pelados por aí. O que no mínimo vai ser engraçado – Aníbal emitiu uma risadinha rápida como um latido. – Essa fita – mostrou a fita –, ela é a minha garantia e a de vocês. Daqui a pouco vou sair daqui e vou pegar grana suficiente para me mandar para sempre dessa cidade, eu e minha gata.

Rondelli arregalou os olhos: a mulher do Peçanha! O vilão, o malvado vai fugir com dinheiro e a mulher do Peçanha! Não existe justiça no mundo mesmo.

Aníbal sorria, como se ele também estivesse pensando na mulher do Peçanha, aquela gostosa.

– Não vou entregar a fita para o cara que me contratou – prosseguiu. – Vou pegar o dinheiro e depois informar a ele que a fita vai ficar comigo. Vou dizer que, se algo acontecer a vocês, entrego a fita à imprensa. Viram como sou amigo de vocês?

A alegria tomou conta do peito de Rondelli. Ele não ia morrer! Não ia morrer! Pelo menos não agora.

– Quem está pagando você? – quis saber Vivian.

– Vocês nunca vão descobrir. E, mesmo que descubram, essa fita é a única prova para incriminá-lo. Se vocês contarem isso à polícia, se o Rondelli publicar nos jornais, ninguém vai acreditar. Eu vou sumir, acreditem. Ninguém vai ter prova de nada, nem me encontrar. O assassinato do professor vai ficar sem solução, mas vocês continuarão vivos. Bom, pelo menos a mulher do professor vai saber que não foi o pai dela quem mandou matar seu marido. Que idéia, a dela. Filha desnaturada. É uma coisa boa, não é? Ela se reconciliar com o pai – Aníbal sorriu de novo, cheio de simpatia. – Além disso, acreditem: o cara que me pagou para fazer isso não vai ter descanso. Ele vai passar a vida com medo de que eu entregue essa fita à imprensa ou à polícia. Os negócios dele não vão sair como ele planejou. E, mais tarde, pretendo tirar mais alguma grana dele e dos amigos dele. A justiça será feita! Vocês podem achar que esse não é o ideal de justiça, e talvez não seja mesmo: o assassinato do professor vai ficar sem solução e a lei não vai punir nenhum dos culpados. Mas é assim mesmo, o mundo é dos canalhas. É um mundo de cafajestes. Acreditem nisso. – Aníbal parou de falar. Pensou por alguns segundos. Depois, apontou o revólver para o céu. – Preciso que vocês fiquem aí dentro desse armário até eu pegar o dinheiro e desaparecer. Isso vai levar algumas horas. Por via das dúvidas, vou trancar também o quarto e o apartamento. Se vocês gritarem, ninguém vai ouvir. Esse é um edifício discreto, com poucos moradores. A maioria está na praia, inclusive. Vocês vão ficar aí dentro durante todo o dia e toda a noite. Amanhã a minha faxineira chega por volta das nove horas, vocês vão gritar e ela vai soltá-los.

Como sou bonzinho, deixei uma jarra d´água e um pacote de bolachas dentro do guarda-roupa. E vocês não vão sufocar, não se assustem. O guarda-roupa é grande e o ar entra pelas frestas. Tudo vai dar certo, acreditem. Tudo vai ficar bem.

A voz de Aníbal assumiu um tom paternal.

– Agora entrem no armário.

Vivian vacilou.

– Entrem! – a voz de comando outra vez.

Vivian entrou. Rondelli entrou atrás dela. As portas do roupeiro se fecharam e a escuridão os envolveu. Aníbal girou a chave e a retirou.

– Viram como o guarda-roupa é grande? – gritou Aníbal do outro lado. – Tchau. Foi bom conhecer vocês.

Rondelli e Vivian ouviram o som da porta do quarto se fechando. Ficaram em silêncio, lado a lado. O armário era espaçoso o suficiente para que os dois permanecessem de pé, mas Vivian se agachou. Encolheu-se toda, abraçou os joelhos e começou a choramingar. Rondelli agachou-se ao lado dela.

– Vivian – disse, abraçando-a. – Vivian...

Ela se aconchegou junto a ele. A cabeça loira de Vivian ficou sob o queixo de Rondelli, os braços dele envolviam os ombros nus dela.

Rondelli não sabia exatamente o que dizer. Decidiu ficar calado, tentando entender suas emoções. Olhou em volta. Seus olhos já estavam acostumados à escuridão. Avaliou as portas do roupeiro. Aníbal tinha razão: eles não iam conseguir sair dali. Ficariam trancados o dia e a noite inteiros. Ele não tinha mais matéria para entregar à *Tribuna*, não furaria a *Zero Hora*, o Câncio Castro não imploraria para contratá-lo. Ele também não teria como pedir dinheiro para o diretor da *Tribuna*, naquele exato momento o gerente do seu banco devia estar decidindo tirar-lhe o talão de cheques. Ele teria que ir ao banco, negociar para não ser denunciado como estelionatário, algo assim. Mas que droga de vida.

Quem teria assassinado o professor? Uma coisa havia ficado clara: Meriam estava enganada. O pai dela não era o mandante do crime. Pelo menos isso: ela iria fazer as pazes com a família. Mas quem teria matado o professor, afinal? Teria sido o Aníbal? Bem possível. Rondelli lembrou-se do olhar frio de Aníbal com a arma na mão. Um olhar assassino. Curioso: em outros momentos ele parecia uma boa pessoa. Até lhe fizera confissões, falara sobre a ex-mulher, sobre seus sentimentos. Combinava com um assassino ter sentimentos daquele gênero? Um assassino se apaixonava, jogava bola, bebia chope com os amigos? Claro que não! Ou sim? Ou ele pode ser um monstro num momento e uma pessoa afável logo em seguida? Rondelli não sabia de mais nada. Não sabia se a vida que levava era certa, nem se sabia exatamente o que queria da vida, não sabia o que ia acontecer, nem exatamente o que estava acontecendo ali, naquele momento.

Suspirou. Mas que droga, realmente.

Se Aníbal fosse um assassino, por que teria matado o Vanderlei? Algo a ver com aquela fita, claro. O que haveria naquela fita? Isso ele nunca descobriria. Não descobriria o assassinato do professor, não descobriria o que fora gravado na fita, não faria matéria alguma. Pior: estava trancado só de cuecas dentro de um armário, e permaneceria trancado por mais 24 horas.

Em que confusão se metera! Que droga de vida!

Se bem que... Rondelli apertou Vivian em seus braços. Ela havia parado de choramingar. Ronronava, agora, ainda encolhida, toda encolhidinha, clamando por sua proteção e seu conforto. Se bem que, puxa, ali estava ele, com Vivian nos braços. E Vivian estava só de calcinha. E ele só de cuecas. Droga, devia ter feito aqueles abdominais. E tomar um solzinho também, sua pele reluzia de tão branca. Mas, enfim, estava com Vivian. Passariam o dia ali, os dois, só os dois. Ele e aquela loira, ambos seminus, dentro de um armário.

Rondelli sorriu no escuro. Fechou os olhos de satisfação. Envolveu a loira com os dois braços.

– Vivian... – repetiu.

Ela emitiu um pequeno gemido. Seria de contentamento? Podia ser, podia ser. Lá estava ele, o repórter Régis Rondelli, tendo passado os momentos mais críticos da sua vida, enfrentado o cano de um revólver, estado na mira do assassino, e agora lá estava ele, dentro de um armário, com uma jarra d'água e um pacote de biscoitos de um lado e uma loira linda seminua nos braços. Sim, essa era a vida do repórter Régis Rondelli.

Rondelli sorriu no escuro outra vez.

– Vivian... – repetiu.

Ela não falou nada.

Rondelli sentiu o amor a se espalhar pelo seu peito. Porque ele a amava. Sim, ele a amava. Muito. Muito. Aquilo era o amor, provavelmente pela primeira vez na sua vida. O amor. Algo mais tinha importância no mundo? O prazer, que importância tem o prazer? A mera e vulgar procura pelo prazer. As teorias cínicas do seu amigo Nico, a ânsia diária por sexo e diversão, a busca por fama e sucesso, a filosofia cafajeste do homem que os deixara naquela situação, as coisas que as pessoas fazem por dinheiro. Tudo que elas fazem por dinheiro... Por favor. É só dinheiro!

Rondelli respirou fundo. Sentiu o aroma doce dos cabelos dela. Aqueles cabelos finos de loira. Sentiu o contato macio com o corpo flexível de Vivian. Com a mão direita, alisou seu ombro redondo e delicado. Rondelli e sua loira, Rondelli e sua Vivian, Rondelli e seu amor, um dia e uma noite inteiros dentro do armário. Que coisa, Régis Rondelli, que coisa. Rondelli abriu os olhos, fitou o alto, agradeceu silenciosamente aos Céus e suspirou. Aconchegou-se um pouco mais a Vivian e pensou que a vida é boa. De fato, de fato. A vida é boa. A vida é boa, a vida é boa, a vida é boa, a vida é boa.

Coleção **L&PM** POCKET (LANÇAMENTOS MAIS RECENTES)

428. **As fenícias** – Eurípides
429. **Everest** – Thomaz Brandolin
430. **A arte de furtar** – Anônimo do séc. XVI
431. **Billy Bud** – Herman Melville
432. **A rosa separada** – Pablo Neruda
433. **Elegia** – Pablo Neruda
434. **A garota de Cassidy** – David Goodis
435. **Como fazer a guerra: máximas de Napoleão** – Balzac
436. **Poemas escolhidos** – Emily Dickinson
437. **Gracias por el fuego** – Mario Benedetti
438. **O sofá** – Crébillon Fils
439. **O "Martín Fierro"** – Jorge Luis Borges
440. **Trabalhos de amor perdidos** – W. Shakespeare
441. **O melhor de Hagar 3** – Dik Browne
442. **Os Maias (volume1)** – Eça de Queiroz
443. **Os Maias (volume2)** – Eça de Queiroz
444. **Anti-Justine** – Restif de La Bretonne
445. **Juventude** – Joseph Conrad
446. **Contos** – Eça de Queiroz
447. **Janela para a morte** – Raymond Chandler
448. **Um amor de Swann** – Marcel Proust
449. **À paz perpétua** – Immanuel Kant
450. **A conquista do México** – Hernan Cortez
451. **Defeitos escolhidos e 2000** – Pablo Neruda
452. **O casamento do céu e do inferno** – William Blake
453. **A primeira viagem ao redor do mundo** – Antonio Pigafetta
454. (14). **Uma sombra na janela** – Simenon
455. (15). **A noite da encruzilhada** – Simenon
456. (16). **A velha senhora** – Simenon
457. **Sartre** – Annie Cohen-Solal
458. **Discurso do método** – René Descartes
459. **Garfield em grande forma** – Jim Davis
460. **Garfield está de dieta** – Jim Davis
461. **O livro das feras** – Patricia Highsmith
462. **Viajante solitário** – Jack Kerouac
463. **Auto da barca do inferno** – Gil Vicente
464. **O livro vermelho dos pensamentos de Millôr** – Millôr Fernandes
465. **O livro dos abraços** – Eduardo Galeano
466. **Voltaremos!** – José Antonio Pinheiro Machado
467. **Rango** – Edgar Vasques
468. (8). **Dieta mediterrânea** – Dr. Fernando Lucchese e José Antonio Pinheiro Machado
469. **Radicci 5** – Iotti
470. **Pequenos pássaros** – Anaïs Nin
471. **Guia prático do Português correto – vol.3** – Cláudio Moreno
472. **Atire no pianista** – David Goodis
473. **Antologia Poética** – García Lorca
474. **Alexandre e César** – Plutarco
475. **Uma espiã na casa do amor** – Anaïs Nin
476. **A gorda do Tiki Bar** – Dalton Trevisan
477. **Garfield um gato de peso** – Jim Davis
478. **Canibais** – David Coimbra
479. **A arte de escrever** – Arthur Schopenhauer
480. **Pinóquio** – Carlo Collodi
481. **Misto-quente** – Charles Bukowski

482. **A lua na sarjeta** – David Goodis
483. **O melhor do Recruta Zero (1)** – Mort Walker
484. **Aline 2** – Adão Iturrusgarai
485. **Sermões do Padre Antonio Vieira**
486. **Garfield numa boa** – Jim Davis
487. **Mensagem** – Fernando Pessoa
488. **Vendeta** seguido de **A paz conjugal** – Balzac
489. **Poemas de Alberto Caeiro** – Fernando Pessoa
490. **Ferragus** – Honoré de Balzac
491. **A duquesa de Langeais** – Honoré de Balzac
492. **A menina dos olhos de ouro** – Honoré de Balzac
493. **O lírio do vale** – Honoré de Balzac
494. (17). **A barcaça da morte** – Simenon
495. (18). **As testemunhas rebeldes** – Simenon
496. (19). **Um engano de Maigret** – Simenon
497. (1). **A noite das bruxas** – Agatha Christie
498. (2). **Um passe de mágica** – Agatha Christie
499. (3). **Nêmesis** – Agatha Christie
500. **Esboço para uma teoria das emoções** – Sartre
501. **Renda básica de cidadania** – Eduardo Suplicy
502. (1). **Pílulas para viver melhor** – Dr. Lucchese
503. (2). **Pílulas para prolongar a juventude** – Dr. Lucchese
504. (3). **Desembarcando o Diabetes** – Dr. Lucchese
505. (4). **Desembarcando o Sedentarismo** – Dr. Fernando Lucchese e Cláudio Castro
506. (5). **Desembarcando a Hipertensão** – Dr. Lucchese
507. (6). **Desembarcando o Colesterol** – Dr. Fernando Lucchese e Fernanda Lucchese
508. **Estudos de mulher** – Balzac
509. **O terceiro tira** – Flann O'Brien
510. **100 receitas de aves e ovos** – J. A. P. Machado
511. **Garfield em toneladas de diversão** – Jim Davis
512. **Trem-bala** – Martha Medeiros
513. **Os cães ladram** – Truman Capote
514. **O Kama Sutra de Vatsyayana**
515. **O crime do Padre Amaro** – Eça de Queiroz
516. **Odes de Ricardo Reis** – Fernando Pessoa
517. **O inverno da nossa desesperança** – Steinbeck
518. **Piratas do Tietê (1)** – Laerte
519. **Rê Bordosa: do começo ao fim** – Angeli
520. **O Harlem é escuro** – Chester Himes
521. **Café-da-manhã dos campeões** – Kurt Vonnegut
522. **Eugénie Grandet** – Balzac
523. **O último magnata** – F. Scott Fitzgerald
524. **Carol** – Patricia Highsmith
525. **100 receitas de patisseria** – Sílvio Lancellotti
526. **O fator humano** – Graham Greene
527. **Tristessa** – Jack Kerouac
528. **O diamante do tamanho do Ritz** – S. Fitzgerald
529. **As melhores histórias de Sherlock Holmes** – Arthur Conan Doyle
530. **Cartas a um jovem poeta** – Rilke
531. (20). **Memórias de Maigret** – Simenon
532. (4). **O misterioso sr. Quin** – Agatha Christie
533. **Os analectos** – Confúcio
534. (21). **Maigret e os homens de bem** – Simenon
535. (22). **O medo de Maigret** – Simenon

536. **Ascensão e queda de César Birotteau** – Balzac
537. **Sexta-feira negra** – David Goodis
538. **Ora bolas – O humor cotidiano de Mario Quintana** – Juarez Fonseca
539. **Longe daqui aqui mesmo** – Antonio Bivar
540. (5). **É fácil matar** – Agatha Christie
541. **O pai Goriot** – Balzac
542. **Brasil, um país do futuro** – Stefan Zweig
543. **O processo** – Kafka
544. **O melhor de Hagar 4** – Dik Browne
545. (6) **Por que não pediram a Evans?** – Agatha Christie
546. **Fanny Hill** – John Cleland
547. **O gato por dentro** – William S. Burroughs
548. **Sobre a brevidade da vida** – Sêneca
549. **Geraldão (1)** – Glauco
550. **Piratas do Tietê (2)** – Laerte
551. **Pagando o pato** – Ciça
552. **Garfield de bom humor** – Jim Davis
553. **Conhece o Mário?** – Santiago
554. **Radicci 6** – Iotti
555. **Os subterrâneos** – Jack Kerouac
556. (1). **Balzac** – François Taillandier
557. (2). **Modigliani** – Chester Parisot
558. (3). **Kafka** – Gérard-Georges Lemaire
559. (4). **Júlio César** – Joël Schmidt
560. **Receitas da família** – J. A. Pinheiro Machado
561. **Boas maneiras à mesa** – Celia Ribeiro
562. (9). **Filhos sadios, pais felizes** – R. Pagnoncelli
563. (10). **Fatos & mitos** – Dr. Fernando Lucchese
564. **Ménage à trois** – Paula Taitelbaum
565. **Mulheres!** – David Coimbra
566. **Poemas de Álvaro de Campos** – Fernando Pessoa
567. **Medo e outras histórias** – Stefan Zweig
568. **Snoopy e sua turma (1)** – Schulz
569. **Piadas para sempre (1)** – Visconde da Casa Verde
570. **O alvo móvel** – Ross Macdonald
571. **O melhor do Recruta Zero (2)** – Mort Walker
572. **Um sonho americano** – Norman Mailer
573. **Os broncos também amam** – Angeli
574. **Crônica de um amor louco** – Bukowski
575. (5). **Freud** – René Major e Chantal Talagrand
576. (6). **Picasso** – Gilles Plazy
577. (7). **Gandhi** – Christine Jordis
578. **A tumba** – H. P. Lovecraft
579. **O príncipe e o mendigo** – Mark Twain
580. **Garfield, um charme de gato** – Jim Davis
581. **Ilusões perdidas** – Balzac
582. **Esplendores e misérias das cortesãs** – Balzac
583. **Walter Ego** – Angeli
584. **Striptiras (1)** – Laerte
585. **Fagundes: um puxa-saco de mão cheia** – Laerte
586. **Depois do último trem** – Josué Guimarães
587. **Ricardo III** – Shakespeare
588. **Dona Anja** – Josué Guimarães
589. **24 horas na vida de uma mulher** – Stefan Zweig
590. **O terceiro homem** – Graham Greene
591. **Mulher no escuro** – Dashiell Hammett
592. **No que acredito** – Bertrand Russell
593. **Odisséia (1): Telemaquia** – Homero
594. **O cavalo cego** – Josué Guimarães
595. **Henrique V** – Shakespeare
596. **Fabulário geral do delírio cotidiano** – Bukowski
597. **Tiros na noite 1: A mulher do bandido** – Dashiell Hammett
598. **Snoopy em Feliz Dia dos Namorados (2)** – Schulz
599. **Mas não se matam cavalos?** – Horace McCoy
600. **Crime e castigo** – Dostoiévski
601. (7). **Mistério no Caribe** – Agatha Christie
602. **Odisséia (2): Regresso** – Homero
603. **Piadas para sempre (2)** – Visconde da Casa Verde
604. **À sombra do vulcão** – Malcolm Lowry
605. (8). **Kerouac** – Yves Buin
606. **E agora são cinzas** – Angeli
607. **As mil e uma noites** – Paulo Caruso
608. **Um assassino entre nós** – Ruth Rendell
609. **Crack-up** – F. Scott Fitzgerald
610. **Do amor** – Stendhal
611. **Cartas do Yage** – William Burroughs e Allen Ginsberg
612. **Striptiras (2)** – Laerte
613. **Henry & June** – Anaïs Nin
614. **A piscina mortal** – Ross Macdonald
615. **Geraldão (2)** – Glauco
616. **Tempo de delicadeza** – A. R. de Sant'Anna
617. **Tiros na noite 2: Medo de tiro** – Dashiell Hammett
618. **Snoopy em Assim é a vida, Charlie Brown! (3)** – Schulz
619. **1954 – Um tiro no coração** – Hélio Silva
620. **Sobre a inspiração poética (Íon)** e ... – Platão
621. **Garfield e seus amigos** – Jim Davis
622. **Odisséia (3): Ítaca** – Homero
623. **A louca matança** – Chester Himes
624. **Factótum** – Charles Bukowski
625. **Guerra e Paz: volume 1** – Tolstói
626. **Guerra e Paz: volume 2** – Tolstói
627. **Guerra e Paz: volume 3** – Tolstói
628. **Guerra e Paz: volume 4** – Tolstói
629. (9). **Shakespeare** – Claude Mourthé
630. **Bem está o que bem acaba** – Shakespeare
631. **O contrato social** – Rousseau
632. **Geração Beat** – Jack Kerouac
633. **Snoopy: É Natal! (4)** – Charles Schulz
634. (8). **Testemunha da acusação e outras peças** – Agatha Christie
635. **Um elefante no caos** – Millôr Fernandes
636. **Guia de leitura (100 autores que você precisa ler)** – Organização de Léa Masina
637. **Pistoleiros também mandam flores** – David Coimbra
638. **O prazer das palavras – vol. 1** – Cláudio Moreno
639. **O prazer das palavras – vol. 2** – Cláudio Moreno
640. **Novíssimo testamento: Deus e o diabo, a dupla da criação** – Iotti
641. **Literatura Brasileira: modos de usar** – Luís Augusto Fischer
642. **Dicionário de Porto-Alegrês** – Luís A. Fischer
643. **Clô, dias e noites** – Sérgio Jockymann
644. **Memorial de Isla Negra** – Pablo Neruda
645. **Um homem extraordinário e outras histórias** – Tchekhov
646. **Ana sem terra** – Alcy Cheuiche